o último
ato de
Esme
Lennox

# Maggie O'Farrell

# o último ato de Esme Lennox

tradução de
ADRIANA LISBOA

EDITORA RECORD
RIO DE JANEIRO • SÃO PAULO
2008

CIP-Brasil. Catalogação-na-fonte
Sindicato Nacional dos Editores de Livros, RJ.

O'Farrell, Maggie, 1972-

O27u    O último ato de Esme Lennox / Maggie O'Farrell; tradução de Adriana Lisboa. – Rio de Janeiro: Record, 2008.

Tradução de: The vanishing act of Esme Lennox
ISBN 978-85-01-07827-8

1. Romance irlandês. I. Lisboa, Adriana. II. Título.

08-1874

CDD – 828.99153
CDU – 821.111(415)-3

Título original irlandês:
THE VANISHING ACT OF ESME LENNOX

Copyright © Maggie O'Farrell, 2006

Foto de capa: Condé Nast Archive/Corbis/LatinStock

Todos os direitos reservados. Proibida a reprodução, no todo ou em parte, através de quaiquer meios.

Direitos exclusivos de publicação em língua portuguesa somente para o Brasil adquiridos pela
EDITORA RECORD LTDA.
Rua Argentina 171 – Rio de Janeiro, RJ – 20921-380 – Tel.: 2585-2000
que se reserva a propriedade literária desta tradução

Impresso no Brasil

ISBN 978-85-01-07827-8

PEDIDOS PELO REEMBOLSO POSTAL
Caixa Postal 23.052
Rio de Janeiro, RJ – 20922-970

EDITORA AFILIADA

para Saul Seamus.

AGRADECIMENTOS

Meu obrigada a:
William Sutcliffe, Victoria Hobbs, Mary-Anne Harrington,
Ruth Metzstein, Caroline Goldblatt, Catherine Towle,
Alma Neradin, Daisy Donovan, Susan O'Farrell,
Catherine O'Farell, Bridget O'Farrell, Fen Bommer
e Margaret Bolton Ridyard.

Muitos livros foram inestimáveis durante a escrita deste
romance, em particular *The Female Malady:
Women, Madness and English Culture, 1830-1980*,
de Elaine Showalter, e *Sanidade,
loucura e a família*, de R. D. Laing.

Loucura em excesso é divino Bom Senso
Para um olho perspicaz
Bom Senso em excesso... rematada Loucura
E a Maioria
Aqui, como em Tudo, prevalece
Concorda — e és sensato
Contesta — e és de pronto perigoso
E posto a Ferros.*

EMILY DICKINSON


Eu não poderia consentir que minha felicidade fosse calcada
em algo errado — em alguma injustiça — contra
outra pessoa... Que tipo de vida poderia se erguer
sobre tais fundações?

EDITH WHARTON

---

*Tradução de Celina Portocarrero. (*N. da T.*)

VAMOS COMEÇAR COM DUAS MOÇAS NUM BAILE.
Estão no canto do salão. Uma senta-se numa cadeira, abrindo e fechando um cartão de danças com dedos enluvados. A outra está de pé ao lado dela, observando a dança se desenrolar: os casais girando em círculos, as mãos dadas, os sapatos tamborilando no chão, as saias rodopiando, o chão trepidando. É a última hora do ano e as janelas atrás delas estão uniformemente tomadas pela escuridão da noite. A moça sentada está vestida com alguma coisa clara, Esme se esquece o que é, a outra usa um vestido vermelho-escuro que não fica bem nela. Ela perdeu as luvas. Tudo começa aqui.

Ou talvez não. Talvez comece antes, antes da festa, antes que elas vestissem suas roupas novas e elegantes, antes que as velas fossem acesas, antes que a areia fosse salpicada nas tábuas, antes que o ano cujo fim celebravam começasse. Quem sabe? Seja como for, termina numa grade cobrindo uma janela, com quadrados na medida exata de duas unhas do polegar.

Se Esme se dá o trabalho de olhar a distância — isto é, para o que se encontra além da grade de metal — descobre que, depois de um tempo, algo acontece com o mecanismo responsável pelo foco em seus olhos. Os quadrados da grade ficam indistintos e, se ela se concentrar por tempo suficiente, desaparecem. Há sempre um momento antes que seu corpo reitere a si mesmo, reajustando seus olhos à realidade apropriada do mundo, quando tudo é só ela e as árvores, a estrada, o que está mais além. Nada no meio.

Os quadrados de baixo já estão sem pintura devido ao uso e podem-se ver as diferentes camadas de cor uma dentro da outra, como anéis numa árvore. Esme é mais alta do que a maioria, então alcança a parte onde a pintura ainda está nova e espessa como breu.

Atrás dela, uma mulher prepara chá para o marido morto. Ele está morto? Ou só fugiu? Esme não se lembra. Outra mulher está procurando água para colocar nas flores que morreram faz muito tempo numa cidade à beira do mar não longe daqui. São sempre as tarefas sem sentido que permanecem: lavar, cozinhar, limpar. Nunca nada majestoso ou significativo, só os pequeninos rituais que mantêm a costura da vida humana. A moça obcecada por cigarros já teve duas advertências e todo mundo acha que ela está prestes a receber uma terceira. E Esme está pensando: onde é que isso começa — é ali, é aqui, no baile, na Índia, antes disso?

Ela não fala com ninguém nesses dias. Quer se concentrar, não gosta das coisas turvas com a distração da fala. Há um zootrópio dentro de sua cabeça e ela não gosta de ser apanhada quando ele pára.

Gire, gire. Pare.

Na Índia, então. O jardim. Ela com mais ou menos 4 anos, de pé no degrau da porta dos fundos.

Sobre ela, as mimosas sacodem a cabeça, salpicando pó amarelo no gramado. Se ela caminhasse por ele, deixaria uma trilha. Ela quer alguma coisa. Quer alguma coisa mas não sabe o quê. É como uma coceira que não consegue alcançar. Uma bebida? Sua aia? Uma fatia de manga? Ela esfrega uma picada de inseto no braço e cutuca o pó amarelo com o dedão do pé. A distância, em algum lugar, ela pode ouvir a corda que sua irmã pula batendo no chão e o rápido roçar dos pés nos intervalos. Slap shunt slap shunt slap shunt.

Vira a cabeça, prestando atenção em outros barulhos. O brrr-clup-brrr de um passarinho nos ramos das mimosas, uma enxada no solo do jardim — scritch, scritch — e, em algum lugar, a voz de sua mãe. Ela não consegue distinguir as palavras mas sabe que é sua mãe falando.

Esme pula do degrau, de modo que os dois pés aterrissem juntos, e corre pela lateral do bangalô. Junto ao lago dos lírios, sua mãe está debruçada sobre a mesa do jardim, colocando chá numa xícara, seu pai ao lado dela numa rede. As beiradas de suas roupas brancas reluzem no calor. Esme aperta os olhos até seus pais virarem dois vultos borrados e enevoados, sua mãe um triângulo e seu pai uma linha.

Ela conta enquanto caminha pelo gramado, dando um pulinho a cada dez passos.

— Ah — sua mãe levanta os olhos. — Você não está tirando seu cochilo?

— Eu acordei.

Esme se equilibra numa das pernas, como os pássaros que vêm para o lago à noite.

— Onde está a sua aia? Onde está Jamila?

— Não sei. Posso tomar um pouco de chá?

Ela hesita, desdobrando um guardanapo sobre o joelho.

— Querida, eu acho que...

— Dê um pouco a ela, se ela quer — seu pai diz, sem abrir os olhos.

Ela coloca chá num pires e o estende. Esme passa por baixo do braço esticado da mãe e sobe com dificuldade em seu colo. Ela sente o arranhão dos galões, o calor do corpo sob o algodão branco.

— Você era um triângulo e meu pai era uma linha

— O que você disse?

— Eu disse que você era um triângulo...

— Mmm — as mãos de sua mãe apertam os braços de Esme.
— Está mesmo quente demais para carinhos hoje. — Esme é
sentada na grama outra vez. — Por que não vai procurar Kitty?
Ver o que ela está fazendo.

— Ela está pulando corda.

— Você não poderia ir pular com ela?

— Não — Esme estende a mão e toca o glacê de um bolinho. — Ela é muito...

— Esme — sua mãe levanta a mão dela e a retira da mesa —,
uma dama espera que lhe ofereçam.

— Eu só queria saber a sensação de tocar nele.

— Bem, por favor não faça isso. — Sua mãe se recosta na
cadeira e fecha os olhos.

Esme a observa por um momento. Ela está adormecida? Uma
veia azul pulsa em seu pescoço e seus olhos se mexem por baixo
das pálpebras. Pequenos globos d'água, não maiores do que cabeças de alfinete, estão brotando da pele acima de seus lábios.
Onde as tiras do sapato terminam e a pele começa, os pés de sua
mãe ostentam marcas vermelhas. Sua barriga está distendida,
empurrada por mais um bebê. Esme o sentiu, contorcendo-se
feito um peixe capturado. Jamila diz achar que este vai ter sorte,
que este vai viver.

Esme levanta os olhos para o céu, para as moscas circundando
os lírios no lago, para o modo como as roupas de seu pai se es-
tendem da parte de baixo da rede em diamantes de panos soltos.
A distância, ela ainda pode ouvir Kitty pulando corda, o scritch,
scritch da enxada — ou seria outra? Então ela ouve o zumbido
de um inseto. Vira a cabeça para vê-lo mas ele se foi, atrás dela,
para a sua esquerda. Vira outra vez mas ele está mais perto, o
zumbido mais alto, e ela sente suas patas grudando em seus
cabelos.

Esme se levanta com um pulo, balançando e balançando a cabeça, mas o zumbido está ainda mais alto e subitamente ela sente o bater rastejante de asas em sua orelha. Dá um grito agudo, golpeando a cabeça com as mãos, mas o zumbido agora é ensurdecedor, obstruindo todos os outros sons, e ela sente o inseto avançando pela passagem estreita de seu ouvido — e o que vai acontecer, será que ele vai comer o interior de seu tímpano até chegar no cérebro e será que ela vai ficar cega como a menina no livro de Kitty? Ou vai morrer? Ou o inseto vai viver em sua cabeça e ela vai ter esse barulho dentro dela para sempre?

Dá outro grito agudo, ainda balançando o cabelo, cambaleando pelo gramado, e seus gritos se transformam em soluços e, bem quando o zumbido começa a se dissipar e o inseto sai de sua orelha, ela ouve seu pai dizendo: "Qual é o problema com a garota?", e sua mãe chamando Jamila do outro lado do gramado.

Poderia ser este o momento primordial? Talvez. Uma espécie de começo — o único de que ela se lembra.

Ou pode ser quando Jamila pintou uma renda na palma de sua mão usando henna. Ela viu sua linha da vida, sua linha do coração interrompidas por um novo padrão. Ou Kitty caindo no lago e tendo que ser pescada para fora e levada para casa numa toalha. Brincadeiras com os filhos do cozinheiro fora do perímetro do gramado. Quando observava a terra ao redor do tronco musculoso do fícus fervendo de formigas. Poderiam igualmente ter sido esses.

Talvez fosse esse. Um almoço em que ela foi amarrada a uma cadeira, o laço apertado em sua cintura. Porque, como sua mãe anunciou na sala, Esme tinha que aprender a se comportar. O que, Esme sabia, significava não sair da cadeira até que a refeição tivesse terminado. Ela adorava o espaço debaixo da mesa, eles não conseguiam mantê-la longe dali, a privacidade ilícita sob a toalha. Há algo de peculiarmente tocante com os pés das pessoas. Seus sapatos, gastos em pontos peculiares, as idiossincrasias na forma de amarrar os cadarços, bolhas, calos, que meias têm buracos, quem usa meias descombinando, quem está com a mão no colo de quem — ela sabia de tudo. Escorregava de sua cadeira, leve como um gato, e eles não conseguiam alcançá-la para pescá-la de volta.

Está presa por um lenço que pertence a sua mãe. Tem um padrão de que Esme gosta: volutas repetindo-se em púrpura, vermelho e azul. Paisley, sua mãe diz se chamar, o que Esme sabe ser um lugar na Escócia.

A sala está cheia. Kitty está ali, sua mãe, seu pai e alguns amigos — vários casais, uma moça de cabelo escandalosamente curto, que sua mãe alocou diante de um jovem engenheiro, uma mulher mais velha e seu filho, e um homem sozinho, sentado ao lado do pai de Esme. Esme acha, mas não sabe com certeza absoluta, que estão todos tomando sopa. Parece se lembrar do erguer e mergulhar das colheres, o ruído do metal batendo na porcelana, o discreto sorver e engolir.

Estão conversando sem parar. O que pode haver para dizer? Muitas coisas, ao que parece. Esme nunca consegue pensar em nada, nem uma única coisa sequer, que gostaria de comunicar a essas pessoas. Empurra a colher para um dos lados da tigela, depois de volta, vendo como a sopa faz voltas e redemoinhos em torno do talher de prata. Não está escutando, ou pelo menos não as palavras, mas ajustando seu ouvido ao barulho coletivo deles. É como o dos papagaios nas árvores altas, ou rãs se reunindo à noite. O mesmo som grrp-grrp-grrp.

De repente e sem aviso, todos se levantam. Largam suas colheres, saltam de suas cadeiras e correm para fora da sala. Esme devaneando, pensando em redemoinhos de sopa, em rãs, não percebeu alguma coisa. Todo mundo está conversando animadamente enquanto se afasta e Kitty se acotovela ao pai delas para sair primeiro pela porta. A mãe delas, em sua ansiedade, esqueceu Esme, amarrada à cadeira.

Ela observa, a colher na mão, a boca aberta. A porta os engole, o engenheiro por último, e ela ouve seus pés desaparecendo pelo corredor. Vira-se surpresa para a sala vazia. Os lírios se erguem, orgulhosos e impassíveis, num vaso de vidro; o relógio conta os segundos, um guardanapo escorrega para cima de uma cadeira. Ela pensa em gritar, em abrir os pulmões e berrar. Mas não faz isso. Olha para as cortinas tremendo diante da janela aberta, uma mosca pousando num prato. Estende o braço e abre os dedos, apenas para ver o que vai acontecer. A colher cai numa linha reta, quica uma vez no lado curvo, dá um salto mortal no ar, depois desliza e vai se imobilizar debaixo do aparador.

Iris caminha pela rua, as chaves numa das mãos, um café na outra. O cachorro vem logo atrás dela, as unhas tamborilando sobre o concreto. Faixas de sol se projetam em meio aos intervalos dos prédios altos e a chuva que caiu à noite desaparece aos poucos do pavimento, formando manchas.

Ela cruza a rua, o cachorro seguindo bem de perto. Ela mira um chute numa lata de cerveja deixada junto à porta, mas em vez de rolar por sobre a calçada, como ela esperava que fosse acontecer, a lata vira de lado, derramando cerveja na entrada da loja.

— Desgraçada — Iris diz. — Desgraçada, desgraçada.

Chuta-a de novo com fúria e, agora vazia, a lata cai retinindo na sarjeta. Então ela lança um olhar por cima do ombro. Prédios impassíveis de pedra erguem-se ali, reluzindo com fileiras de janelas feito olhos que não piscam. Ela abaixa os olhos para o cachorro. Ele abana o rabo e dá um ganido baixinho.

— Tudo bem quanto a você — ela diz.

Puxa a porta, e faz com que ela se retraia de volta com um estrépito sobressaltado. Passa por cima da poça de cerveja na soleira, puxando uma pilha de cartas da caixa de correio. Passa os olhos nelas rapidamente enquanto atravessa a loja. Contas,

contas, extrato bancário, cartão-postal e um envelope pardo, selado num V.

O tipo na frente a faz parar, a meio caminho do balcão. É pequeno, comprimido, cada letra carregada de tinta, o interior semicircular do *e* obliterado. Iris segura o envelope próximo ao rosto e vê que as formas foram comprimidas sobre o grão do papel pardo. Corre a ponta dos dedos sobre elas, sentindo a endentação, dando-se conta de que foram feitas com máquina de escrever.

Uma corrente de ar frio se esgueira lá para dentro, enroscando-se em seus tornozelos. Ela levanta a cabeça e olha para a loja ao redor. As cabeças lisas e sem feições dos suportes de chapéus a encaram, um casaco de seda pendurado no teto oscila levemente na brisa. Ela levanta a aba e o selo cede com facilidade. Ela tira dali a única folha branca, baixa os olhos para ela. Sua mente ainda está voltada para a cerveja, em como vai limpá-la, em como deve aprender a não chutar latas na rua, mas percebe as palavras *caso* e *reunião* e o nome *Euphemia Lennox*. Embaixo de tudo, uma assinatura ilegível.

Ela está prestes a recomeçar do início quando se lembra de que tem um pouco de detergente na minúscula cozinha nos fundos da loja. Mete a carta e o resto da correspondência numa gaveta e desaparece atrás de uma pesada cortina de veludo.

Emerge na calçada com um esfregão e um balde com água e sabão. Começa com a parte de fora da porta, fazendo a água escorrer na direção da rua. Vira o rosto para o céu. Uma van passa na rua, perto o suficiente para levantar seu cabelo com a corrente de ar. Em algum lugar fora de seu campo de visão uma criança está chorando. O cachorro está parado na porta, observando os minúsculos vultos de pessoas passando na ponte lá em cima. Algumas vezes esta rua parece ter sido cortada tão profundamente na cidade que é como se Iris levasse uma existência subterrânea. Ela se apóia no cabo do esfregão e inspeciona a soleira da porta. O nome *Euphemia Lennox* reaparece em sua mente. Ela pensa:

provavelmente é algum tipo de encomenda. Ela pensa, que sorte eu ter guardado esse balde. Ela pensa: parece que vai chover.

Iris senta-se de frente para Alex num bar na New Town. Ela balança um sapato prateado na ponta de um dedão e morde uma azeitona. Alex brinca com o bracelete em seu punho, rolando-o entre os dedos. Depois dá uma olhada para o relógio.

— Ela nunca se atrasa tanto — ele murmura.

Os olhos dele estão escondidos atrás de óculos escuros que devolvem a Iris um reflexo arqueado de si mesma, do salão atrás dela.

Ela solta num prato, o caroço da azeitona chupado até ficar limpo. Ela havia esquecido que a mulher de Alex, Fran, ia se reunir a eles.

— Não é mesmo?

Iris pega uma outra azeitona, comprime-a entre os dentes.

Alex não diz nada, sacode o maço de cigarros para tirar um, leva-o à boca. Lambe os dedos, mexe o coquetel no copo.

— Quer saber de uma coisa? — ela diz, enquanto ele procura um fósforo. — Recebi uma fatura hoje e do lado do meu nome estava rabiscado "a bruxa". A lápis.

— É mesmo?

— É. "A bruxa." Dá para acreditar? Não consigo me lembrar de quem era agora.

Ele está silencioso, raspando o fósforo na caixa, levando a chama à boca. Dá uma tragada longa no cigarro antes de dizer:

— Obviamente é alguém que não conhece você.

Iris estuda por um momento o irmão sentado diante dela, a fumaça subindo em espirais de sua boca. Então ela estende o braço e arremessa uma azeitona em sua camisa.

Fran corre até o bar. Está atrasada. Estava no cabeleireiro. Faz mechas louras no cabelo castanho-médio a cada seis semanas.

Dói. Puxam partes do seu cabelo para fora de uma touca apertada, e lambuzam-nas com produtos químicos ardidos.

Ela passa os olhos pelo bar. Vestiu a blusa de seda, a que Alex gosta. Uma vez ele disse que faz com que os seios dela pareçam pêssegos. E sua saia justa de linho. Suas roupas farfalham e seu cabelo novo cai como uma cortina limpa ao redor de seu rosto.

Vê os dois, parcialmente escondidos por uma coluna. Estão inclinados um na direção do outro, bem próximos, sob as luzes. Bebem a mesma bebida — algo límpido e vermelho, tilintando com gelo — e suas cabeças estão quase se tocando. Iris usa calças que ficam baixas em seus quadris. Continua magrela, as saliências de seu osso ilíaco aparecendo por cima do cós. Está usando uma blusa que parece ter tido a gola e os punhos cortados fora com tesoura.

— Oi! — Fran acena, mas eles não parecem vê-la. Estão de mãos dadas. Ou talvez não. A mão de Alex repousa sobre o punho de Iris.

Fran passa por entre as mesas, segurando a bolsa agarrada ao seu lado. Quando os alcança, eles estão explodindo numa gargalhada e Alex está sacudindo a camisa, como se houvesse alguma coisa presa lá dentro.

— O que há de tão engraçado? —diz Fran, colocando-se de pé entre eles e sorrindo. — Qual é a piada?

— Nada —diz Alex, ainda rindo.

— Ah, não, vamos lá — ela exclama —, por favor.

— Não é nada. Conto mais tarde. Quer uma bebida?

Do outro lado da cidade, Esme está de pé diante de uma janela. À sua esquerda, um lance de escada se ergue, à sua direita, a escada desce. Sua respiração forma uma névoa no vidro frio. Agulhas de chuva golpeiam o outro lado e o crepúsculo está começando a tingir o intervalo entre as árvores. Ela observa a estrada, as duas linhas do tráfego se desenrolando em movimento contrário, o lago atrás, patos desenhando linhas na superfície espelhada.

Lá embaixo, no chão, carros partiram e chegaram o dia inteiro. Gente entra neles, por uma das portas traseiras, fazendo ranger o cascalho quando fazem a curva. Tchau, as pessoas na porta exclamam, acenando com as mãos no ar, tchau-tchau-tchau.

— Ei! — o grito vem de cima dela.

Esme se vira. Um homem está parado no alto da escada. Ela o conhece? Ele parece familiar mas ela não tem certeza.

— O que você está fazendo? — o homem grita, surpreendentemente exasperado para alguém que Esme acha que nunca encontrou antes. Não sabe como responder, então não responde.

— Não fique aí à toa na janela desse jeito. Venha.

Esme dá uma última olhada para a entrada e vê, de pé junto a um carro marrom, uma mulher que costumava ocupar a cama ao lado da sua. Um velho está guardando uma mala no porta-malas. A mulher está chorando e tirando suas luvas. O homem não olha para ela. Esme se vira e começa a subir a escada.

Iris entra na vitrine de sua loja. Tira o terno de veludo do manequim, sacudindo-o, casando as costuras da calça, colocando-a num cabide. Depois vai até o balcão e desembrulha, de dentro de camadas e camadas protetoras de musselina, um vestido escarlate dobrado. Apanha-o cuidadosamente pelos ombros, dá uma sacudida e ele se abre diante dela como uma flor.

Ela anda na direção da luz da janela com o vestido estendido sobre as mãos. É o tipo de peça que só consegue raramente. Uma vez na vida, talvez. *Haute couture*, seda pura, uma grife famosa. Quando uma mulher telefonou dizendo que estava esvaziando os armários de sua mãe e tinha encontrado uns "vestidos bonitos" num baú, Iris não se animara muito. Mas fora em frente assim mesmo. A mulher abrira o baú e, em meio aos habituais chapéus esmagados e saias desbotadas, Iris tinha visto um lampejo de vermelho, uma costura enviesada, um punho afunilado.

Iris coloca-o sobre os ombros do manequim, depois ajeita as laterais, puxando a bainha, endireitando uma cava, colocando um ou dois alfinetes nas costas. O cachorro observa de seu cesto, com olhos cor de âmbar.

Quando termina, ela vai até a calçada lá fora e estuda seus esforços. O cachorro a acompanha até a porta e fica parado ali, arfando de leve, perguntando-se se uma caminhada está para acontecer. O vestido é impecável, a perfeição em alfaiataria. Meio século de existência e não há uma marca nele — talvez nunca tenha sido usado. Quando Iris perguntou à mulher onde a mãe dela poderia tê-lo comprado, a mulher dera de ombros e dissera que ela fazia uma porção de cruzeiros.

— O que você acha? — Iris pergunta ao cachorro, recuando um passo, e ele boceja, exibindo o céu da boca rosado e ondulado.

Lá dentro, ela gira o manequim 45 graus para que pareça que o vulto no vestido vermelho está prestes a sair da vitrine para a rua. Ela procura no quarto nos fundos da loja uma bolsa quadrada, de cantos bem marcados, e coloca nos pés do manequim. Sai para dar uma outra olhada. Algo não está cem por cento correto. Será o ângulo do manequim? Os sapatos de couro de cobra?

Iris suspira e vira de costas para a vitrine. Está irritada com esse vestido e não sabe por quê. É perfeito demais, bom demais. Ela não está acostumada a lidar com coisas que são tão intocadas. Na verdade, ela sabe, gostaria de ficar com o vestido para si. Mas esmaga o pensamento imediatamente. Não pode ficar com ele. Não se permitiu nem mesmo experimentá-lo porque se fizesse não ia querer tirar. Você não pode se dar ao luxo de ficar com ele, ela se diz com severidade. Quem quer que o compre vai adorá-lo. Por esse preço, vai ter que adorá-lo. Ele irá para um bom lar.

Por falta do que fazer, pega o celular e liga para Alex. Lança mais um olhar funesto para a vitrine enquanto ouve o toque do telefone silenciar e inspira, pronta para falar. Mas a voz de Fran está na linha: "Oi, telefone do Alex." Iris afasta o celular do ouvido e fecha-o com um estalo.

No meio da tarde, um homem entra. Passa um longo tempo limpando os sapatos no capacho, lançando olhares para a loja. Iris sorri para ele, depois volta os olhos para o livro que está lendo. Não gosta de ser atrevida demais. Mas observa-o por baixo da franja. O homem passa pelo meio vazio da loja e, chegando a uma arara de *négligés* e camisolas, recua feito um cavalo assustado.

Iris abaixa o livro.

— Posso ajudar em alguma coisa? — ela diz.

O homem estende o braço até o balcão e parece se segurar nele.

— Estou procurando alguma coisa para a minha mulher — ele diz. Seu rosto está ansioso e Iris percebe que ele ama a mulher, que quer agradá-la. — A amiga dela me disse que ela gosta desta loja.

Iris lhe mostra um cardigã de caxemira da cor da urze, mostra-lhe um par de chinelos chineses bordados com peixes cor de laranja, uma bolsa de camurça com fivela de ouro, um cinto de couro de jacaré que estala ao toque, um lenço abissínio tecido em prata, um corpete com flores de cera, um blazer com gola de penas de avestruz, um anel com um besouro engastado em resina.

— Você quer pegar aquela? — o homem diz, levantando a cabeça.

— Qual? — Iris pergunta, ouvindo ao mesmo tempo o toque do telefone debaixo do balcão. Ela se abaixa e o apanha. — Alô?

Silêncio.

— Alô? — ela diz, mais alto, apertando a mão sobre a outra orelha.

— Boa tarde — uma voz masculina e refinada diz. — Este é um momento conveniente para falar?

Iris fica instantaneamente desconfiada.

— Talvez.

— Estou ligando a respeito... — a voz é obliterada por uma explosão de estática na linha, reaparecendo após alguns segundos — ...e encontrar conosco.

— Desculpe, não ouvi.

— Estou ligando a respeito de Euphemia Lennox. — O homem parece ligeiramente aflito agora.

Iris franze a testa. O nome lhe soa vagamente familiar.

— Sinto muito — ela diz. — Não sei quem é.

— Euphemia Lennox — ele repete.

Iris sacode a cabeça, desconcertada.

— Lamento dizer que...

— Lennox — o homem repete. — Euphemia Lennox. Você não a conhece?

— Não.

— Então eu devo ter ligado para o número errado. Queira me desculpar.

— Espere um instante — Iris diz, mas a ligação cai.

Ela fica olhando para o telefone por um instante, depois coloca o fone no lugar.

— Número errado — ela diz ao homem. A mão dele, ela vê, está hesitando entre os chinelos chineses e uma carteira com contas e fecho de tartaruga. Coloca-a sobre a bolsa.

— Esta.

Iris embrulha-a para ele em papel de seda dourado.

— Você acha que ela vai gostar? — ele pergunta, quando ela lhe entrega o embrulho.

Iris se pergunta como é a mulher dele, que tipo de pessoa ela pode ser, como deve ser estranho ser casado, preso desse jeito a outra pessoa.

— Acho que vai — ela responde. — Mas se não gostar pode trazer de volta e escolher outra coisa.

Depois de fechar a loja, Iris dirige para o norte, deixando a Old Town para trás, através do vale que outrora abrigara um lago, cruzando as travessas da New Town e mais adiante, na direção das docas. Estaciona o carro acidentalmente numa área reservada a moradores e toca a campainha na porta externa de uma grande firma de advocacia. Nunca esteve aqui antes. O edifício parece deserto, a luz de um alarme piscando sobre a porta, todas as janelas escuras. Mas ela sabe que Luke está lá dentro. Inclina a cabeça na direção do porteiro eletrônico, esperando ouvir a voz dele. Nada. Ela pressiona outra vez e espera. Então ouve a porta destrancando do outro lado e girando em sua direção.

— Srta. Lockhart — ele diz. — Eu presumo que a senhorita tenha uma hora marcada?

Iris olha para ele de cima a baixo. Está de camisa, a gravata frouxa no colarinho, as mangas enroladas.

— Preciso de uma?

— Não.

Ele estende o braço, segura o punho dela, depois seu braço, depois seu ombro, e puxa-a através da soleira em sua direção. Beija seu pescoço, fechando a porta com uma das mãos, enquanto a outra se ocupa em abrir caminho dentro do casaco dela, por baixo e para dentro de sua blusa, em torno de sua cintura, sobre seu peito, subindo pelas curvas de sua coluna. Ele meio que a carrega e meio que a arrasta escada acima, e ela tropeça nos próprios saltos. Luke segura seu cotovelo e eles irrompem através de uma porta de vidro.

— Então — diz Iris, enquanto solta a gravata dele e a atira para o lado —, este lugar tem câmeras de segurança?

Ele balança a cabeça negativamente enquanto a beija. Está lutando com o zíper da saia dela, praguejando por causa do esforço. Iris cobre as mãos dele com a sua e o zíper cede, a saia escorrega para baixo e ela a chuta com os pés, bem alto, fazendo Luke rir.

Iris e Luke toparam um com o outro dois meses atrás num casamento. Iris detesta casamentos. Detesta-os com fervor. Todo aquele desfile em roupas ridículas, o tornar público de modo ritualístico uma relação privada, os discursos intermináveis feitos pelos homens em nome das mulheres. Mas ela bem que gostara desse último. Uma de suas melhores amigas estava se casando com um homem de que Iris gostava, para variar; a noiva usava uma roupa bonita, para variar; não havia lugares marcados nas mesas, discursos ou gente levando você de um lado para outro a fim de tirar fotografias horríveis.

A responsável fora a roupa de Iris — um vestido de crepe-da-china verde com as costas nuas que ela havia transformado especialmente. Estava conversando com uma amiga fazia algum tempo mas ainda assim consciente do homem que havia se aproximado delas. Ele olhava para o espaço sob a tenda com um ar de calma segurança enquanto bebia seu champanhe, enquanto acenava para alguém, enquanto passava a mão pelo cabelo. Quando a amiga disse: "Essa é uma roupa e tanto, Iris", o homem disse, sem olhar para elas, sem sequer se inclinar na direção delas: "Mas na verdade não é uma roupa. Não é isso o que costumavam chamar de vestido chique?" E Iris olhou para ele de verdade pela primeira vez.

Ele tinha se mostrado um bom amante, como Iris sabia que ele seria. Atencioso sem ser consciente demais, apaixonado sem ser grudento. Hoje à noite, porém, Iris começa a se perguntar se está sentindo um discreto quê de pressa em seus movimentos. Ela abre os olhos e fita-o através das pálpebras semicerradas. Os olhos dele estão fechados, seu rosto arrebatado, concentrado. Ele a levanta, erguendo-a da mesa e colocando-a no chão e, sim, Iris vê — vê indiscutivelmente — que ele lança um olhar para o relógio acima do computador.

— Meu Deus — ele diz, rápido demais, Iris sente, antes que a respiração deles voltasse ao normal, antes que seus corações diminuíssem o ritmo em seus peitos — você pode vir toda noite?

Iris rola sobre a barriga, sentindo os pêlos incômodos do tapete contra sua pele. Luke beija a parte inferior das costas dela, correndo a mão para cima e para baixo sobre sua coluna por um momento. Depois se levanta, caminha até a mesa, e Iris observa enquanto ele se veste. Há uma urgência no modo como ele faz isso, puxando a calça para cima, a camisa vestindo com movimentos bruscos.

— Estão esperando por você em casa? — Iris, ainda deitada no chão, faz questão de pronunciar bem cada palavra.

Ele olha para o relógio enquanto o coloca no punho e faz uma careta.

— Eu disse a ela que ia trabalhar até tarde.

Ela pega um clipe de papel que caiu no tapete e, enquanto começa a esticá-lo, lembra-se de algo irrelevante, de que são chamados de *trombones* em francês.

— Eu preciso ligar para ela, na verdade — Luke murmura. Senta-se diante da mesa e apanha o telefone. Tamborila os dedos enquanto espera, depois sorri para Iris, um sorriso largo e rápido que desaparece quando ele diz: — Gina? Sou eu. Não. Ainda não.

Iris joga para o lado o clipe de papel, que alinhou até deformar, e estende a mão para pegar sua calcinha. Não tem problemas com a mulher de Luke, mas não quer particularmente ter que ouvir as conversas dele com ela. Pega suas roupas no chão, uma a uma, e se veste. Está sentada para puxar o zíper das botas quando Luke desliga. O chão vibra enquanto ele anda na direção dela.

— Você não está indo? — ele diz.

— Estou.

— Não vá — ele se ajoelha, passando os braços em torno da cintura dela. — Não ainda. Eu disse a Gina que não ia chegar em casa logo. Podíamos pedir uma comida. Você está com fome?

Ela endireita a gola da camisa dele.

— Tenho que ir.

— Iris, eu quero deixá-la.

Iris congela. Faz menção de sair da cadeira mas ele a abraça firmemente.

— Luke...

— Quero deixá-la e ficar com você.

Por um momento ela fica sem fala. Então começa a soltar os dedos dele da sua cintura.

— Pelo amor de Deus, Luke. Não vamos ter essa conversa. Tenho que ir.

— Não tem não. Pode ficar um pouco. Precisamos conversar. Eu não agüento mais isso. Está me deixando maluco, fingir que está tudo bem com Gina quando a cada minuto do dia estou desesperado para...

— Luke — ela diz, tirando um cabelo seu da camisa dele —, estou indo. Disse que talvez fosse ao cinema com Alex e...

Luke franze a testa e solta-a.

— Você vai ver Alex esta noite?

Luke e Alex se viram uma única vez. Iris estava se encontrando com Luke havia uma semana ou coisa assim quando Alex apareceu sem avisar no apartamento dela. Tem o hábito de fazer isso sempre que Iris está com um homem novo. Ela poderia jurar que ele tem um sexto sentido para isso.

— Este é Alex — ela dissera, enquanto voltava para a cozinha, o queixo rígido de irritação —, meu irmão. Alex, este é Luke.

— Oi — Alex se inclinara sobre a mesa da cozinha e estendera a mão.

Luke tinha se levantado e apertado a mão do irmão dela. Seus dedos de articulações grandes cobriam todos os de Alex. Iris ficou chocada com o contraste físico dos dois: Luke um tipo moreno e musculoso ao lado do magricela e pálido Alex.

— Alexander — ele disse, com um aceno da cabeça —, é um prazer conhecê-lo.

— Alex — Alex corrigiu.

— Alexander.

Iris olhou para Luke. Ele estaria fazendo aquilo de propósito? Ela se sentiu subitamente diminuída, reduzida com os dois se elevando acima dela.

— É Alex — disse ela com aspereza. — Agora sentem-se, por favor, sentem-se os dois, e vamos beber alguma coisa.

Luke se sentou. Iris apanhou um copo a mais para Alex e derramou nele um pouco de vinho. Luke olhava dela para Alex e de novo para ela. Sorriu.

— O quê? — disse Iris, colocando a garrafa sobre a mesa.

— Vocês não se parecem nem um pouco.

— Bem, por que pareceríamos? — Alex interveio. — Não temos parentesco sangüíneo, afinal.

Luke parecia confuso.

— Mas achei...

— Ela é minha meia-irmã — Alex deu uma olhadela para Luke. — Meia-irmã — ele esclareceu. — Meu pai se casou com a mãe dela.

— Oh — Luke inclinou a cabeça. — Entendo.

— Ela não disse? — Alex perguntou, estendendo o braço para pegar a garrafa de vinho.

Quando Luke foi ao banheiro, Alex se recostou na cadeira, acendeu um cigarro, deu uma olhada na cozinha ao redor, limpou as cinzas de cima da mesa, endireitou o colarinho. Iris o fitava. Como ele ousa se sentar aqui, contemplando as luzes? Ela

pegou seu guardanapo, dobrou-o até formar uma faixa comprida e deu uma paulada na manga dele.

Ele tirou mais cinzas da frente da camisa.

— Isso doeu — observou.

— Ótimo.

— Então — Alex tragou o cigarro.

— Então o quê?

— Bela blusa — ele disse, ainda sem olhar para ela.

— A minha ou a dele? — Iris retrucou.

— A sua — ele virou o rosto na direção dela. — É claro.

— Obrigada.

— Ele é alto demais — disse Alex.

— Alto demais? — ela repetiu. — O que você quer dizer?
Alex deu de ombros.

— Não sei se eu conseguiria sair com alguém assim tão mais
alto do que eu.

— Não seja ridículo.
Alex esmagou o cigarro no cinzeiro.

— Tenho permissão para perguntar qual é... — ele fez um
movimento circular com a mão no ar — ...a situação?

— Não — ela disse rapidamente, depois mordeu o lábio. —
Não há situação nenhuma.

Alex levantou as sobrancelhas. Iris torceu o guardanapo até
transformá-lo numa corda.

— Muito bem — ele murmurou. — Não me diga, então —
ele esticou a cabeça na direção da porta, na direção dos passos
nas tábuas nuas. — O queridinho está voltando.

Esme senta-se diante da mesa da sala de aula, inclinada para um
lado, a cabeça descansando no antebraço. Do outro lado da mesa,
Kitty está estudando verbos franceses num livro de exercícios.
Esme não olha para a aritmética que foi designada para ela. Olha
em vez disso para a poeira enxameando os raios de luz, a linha

branca do cabelo repartido de Kitty, o modo como os nós e as marcas na madeira da mesa correm como água, os galhos da espirradeira lá fora no jardim, as suaves luas crescentes que aparecem sob suas cutículas.

A caneta de Kitty risca a folha e ela suspira, franzindo a testa de concentração. Esme bate o calcanhar na perna da cadeira. Kitty não levanta os olhos. Esme faz de novo, com mais força, e o queixo de Kitty se ergue. Os olhos das duas se encontram. Os lábios de Kitty se separam num sorriso e sua língua aparece, apenas o bastante para que Esme veja mas não o bastante para que a governanta delas, Srta. Evans, note. Esme faz uma careta. Fica vesga e suga as bochechas para dentro, e Kitty tem que morder o lábio e desviar os olhos.

Mas com as costas para a sala, de frente para o jardim, a Srta. Evans entoa:

— Espero que o exercício de aritmética esteja quase terminado.

Esme baixa os olhos para as fileiras de números, sinais de mais, sinais de menos. Ao lado das duas linhas que significam "igual a", não há nada: um vazio negro. Esme tem um lampejo de inspiração. Move a lousa para um lado e se esgueira para fora da cadeira.

— Pode me dar licença? — ela diz.

— Pode me dar licença...?

— Pode me dar licença, por favor, Srta. Evans?

— Por que razão?

— Hum... — Esme luta para se lembrar o que deve dizer. — Hum... ah...

— Um chamado da natureza — diz Kitty, sem tirar os olhos de seus verbos.

— Eu estava me dirigindo a você, Kathleen?

— Não, Srta. Evans.

— Então por gentileza fique de boca fechada.

Esme inspira pelo nariz, e enquanto deixa o ar sair bem devagar pela boca diz:

— Um chamado da natureza, Srta. Evans.

A Srta. Evans, ainda de costas para elas, inclina a cabeça.

— Pode ir. Esteja aqui de volta dentro de cinco minutos.

Esme escapole pelo quintal, roçando a mão nas flores que crescem em vasos junto ao muro. Pétalas caem em cascata depois de sua passagem. O calor do dia está chegando ao ápice. Logo será hora de tirar uma soneca, a Srta. Evans vai desaparecer até amanhã, e ela e Kitty terão permissão para ficar dentro da névoa de seus mosquiteiros, observando os círculos vagarosos do ventilador de teto.

Na sala de jantar ela pára. Aonde ir agora? Do interior úmido da cozinha vem o cheiro quente e amanteigado do *chai*.* Da varanda, ela pode ouvir o murmúrio da voz de sua mãe: "...ele insistiu em ir pela estrada do lago mesmo eu tendo deixado perfeitamente claro que devíamos ir diretamente para o clube, mas como você sabe..."

Esme se vira e perambula até o outro lado do jardim na direção do quarto das crianças. Empurra a porta, que está seca e quente de sol sob a palma de sua mão. Lá dentro, Jamila está mexendo alguma coisa num fogão baixo e Hugo está de pé, segurando-se na perna de uma cadeira, um bloco de madeira apertado contra a boca. Quando vê Esme, ele deixa escapar um gritinho agudo, cai no chão e começa a engatinhar na direção dela com um movimento desajeitado e mecânico.

— Olá, bebê, olá, Hugo — Esme cantarola. Ela adora Hugo. Adora seus braços e pernas gordinhos e perolados, os sulcos nos nós de seus dedos, seu cheiro de leite. Ajoelha-se na direção dele e Hugo agarra seus dedos, depois estende a mão para uma de suas tranças.

---

*Bebida típica da Índia, feita de folhas de chá preto, leite e especiarias. (*N. do E.*)

— Posso pegá-lo no colo, Jamila? — Esme implora. — Por favor?

— É melhor não. Ele está muito pesado. Pesado demais para você, eu acho.

Esme aperta o rosto contra o de Hugo, nariz com nariz, e ele ri, deleitado, os dedos agarrando o cabelo dela. O sári de Jamila farfalha e sussurra enquanto ela atravessa o quarto e Esme sente a mão dela em seu ombro, fresca e macia.

— O que você está fazendo aqui? — Jamila murmura, afagando-lhe a testa. — Não está na hora da aula?

Esme dá de ombros.

— Eu queria ver como o meu irmão estava.

— Seu irmão está muito bem — Jamila se abaixa e levanta Hugo até os quadris. — Mas ele sente sua falta. Sabe o que ele fez hoje?

— Não. O quê?

— Ele estava do outro lado do quarto e...

Jamila se interrompe de repente. Seus grandes olhos pretos fixos nos de Esme. A distância podem ouvir a voz seca da Srta. Evans e a de Kitty, falando por cima, ansiosa, intervindo. Então as palavras ficam claras. A Srta. Evans está dizendo à mãe de Esme que Esme fugiu outra vez, que a garota é impossível, desobediente, impossível de ensinar, uma mentirosa...

E Esme descobre que, na verdade, está sentada diante de uma comprida mesa na cantina, um garfo numa das mãos, uma faca na outra. Diante dela está um prato de ensopado. Círculos de gordura bóiam na superfície, e se ela tenta desmanchá-los eles simplesmente se estilhaçam e se tornam múltiplos pequenos clones de si mesmos. Pedaços de cenoura e algum tipo de carne se amontoam debaixo do molho.

Ela não vai comer aquilo. Não vai. Vai comer o pão mas não com a margarina. Isso ela vai raspar de cima do pão. E vai beber a água que está com gosto da taça de metal. Não vai comer a geléia de laranja. Vem num prato de papel e está coberta por uma película de poeira.

— Quem vem buscar você?

Esme se vira. Há uma mulher ao seu lado, inclinando-se em sua direção. O lenço amplo amarrado em sua testa escorregou, dando-lhe um ar vago de pirata. Ela tem pálpebras flácidas e uma fileira de dentes podres.

— Perdão? — Esme diz.

— Minha irmã vem — diz a mulher-pirata, e agarra o braço dela. — Vem de carro. No carro dela. Quem vem buscar você?

Esme baixa os olhos para sua bandeja de comida. O ensopado. Os círculos de gordura. O pão. Ela precisa pensar. Rápido. Precisa dizer alguma coisa.

— Meus pais — ela arrisca.

Uma das mulheres da cozinha, tirando chá pela torneira da chaleira, ri, e Esme pensa nos corvos grasnando nas árvores altas.

— Não seja idiota — diz a mulher, levando o rosto para perto do de Esme. — Seus pais estão mortos.

Esme pensa por um instante.

— Eu sabia — ela diz.

— É, sabia sim — murmura a mulher, enquanto coloca uma xícara de chá com violência sobre a mesa.

— Sabia mesmo — Esme está indignada, mas a mulher se afasta pela passagem entre as mesas.

Esme fecha os olhos. Concentra-se. Tenta encontrar o caminho de volta. Tenta fazer desaparecer a si mesma, fazer a cantina recuar. Imagina-se deitada na cama de sua irmã. Pode vê-la. O pé da cama de mogno, a colcha de renda, o mosquiteiro. Mas alguma coisa não está correta.

Ela estava de cabeça para baixo. Era isso. Gira a imagem em sua cabeça. Estava deitada de costas, não de bruços, a cabeça inclinada sobre o pé da cama, olhando para o quarto de cabeça para baixo. Kitty entrava em seu campo de visão e saía, do armário ao baú, pegando e largando peças de roupa. Esme colocava um dedo numa das narinas, inspirando, depois colocava o dedo na outra, expirando. O jardineiro tinha dito a ela que era o caminho para a serenidade.

— Você acha que vai se divertir? — Esme perguntou.

Kitty suspendeu uma camisa diante da janela.

— Não sei. Provavelmente. Gostaria que você viesse.

Esme tirou o dedo do nariz e rolou sobre a barriga.

— Eu também — ela chutou a cabeceira da cama com o dedão. — Não entendo por que tenho que ficar aqui.

Seus pais e sua irmã estavam indo "para o interior", para uma festa na casa de alguém, onde iam se hospedar. Hugo ia ficar porque era pequeno demais e Esme ia ficar porque tinha caído em desgraça por ter caminhado pela entrada dos carros descalça. Tinha acontecido dois dias antes, numa tarde tão quente que seus sapatos não cabiam nos pés. Nem tinha lhe ocorrido que aquilo não era permitido até que sua mãe desse umas pancadinhas na janela da sala de estar e acenasse para que ela entrasse em casa. As pedrinhas da entrada dos carros estavam afiadas sob seus pés, agradavelmente desconfortáveis.

Kitty se virou para olhar para ela por um momento.

— Talvez mamãe afrouxe um pouco.

Esme deu um último e forte chute na cabeceira da cama.

— Não é provável.

Um pensamento lhe ocorreu.

— Você podia ficar aqui. Podia dizer que não está se sentindo bem, que...

Kitty começou a tirar a fita da camisa.

— Eu tenho que ir.

Seu tom — resignação tesa e afetada — despertou a curiosidade de Esme.

— Por quê? — ela disse. — Por que você tem que ir?

Kitty deu de ombros.

— Tenho que conhecer pessoas.

— Pessoas?

— Garotos.

Esme se levantou com esforço.

— Garotos?

Kitty enroscava a fita repetidas vezes nos dedos.

— Foi o que eu disse.

— Para que você quer conhecer garotos?

Kitty sorriu, os olhos abaixados para a fita.

— Você e eu — ela disse — vamos ter que encontrar alguém para casar.

Esme ficou estupefata.

— Vamos?

— É claro. Não podemos passar o resto da vida aqui.

Esme olhou fixamente para a irmã. Em certos momentos parecia que eram iguais, da mesma idade, mas noutros os seis anos entre elas se esticavam, uma fenda impossível.

— Não vou me casar — ela anunciou, atirando-se de novo na cama.

Do outro lado do quarto, Kitty riu.

— É mesmo? — disse ela.


Iris está atrasada. Dormiu demais, demorou demais no café-da-manhã e decidindo o que vestir. E agora está atrasada. Deve ir entrevistar uma mulher que ajudaria na loja aos sábados e vai ter que levar junto o cachorro. Espera que a mulher não se incomode.

Está com o casaco sobre o braço, a bolsa no ombro, o cachorro de coleira e pronta para sair quando o telefone toca. Ela hesita por um momento, então bate a porta com força e corre de volta à cozinha, o que deixa o cachorro excitado, ele pensa que ela está brincando e pula nela, embaraçando-a em sua coleira e fazendo com que Iris tropece e caia no chão da cozinha.

Ela diz um palavrão, esfregando o ombro, e tenta alcançar o telefone.

— Estou falando com a Srta. Lockhart?

— Sim.

— Meu nome é Peter Lasdun. Estou ligando de...

Iris não entende o nome mas ouve a palavra "hospital". Agarra o fone, a mente aos pulos. Pensa: meu irmão, minha mãe, Luke.

— Por acaso alguém... aconteceu alguma coisa?

— Não, não — o homem dá uma risadinha irritante —, não há motivo para alarme, Srta. Lockhart. Levamos um bom tempo para localizá-la. Estou ligando a respeito de Euphemia Lennox.

Uma mistura de alívio e raiva atravessa Iris.

— Olhe — ela diz, asperamente —, não tenho idéia de quem são vocês ou do que querem mas nunca ouvi falar de Euphemia Lennox. Estou muito ocupada mesmo e...

— A senhorita é o membro da família para contato — o homem declara com muita calma.

— O quê? — Iris está tão aborrecida que larga bolsa, casaco e coleira do cachorro. — Do que está falando?

— É parente da Sra. Kathleen Elizabeth Lockhart, nascida Lennox, que morava em Lauder Road, Edimburgo?

— Sou — Iris abaixa os olhos para o cachorro. — É minha avó.

— E a senhorita tem procuração bastante já que... — ouve-se o farfalhar de papéis — ...já que ela passou a ficar integralmente sob os cuidados de enfermeiros — mais farfalhar de papéis. — Tenho a cópia de um documento que nos foi entregue pelo advogado dela, assinado pela Sra. Lockhart, designando a senhorita como membro da família a ser contactado sobre assuntos concernentes a Euphemia Esme Lennox. Irmã dela.

Iris agora está realmente enfezada.

— Ela não tem uma irmã.

Faz-se uma pausa durante a qual Iris ouve o homem movendo os lábios por cima dos dentes.

— Sinto ter que contradizê-la — ele diz por fim.

— Ela não tem. Sei que não tem. É a única, como eu. Está me dizendo que eu não conheço minha própria árvore genealógica?

— Os membros da diretoria de Cauldstone têm tentado rastrear...

— Cauldstone? Não é lá que fica o... o... — Iris luta para encontrar uma outra expressão além de hospital de malucos — ...asilo?

O homem tosse.

— É uma unidade especializada em psiquiatria. Era, eu deveria dizer.

— Era?

— Está fechando. Esse é o motivo pelo qual estamos contactando a senhorita.

Enquanto ela dirige pela Cowgate, seu celular toca. Ela puxa-o do bolso do casaco.

— Alô?

— Iris — Alex diz, no ouvido dela —, você sabia que dois mil e quinhentos canhotos são mortos a cada ano usando coisas feitas para destros?

— Eu não sabia disso, não.

— Bem, é verdade. Está aqui, na minha frente. Estou trabalhando num website de segurança doméstica hoje, esta é a minha vida. Achei que devia dar uma ligada e avisar você. Não tinha a menor idéia de que a sua existência era tão precária.

Iris dá uma olhada rápida para sua mão esquerda, segurando o volante.

— Nem eu.

— Os piores culpados são os abridores de lata, aparentemente. Embora não diga exatamente como você pode morrer ao usar um. Onde você esteve a manhã toda? Fiquei horas tentando achá-la para dar essa notícia. Achei que você tinha emigrado sem me contar.

— Infelizmente ainda estou aqui — ela vê um sinal de trânsito à sua frente ficar âmbar, pisa no acelerador e o carro dá um pulo debaixo dela. — Tem sido um dia normal, até aqui. Tomei café, entrevistei alguém para a loja e descobri que sou responsável por uma louca que nem sabia existir.

Atrás dele, no escritório, ela ouve o shug-shug-shug de uma impressora.

— O quê? — ele diz.

— Uma tia-avó. Ela está em Cauldstone.

— Cauldstone? O hospital de malucos?

— Recebi um telefonema hoje de manhã de... — sem avisar, uma van lhe dá uma fechada e ela mete o punho na buzina e grita: — Imbecil!

— Você está dirigindo? — Alex pergunta.

— Não.

— Está com síndrome de Tourette, então? Você está dirigindo. Dá pra ouvir.

— Ah, pare de se incomodar com coisas sem importância — ela começa a rir —, está tudo bem.

— Você sabe que eu detesto isso. Sempre acho que vou ouvir você morrendo num acidente de carro. Vou desligar. Tchau.

— Espere, Alex...

— Vou mesmo. Pare de atender o telefone quando está dirigindo. Falo com você mais tarde. Onde você vai estar?

— Em Cauldstone.

— Vai para lá hoje? — ele pergunta, subitamente sério.

— Vou para lá agora.

Ela ouve Alex tamborilando com uma caneta em sua mesa, mexendo-se na cadeira.

— Não assine nada — ele diz por fim.

— Mas não entendo — Iris interrompe. — Se ela é a irmã da minha avó, minha... minha tia-avó, então por que eu nunca ouvi falar dela?

Peter Lasdun suspira. A assistente social suspira. Os dois trocam um olhar. Estão sentados nesta sala, em torno desta mesa, pelo que parecem ser horas. Peter Lasdun esteve delineando com esmero para Iris aquilo a que se refere como sendo Práticas de Rotina. Elas incluem Planos de Saúde, Acompanhamento, Programas de Reabilitação, Planejamento de Alta. Ele parece falar permanentemente em letras maiúsculas. Iris conseguiu ofender a assistente social — ou Coordenadora de Serviço Social, como Lasdun a chama — confundindo-a com uma enfermeira, fazendo com que ela começasse a desenrolar a lista de suas qualificações de assistente social e títulos universitários. Iris gostaria de beber um copo d'água, gostaria de abrir uma janela, gostaria de estar em algum outro lugar. Qualquer outro lugar.

Peter Lasdun leva um bom tempo alinhando uma ficha com a borda de sua mesa.

— A senhorita não falou sobre Euphemia com nenhum membro da sua família — ele pergunta, com paciência infinita — desde a nossa conversa?

— Não sobrou ninguém. Minha avó foi para o mundo de Alzheimer. Minha mãe está na Austrália e nunca ouviu falar nela. É possível que meu pai soubesse, mas ele está morto — Iris mexe na xícara vazia de café. — Tudo isso parece tão improvável. Por que eu deveria acreditar em vocês?

— Não é incomum que pacientes nossos... digamos, sumam de vista. Euphemia está conosco há um bom tempo.

— Quanto tempo exatamente?

Lasdun consulta a ficha, correndo o dedo pelas páginas. A assistente social tosse e se inclina para a frente.

— Sessenta anos, eu acredito, Peter, mais ou menos...

— Sessenta anos? — Iris quase grita. — Neste lugar? O que há de errado com ela?

Desta vez, ambos se refugiam em suas anotações. Iris se inclina para a frente. É bem competente em ler de cabeça para baixo. *Distúrbio de personalidade*, ela consegue decifrar, *bipolar*, *eletroconvulsivo* — Lasdun vê que ela olha e fecha subitamente a pasta.

— Euphemia teve uma variedade de diagnósticos de uma variedade de... profissionais durante sua estada em Cauldstone. Basta dizer, Srta. Lockhart, que minha colega e eu trabalhamos diretamente com Euphemia durante nossa recente participação nos Programas de Reabilitação. Estamos inteiramente convencidos de sua docilidade e bastante confiantes em sua readaptação bem-sucedida à sociedade — ele abre o que deve pensar ser um sorriso afetuoso.

— E eu suponho — diz Iris — que essa sua opinião não tem nada a ver com o fato de este lugar estar sendo fechado e vendido por causa do valor da terra?

Ele manuseia nervosamente um pote de canetas, tirando duas, colocando-as sobre a mesa, depois colocando-as de volta.

— Isso, claro, é uma outra questão. Nossa pergunta à senhorita é — ele abre aquele sorriso lupino de novo — está disposta a levá-la?

Iris franze a testa.

— Levá-la para onde?

— Levá-la — ele repete. — Acolhê-la.

— O senhor quer dizer... — ela fica estarrecida — ...comigo?

Ele faz um gesto vago.

— Onde quer que ache conveniente para...

— Não posso — ela diz. — Nunca estive com ela. Não a conheço. Não posso.

Ele faz que sim novamente, com ar de cansaço.

— Entendo.

Do outro lado da mesa, a assistente social está arrumando seus papéis. Peter Lasdun limpa alguma coisa da capa de sua pasta.

— Bem, obrigado por seu tempo, Srta. Lockhart — Lasdun some atrás da mesa, procurando alguma coisa no chão. Iris vê, quando ele volta, que é uma outra pasta, com um outro nome.

— Se precisarmos de sua contribuição em qualquer outro assunto no futuro entraremos em contato. Alguém vai levá-la até a saída — ele faz um gesto na direção da recepção.

Iris senta-se mais para a frente na cadeira.

— Isso é tudo? Fim da história?

Lasdun abre as mãos.

— Não há mais nada a discutir. É meu trabalho, como representante do hospital, fazer-lhe esta pergunta, e a senhorita respondeu devidamente.

Iris se levanta, brincando com o zíper da bolsa. Vira-se e dá dois passos na direção da porta. Então pára.

— Posso vê-la?

A assistente social franze a testa. Lasdun olha para ela de modo inexpressivo.

— Quem?

Sua mente já está na pasta seguinte, Iris vê, o próximo conjunto relutante de parentes.

— Euphemia.

Ele belisca a pele entre os olhos, vira o pulso para consultar o relógio. Ele e a assistente social olham um para o outro por um instante. Então a assistente social dá de ombros.

— Acho que sim — diz Lasdun, com um suspiro. — Vou chamar alguém para acompanhá-la.

Esme está pensando na parte difícil. Na árdua. Só faz isso raramente. Mas às vezes sente necessidade e hoje é um daqueles dias em que parece ver Hugo. No canto do olho, um pequeno vulto rastejando pela sombra junto a uma porta, o espaço debaixo da cama. Ou pode ouvir a voz dele numa cadeira reduzida a sucata no chão. Não há como saber como ele poderia escolher ficar com ela.

Há mulheres jogando *snap* na mesa do outro lado da sala, e no farfalhar das cartas há o barulho do ventilador de teto que ficava no quarto das crianças. Era de madeira oleosa e manchada. Completamente inútil, é claro. Só mexia o ar pesado como uma colher no chá quente. Ficava acima dela, agitando o calor da sala. E ela estava girando um pássaro de papel sobre o bercinho dele.

— Olhe, Hugo — ela fez o pássaro voar para baixo na direção dele e depois para o alto, pousando nas barras. Mas ele não esticou a mão para apanhá-lo. Esme sacudiu-o de novo, perto do rosto dele. — Hugo. Está vendo o pássaro?

Os olhos de Hugo seguiram-no mas então ele soluçou, virando de costas, colocando o polegar na boca.

— Ele está com sono — disse Jamila, do outro lado do quarto onde ela pendurava fraldas para secar — e com um pouco de febre. Talvez sejam os dentes. Por que você não vai lá para o jardim um pouco?

Esme correu passando pelo lago onde a rede balançava vazia, passando pela cobertura de flores cor de laranja em torno do fícus. Correu pelo gramado de críquete, esquivando-se dos arcos, seguindo pelo caminho através dos arbustos. Subiu na cerca com um pulo e então parou. Fechou os olhos, prendeu a respiração e ficou escutando.

Ali estava. O choro, o lento choro das seringueiras vertendo seu fluido. O som era como o do estalar de folhas a quilômetros de distância, como o rastejar de criaturas minúsculas. Ela havia jurado a Kitty que podia ouvir, mas Kitty levantara as sobrancelhas. Esme inclinou a cabeça para um lado e para o outro, ainda mantendo os olhos bem fechados, e ficou escutando o som das árvores chorando.

Abriu os olhos. Olhou para a luz do sol se estilhaçando e se formando novamente no chão. Olhou para os talhos em espiral nos troncos ao seu redor. Correu de volta, por cima da cerca, sobre o gramado do críquete, em torno do lago, cheia de alegria pelo fato de seus pais estarem longe, por ter a casa à disposição.

Na sala de estar, Esme girou o gramofone, acariciou as cortinas de veludo, rearrumou a fileira de elefantes de marfim no parapeito da janela. Abriu a caixa de costura da mãe e examinou os fios coloridos de linha de seda. Rolou de costas no tapete e passou um bom tempo deslizando seus pés calçados com meias. Descobriu que podia deslizar desde a cômoda com pés de garras até o armário de bebidas. Destrancou a estante de livros e pegou os volumes encadernados a couro, cheirou-os, sentiu suas páginas de beiradas douradas. Abriu o piano e executou gloriosos glissandos para cima e para baixo do teclado. No quarto dos pais, esquadrinhou as jóias de sua mãe, abriu a tampa de uma caixa de pó e aplicou um pouco nas bochechas, com pancadinhas. Suas feições, quando ela levantou os olhos para o espelho oval, ainda estavam sardentas, seu cabelo ainda estava em desordem. Esme virou as costas.

Subiu no pé lustroso da cama de seus pais, estendeu os braços e se permitiu cair. O colchão subiu para encontrá-la — buf! — suas roupas formando ondas, seu cabelo voando. Quando a cama parou de tremer, ela ficou deitada ali por um tempo, uma desordem de saias, avental, cabelo. Mordeu a unha de um dedo, franzindo a testa. Tinha sentido alguma coisa.

Esme se endireitou, voltou para o pé da cama, levantou os braços, fechou os olhos, caiu no colchão e — ali. Ali estava outra vez. Uma sensibilidade, uma delicadeza em dois pontos de seu peito, um tipo estranho e sutil de dor. Rolou até ficar de costas e olhou para baixo. Sob o branco de seu avental, tudo estava como sempre tinha sido. Esme levantou a mão e pressionou-a contra o peito. A dor se espalhou para os lados, como ondas num lago. Isso fez com que ela se sentasse, encontrasse seus olhos outra vez no espelho e visse seu rosto, corado e abalado.

Ela andou a esmo pela varanda, chutando a poeira que se acumulava ali todos os dias. Perguntaria a Kitty sobre isso. O quarto das crianças, quando ela entrou, estava na penumbra e frio. Por que as lâmpadas não estavam acesas? Houve um movimento na escuridão, um farfalhar ou um suspiro. Esme podia divisar o branco opaco do berço, as costas corcundas do sofá. Tropeçou na escuridão, topando com o sofá-cama antes do que imaginara.

— Jamila — ela disse, e tocou seu braço.

A pele da aia estava pegajosa de suor.

— Jamila — Esme disse outra vez.

Jamila deu uma leve sacudida, suspirou, e murmurou alguma coisa que continha "Esme", e o nome soou como sempre soava quando pronunciado por Jamila: Izme, Is Me.*

— O que foi? — Esme se inclinou mais para perto.

Jamila murmurou outra vez, uma seqüência de sons em sua própria língua. E havia algo naquelas sílabas nada familiares que assustou Esme. Ela se pôs de pé.

— Vou chamar Pran — ela disse. — Volto num minuto.

Esme saiu correndo pela porta e pela varanda.

— Pran! — ela gritava. — Pran! Jamila está passando mal e...

---

*"Sou eu", em inglês. (*N. da T.*)

Na entrada da cozinha ela parou. Algo estava ardendo em fogo lento e estalando no fogão e uma faixa oblonga de luz entrava filtrada pela porta dos fundos.

— Olá? — ela disse, uma das mãos na parede.

Entrou na cozinha. Havia panelas no chão, um monte de farinha numa bacia, uma faca enterrada num maço de coentro. Um peixe jazia cortado em filés e pronto ao lado. O jantar estava sendo preparado mas era como se todos tivessem ido lá para fora por um minuto, ou desaparecido no chão sujo, como pingos de *ghee*.*

Ela se virou e caminhou de volta pelo pátio e, enquanto caminhava, ocorreu-lhe que não havia vozes. Nenhum barulho de criados chamando uns aos outros, nenhum ruído de passos, nenhum abrir e bater de portas. Nada. Apenas o estalar de galhos e uma veneziana batendo em algum lugar em suas dobradiças. A casa, ela se deu conta, estava vazia. Todos tinham saído.

Esme saiu correndo pela entrada dos carros, as pernas queimando. A escuridão tinha caído rápido e os galhos lá em cima estavam pretos e inquietos contra o céu. Os portões estavam trancados com cadeado e do outro lado deles ela podia ver a vegetação rasteira e densa, perfurada por luzes diminutas movendo-se na escuridão.

— Com licença — ela gritou. — Com licença, por favor.

Um grupo de homens estava de pé ao longe, junto à estrada, o brilho de um lampião iluminando seus rostos.

— Vocês estão me ouvindo? — ela gritou e sacudiu os portões. — Preciso de ajuda. Minha aia está passando mal e...

Eles se afastaram, murmurando uns para os outros, lançando olhares para trás, para ela, e Esme tinha certeza, certeza absoluta, de que um era o filho do jardineiro que costumava correr com ela nos ombros.

---

*Manteiga líquida, feita com a essência do leite, usada na culinária indiana. (N. *do* E.)

No quarto das crianças, ela manuseou desajeitadamente os fósforos e o lampião. O lume se espalhou de onde ela estava sentada pelo chão, até o teto, pelas paredes, revelando as imagens dos evangelhos, a cadeira de balanço, a cama onde Jamila estava deitada, o fogão, a mesa onde comiam, a estante de livros.

Quando havia luz suficiente, ela caminhou até o berço e o movimento pareceu fazer suas pernas doerem, como se ela tivesse ficado sentada por muito tempo. Na beira do berço, descobriu que ainda estava segurando os fósforos. Tinha que largá-los antes de poder pegar Hugo e não havia nenhum lugar onde colocá-los, então ela teve que se abaixar e colocá-los no chão. E quando ela tentou pegá-lo foi difícil. Teve que se debruçar por cima dele e havia tantas mantas e cobertores e o corpo dele parecia tão mais pesado e ele estava tão frio e tão duro que era difícil segurá-lo. Ele estava congelado na posição em que sempre dormia: de costas, os braços estendidos, como se buscando um abraço, como se caindo no espaço.

Mais tarde, Esme vai dizer às pessoas que ficou sentada com ele no quarto das crianças a noite toda. Mas elas não vão acreditar nela. "Isso é impossível", eles vão dizer. "Você deve ter dormido. Você não se lembra." Mas ela ficou. Pela manhã, quando as luzes começaram a se esgueirar por entre as venezianas, os fósforos ainda estavam no chão perto do sapato dela, as fraldas ainda estavam secando junto ao fogo. Ela nunca teve certeza do momento em que Jamila morreu.

Encontraram-na na biblioteca. Ela havia se trancado lá dentro.

Ela se lembra das longas horas de silêncio. Um silêncio mais absoluto e poderoso do que qualquer coisa que ela jamais imaginara. A luz desaparecendo gradualmente e ressurgindo. Passarinhos voando entre as árvores como agulhas no tecido. A pele de Hugo adquirindo um tom delicado de peltre. Ela acha que simplesmente desligou, reduziu a velocidade, um relógio sem corda.

E então subitamente sua mãe estava ali, berrando e ganindo, e o rosto de seu pai estava bem próximo, gritando, onde está todo mundo, para onde eles foram. Ela estava ali fazia dias, eles disseram, mas parecia mais tempo para ela, décadas, ou um tempo mais longo, infinitamente longo, várias eras do gelo.

Ela não queria deixar que levassem Hugo. Tiveram que arrancá-lo dela à força. Foram necessários seu pai e um homem que arranjaram em algum lugar. A mãe dela ficou parada junto à janela até que tudo tivesse terminado.

Iris, uma enfermeira e a assistente social descem num elevador. Parece levar muito tempo. Iris imagina que devem estar afundando na rocha que sustenta a cidade. Ela dá uma olhada furtiva para a assistente social mas seus olhos estão fixos nos números dos andares que se acendem. No bolso da enfermeira há um pequeno dispositivo eletrônico numa caixa. Iris está se perguntando para que serve aquilo, quando sente o elevador dar um leve salto e parar. As portas se abrem. Há barras verticais diante delas. A enfermeira estende a mão para digitar um código, mas se vira para Iris.

— Fique perto — ela diz. — Não fique olhando.

Então elas estão do lado de fora das barras, do outro lado das barras, as barras deslizando e se fechando atrás delas, num corredor com luzes enfileiradas e linóleo de um marrom avermelhado. Há o fedor incômodo de alvejante.

A enfermeira avança, as solas de borracha de seus sapatos guinchando. Elas passam por um grupo de portas giratórias, por fileiras e fileiras de quartos trancados, uma enfermaria de luz amarela, um par de cadeiras aparafusadas ao chão. No teto, câmeras piscam e giram para observá-las passar.

Iris leva um tempo até se dar conta do que há de estranho nesse lugar. Não sabe o que esperava — malucos tartamudeando? loucos uivando? — mas não era esta quietude ruminativa.

Todos os outros hospitais em que ela esteve eram apinhados, cheios, corredores lotados de gente caminhando, fazendo fila, esperando. Mas Cauldstone é deserto, um hospital fantasma. A pintura verde nas paredes reluz como rádio, o chão foi polido até se tornar um espelho. Ela quer perguntar, onde está todo mundo, mas a enfermeira digita um código em outra porta e subitamente um cheiro a atinge.

É fétido, opressivo. Corpos deixados por tempo demais nas mesmas roupas. Comida requentada vezes demais. Quartos onde as janelas nunca são abertas por completo. Passam pela primeira porta aberta e Iris vê um colchão virado de lado, uma poltrona coberta com papel. Olha lá para fora e vê, do outro lado do vidro reforçado do corredor, um jardim interno. Papel, copinhos de plástico e outros tipos de lixo rodopiam no concreto. Quando ela vira as costas, encontra os olhos da assistente social. Iris é a primeira a desviar o olhar. Passam por um outro conjunto de portas e a enfermeira pára.

Entram numa sala com cadeiras alinhadas junto à parede. Três mulheres estão sentadas diante de uma mesa jogando cartas. A luz fraca do sol escorre através de janelas estreitas e altas e uma televisão murmura pendurada no teto. Iris fica parada debaixo dela enquanto a enfermeira fala com outra enfermeira. Uma mulher num cardigã cinzento comprido e esticado se aproxima e pára diante dela, perto, perto demais, deslocando o peso do corpo de um pé ao outro.

— Tem um cigarro? — ela pergunta.

Iris dá uma olhada rápida nela. É jovem, mais jovem do que ela própria talvez, o cabelo preto na raiz mas de um amarelo-palha nas pontas.

— Não — Iris diz. — Sinto muito.

— Um cigarro — ela diz, com urgência —, por favor.

— Não tenho nenhum. Sinto muito.

A mulher não responde e não se afasta. Iris pode sentir o hálito azedo em seu pescoço. Do outro lado da sala, uma mulher mais velha num vestido amarrotado anda de uma cadeira até a outra, dizendo, numa voz clara e alta: "Ele sempre está cansado quando vem, sempre cansado, muito cansado, então eu vou precisar colocar a chaleira."

Outra pessoa senta-se numa bola, punhos cerrados acima da cabeça.

Então Iris ouve o grito:

— Euphemia!

Uma enfermeira espera numa porta, as mãos na cintura. Iris acompanha o olhar dela até a outra extremidade da sala. Uma mulher alta está parada nas pontas dos pés diante da janela alta, de costas para elas.

— Euphemia! — a enfermeira chama outra vez, e rola os olhos para Iris. — Eu sei que ela pode me ouvir. Euphemia, você tem visita.

Iris vê a mulher se virar, primeiro a cabeça, depois o pescoço, depois o corpo. Parece levar um tempo extraordinariamente longo e Iris se lembra de um animal desenroscando-se ao acordar. Euphemia levanta os olhos para Iris e fita-a, a extensão da sala entre elas. Olha para a enfermeira, depois outra vez para Iris. Uma de suas mãos segura a grade sobre a janela. Seus lábios se abrem mas nenhum som sai e, por um momento, parece que afinal ela não vai falar. Então pigarreia.

— Quem é você? — pergunta Euphemia.

— Encantadora! — a enfermeira interrompe em voz alta, tão alta que Iris se pergunta se Euphemia não será um pouco surda. — Ela não recebe muitas visitas, recebe, Euphemia?

Iris começa a andar na direção dela.

— Sou Iris — ela diz. Atrás dela, pode ouvir a garota do cigarro sibilar Iris, Iris, para si mesma. — Você não me conhece. Eu sou... sou a neta da sua irmã.

Euphemia franze a testa. Examinam-se uma à outra. Iris estava, ela se dá conta, esperando encontrar alguém frágil ou enferma, uma geriátrica miúda, uma bruxa de conto de fadas. Mas esta mulher é alta, com um rosto anguloso e olhos inquisidores. Tem um ar de ligeira altivez, a expressão travessa, as sobrancelhas erguidas. Embora deva estar na casa dos setenta, há algo de incongruentemente infantil nela. Seu cabelo está preso num dos lados com um pregador e o vestido que ela usa é florido com uma saia ampla — não é a roupa de uma velha.

— Kathleen Lockhart é minha avó — Iris diz, quando ela chega perto. — Sua irmã. Kathleen Lennox?

A mão na janela dá um pequeno puxão.

— Kitty?

— Sim. Eu imagino...

— Você é a neta de Kitty?

— Isso mesmo.

Sem aviso, a mão de Euphemia se lança e agarra seu punho. Iris não consegue evitar: salta para trás, virando-se em busca da enfermeira, da assistente social. Imediatamente Euphemia solta.

— Não se preocupe — ela diz, com um sorriso esquisito. — Eu não mordo. Sente-se, neta de Kitty — ela se abaixa, sentando-se numa cadeira, e aponta a outra para ela. — Não queria assustar você.

— Não fiquei assustada.

Ela sorri outra vez.

— Ficou sim.

— Euphemia, eu...

— Esme — ela corrige.

— Perdão?

Ela fecha os olhos.

— Meu nome — ela diz — é Esme.

Iris dá uma olhada na direção das enfermeiras. Terá havido um erro?

— Se você olhar para elas mais uma vez — Euphemia diz, numa voz firme —, só mais uma vez, elas vão vir e me levar embora. Vou ficar trancada na solitária durante um dia, talvez mais. Gostaria de evitar isso por razões que com certeza devem ser óbvias para você, e repito que não vou machucá-la e garanto que isso é verdade, então por favor não olhe para elas de novo.

Iris desvia o olhar para o chão, para as mãos da mulher alisando o vestido sobre seus joelhos, para seus próprios pés atados dentro dos sapatos.

— Está bem. Sinto muito.

— Sempre fui Esme — ela continua, no mesmo tom. — Infelizmente, eles só têm meu nome oficial, o nome em meus registros e anotações, que é Euphemia. Euphemia Esme. Mas sempre fui Esme. Minha irmã — ela lança para Iris um olhar de esguelha — costumava dizer que Euphemia soa como alguém espirrando.

— Você não contou a eles? — Iris pergunta. — Sobre ser Esme?

Esme sorri, seu olhar preso no de Iris.

— Você acha que eles me escutam?

Iris tenta encontrar os olhos dela mas se descobre fitando a gola puída do vestido, os olhos tão fundos, os dedos agarrando os braços da cadeira.

Esme se inclina na direção dela.

— Você precisa me desculpar — ela murmura. — Não estou acostumada a falar tanto. Eu na verdade perdi o hábito recentemente e agora descubro que não consigo parar. Então — ela diz — você precisa me contar. Kitty teve filhos.

— Sim — Iris diz, intrigada. — Um. Meu pai. Você... não sabia?

— Eu? Não. — Seus olhos brilham enquanto se movem pela sala sombria. — Como você vê, eu estou longe faz um bom tempo.

— Ele morreu — Iris fala abruptamente.

— Quem?

— Meu pai.

— E Kitty?

A mulher do cigarro ainda está entoando o nome de Iris bem baixinho e em algum lugar a outra mulher ainda está falando sobre o homem cansado e a chaleira.

— Kitty? — Iris repete, distraída.

— Ela está... — Esme se inclina mais para perto, passa a língua sobre os lábios — ...viva?

Iris se pergunta como vai falar.

— Mais ou menos — ela diz com cautela.

— Mais ou menos?

— Ela tem Alzheimer.

— Alzheimer?

— É um tipo de perda de memó...

— Eu sei o que é Alzheimer.

— Sim. Sinto muito.

Esme se senta por um instante, olhando lá para fora pela janela.

— Vão fechar este lugar, não vão? — ela diz abruptamente.

Iris hesita, quase dá uma olhada na direção das enfermeiras, depois se lembra de que não deve.

— Eles negam — Esme diz —, mas é verdade, não é?

Iris faz que sim.

Esme estende o braço e entrelaça suas duas mãos em torno de uma das mãos de Iris.

— Você veio me levar embora — ela diz, com urgência na voz. — É por isso que você está aqui.

Iris estuda o rosto dela. Esme não se parece em nada com sua avó. É realmente possível que ela e esta mulher sejam parentes?

— Esme, eu nem mesmo sabia que você existia até ontem. Nunca sequer tinha ouvido seu nome antes. Gostaria de ajudá-la, realmente gostaria...

— É por isso que você está aqui? Diga sim ou não.

— Vou fazer tudo o que puder para ajudá-la...

— Sim ou não — Esme repete.

Iris engole com dificuldade.

— Não — ela diz. — Não posso. Eu... eu não tive oportunidade de...

Mas Esme está retirando suas mãos, virando a cabeça para o outro lado. E alguma coisa nela muda, e Iris se vê obrigada a prender a respiração, porque viu alguma coisa passando no rosto da mulher, como uma sombra passando na água. Iris fica olhando fixamente, muito depois de a impressão ter acabado, muito depois de Esme ter se levantado e atravessado a sala e desaparecido numa das portas. Iris não pode acreditar. No rosto de Esme, por um momento, viu o de seu pai.

— Não entendo — diz Alex do outro lado do balcão. É hora do almoço num sábado e ele e Fran passaram na loja, levando para Iris um sanduíche incomível de uma delicatessen cara demais. — Não entendo.

— Alex, já expliquei a você quatro vezes até agora — Iris diz, inclinando-se sobre o balcão, mexendo com a pele fina de uma luva de criança. Sua maciez é estranhamente desagradável e ela estremece. — Quantas vezes mais nós vamos ter que falar sobre isso até que entre no seu crânio que...

— Acho que Alex só está querendo dizer que é difícil de compreender — Fran se interpõe com uma voz delicada. — Há várias questões com as quais lidar aqui.

Iris focaliza rapidamente sua cunhada. Ela parece ser toda de um único matiz, uma espécie de castanho bem claro. Seu cabelo, sua pele, suas roupas. Senta-se numa das cadeiras que

Iris colocou perto da cabine, as pernas cruzadas, e — será a imaginação de Iris? — a capa de chuva em volta do corpo. Ela não gosta de roupas de segunda mão. Disse isso a Iris uma vez. E se alguém tiver morrido usando essas roupas? ela disse. E daí se tiver? Iris respondeu.

Alex ainda está falando sobre Euphemia Lennox.

— Você está me dizendo que ninguém nunca ouviu falar nela? — ele diz. — Nem você, nem sua mãe, nem ninguém?

Iris suspira.

— Sim. É exatamente o que eu estou dizendo. Mamãe diz que papai definitivamente tinha a impressão de que vovó era filha única, e que vovó costumava dizer isso com freqüência. O fato de não ter irmãos.

Alex dá uma enorme mordida em seu próprio sanduíche e fala com a boca cheia.

— Então quem pode garantir que essas pessoas não estão enganadas?

Iris vira a luva na mão. Tem três botões de madrepérola no punho estreito.

— Não estão. Eu a vi, Alex, ela... — ela se interrompe, dando uma olhada na direção de Fran. Então se inclina para a frente um pouco, de modo que sua testa encoste no vidro frio do balcão. — Há papéis — ela diz, endireitando-se outra vez. — Papéis legais. Provas incontestáveis. Ela é quem eles dizem ser. Vovó tem uma irmã, viva e em boa saúde num hospício.

— É tão... — Fran leva um bom tempo buscando a palavra que quer; precisa fechar os olhos devido ao esforço. — ...bizarro. — Ela por fim sugere, destacando cada uma das vogais. — Que isso aconteça com uma família. É muito... muito... — ela fecha os olhos novamente, franzindo as sobrancelhas, buscando a palavra.

— Bizarro? — Iris propõe. É uma palavra de que ela desgosta particularmente.

— Sim — Fran e Iris se entreolham por um momento. Fran pisca os olhos. — Não quero dizer que sua família seja bizarra, Iris, eu só...

— Você não conhece minha família.

Fran ri.

— Bem, eu conheço Alex — ela estende a mão para tocar a manga dele mas ele está um pouco longe demais e a mão dela cai no espaço entre os dois.

Iris não diz nada. Ela quer dizer: o que você conhece dele? Quer dizer: fui até a droga do Connecticut para o casamento de vocês e nem uma única pessoa da sua família pensou em me dirigir uma palavra que fosse, você não acha que isso é bizarro? Quer dizer: eu lhe dei de presente de casamento o mais lindo dos vestidos escandinavos de botões, dos anos sessenta, e nunca vi você usá-lo, nem mesmo uma vez.

Alex dá uma tossidela. Iris se vira e olha para ele. Há uma dobra mínima, imperceptível, em seus músculos faciais, o crispar de uma sobrancelha que se eleva, uma leve curva para baixo da boca.

— A questão é — Iris diz, desviando o olhar novamente — o que vou fazer diante disso. Se eu...

— Olhe, espere um pouco — diz Alex, abaixando sua garrafa d'água, e Iris se eriça diante desse tom imperativo. — Isso não tem nada a ver com você.

— Alex, tem sim, é...

— Não tem. Ela é, o que, uma parente distante sua e...

— Minha tia-avó — Iris diz. — Não é tão distante assim.

— Seja como for. Esta é uma confusão feita por outra pessoa, pela sua avó, na pior das hipóteses. Não tem nada a ver com você. Está me ouvindo? Iris? Prometa-me que não vai fazer isso.

A avó de Iris está sentada numa cadeira de couro, os pés apoiados num banco, um cardigã em volta dos ombros. Do lado de fora da janela, um homem idoso anda devagar para um lado e para o outro do terraço, as mãos nas costas.

Iris fica parada na porta. Não vem aqui com muita freqüência. Quando era criança, costumava visitar a avó uma vez por semana. Gostava da casa velha e sombria, o jardim com plantas crescidas demais. Costumava correr de um lado a outro dos caminhos emaranhados e cobertos de musgo, entrando no mirante e saindo. E sua avó gostava de tê-la por lá, num vestido bonito, para mostrar às amigas. "Minha Iris", ela costumava chamá-la, "minha flor". Mas quando ela se tornou adolescente sua avó perdeu o interesse por ela. "Você está repugnante", ela disse uma vez quando Iris apareceu usando uma saia que ela mesma tinha feito, "nenhum homem decente vai querê-la se você se exibir desse jeito".

— Ela acabou de jantar — a assistente diz —, não é mesmo, Kathleen?

Sua avó ergue os olhos ao ouvir seu nome mas, como não vê ninguém que represente alguma coisa para ela, abaixa os olhos para o colo outra vez.

— Olá — diz Iris. — Sou eu, Iris.

— Iris — sua avó repete.

— Sim.

— Meu filho tem uma menininha chamada Iris.

— Isso mesmo — diz Iris —, e...

— Claro que é isso mesmo — a avó responde com aspereza. — Você acha que eu sou uma tola?

Iris puxa um banco e se senta, a bolsa no colo.

— Não. Não acho. Só queria dizer que eu sou ela. Eu sou a filha do seu filho.

Sua avó olha para ela, de modo demorado e firme, o rosto inseguro, quase assustado.

— Não seja ridícula — ela diz, e fecha os olhos.

Iris olha ao redor dela. O quarto de sua avó tem um tapete grosso, asfixiado com mobília antiga, e tem vista para o jardim. Uma fonte volteia na distância e é possível divisar os telhados da Old Town, um corvo girando no céu sobre a cidade. Ao lado da cama há dois livros e Iris está exatamente inclinando a cabeça para saber quais são quando sua avó abre os olhos.

— Estou esperando que alguém ajeite o meu cardigã — diz ela.

— Eu ajeito — diz Iris.

— Estou com frio.

Iris se levanta, inclina-se e alcança os botões.

— O que você está fazendo? — sua avó grita, afundando na cadeira, batendo nas mãos de Iris. — O que você está fazendo?

— Ajudando você com o cardigã.

— Por quê?

— Você estava com frio.

— Estava?

— Sim.

— Isso é porque meu cardigã não está abotoado. Preciso que alguém ajeite.

Iris se senta e respira fundo.

— Vovó — diz ela —, vim hoje porque queria perguntar sobre Esme.

Sua avó se vira em sua direção, mas parece se distrair com um lenço que sai de sua manga.

— Você se lembra de Esme? — insiste Iris. — Sua irmã?

Sua avó puxa o lenço e ele se solta da manga, caindo em seu colo, e Iris como que espera ver uma série deles, todos amarrados uns aos outros.

— Eu almocei? — sua avó pergunta.

— Sim. Também jantou.

— O que eu comi?

— Bife — Iris inventa.

Isso deixa a avó furiosa.

— Bife? Por que você está falando de bife? — ela se vira violentamente para espiar pela porta. — Quem é você? Eu não sei.

Iris suprime um suspiro e olha para a fonte lá fora.

— Sou sua neta. Meu pai era...

— Ela não queria largar o bebê — sua avó diz, subitamente.

— Quem? — Iris se precipita. — Esme?

Os olhos de sua avó estão focalizados em alguma coisa do outro lado da janela.

— Tiveram que sedá-la. Ela não queria largar.

Iris tenta ficar calma.

— Que bebê? Você quer dizer o seu bebê?

— O bebê — sua avó diz, aflita. Gesticula desesperadamente para alguma coisa, para tentar se fazer entender. — O bebê. Você sabe.

— Quando foi isso?

Sua avó franze as sobrancelhas e Iris tenta não entrar em pânico. Sabe que não tem muito tempo.

— Você estava lá — Iris tenta uma estratégia diferente — quando aconteceu a coisa com o bebê?

— Eu estava esperando num quarto. Não foi minha culpa. Eles me disseram isso depois.

— Quem? — Iris pergunta. — Quem disse?

— As pessoas.

— Pessoas?

— A mulher — sua avó faz uma forma indecifrável em torno da cabeça. — Duas delas.

— Duas de quê?

Sua avó tem a expressão vaga. Iris pode senti-la afundando de novo na areia movediça.

— Quem falou para você de Esme e do bebê? — Iris diz rapidamente, esperando se fazer entender antes que sua avó afunde novamente. — De quem era o bebê? Era o bebê dela? Foi por isso que ela...

— Eu já jantei? — diz sua avó.

Alguém no balcão da recepção lhe diz aonde ir e Iris entra num corredor mal iluminado com luzes se estendendo numa fileira. Há uma tabuleta acima de uma porta, Registros, e através do vidro distorcido do aquário ela vê um salão coberto de prateleiras.

Lá dentro, um homem está sentado num banco alto com uma ficha à sua frente. Iris descansa a mão sobre o balcão. Experimenta um espasmo de dúvida acerca desta missão. Talvez Alex esteja certo. Talvez ela devesse simplesmente deixar isso para lá. Mas o homem atrás do balcão olha para ela com um ar de expectativa.

— Eu estava pensando... — ela começa. — Estou procurando registros de admissão. Peter Lasdun disse que eu podia vir.

O homem ajeita os óculos e faz uma careta, como se atingido por uma dor súbita.

— Esses registros são confidenciais — diz ele.

Iris remexe dentro da bolsa.

— Tenho uma carta dele aqui em algum lugar, provando que sou parente — ela coloca a mão mais fundo, empurrando para o lado a carteira, batom, chaves, recibos. Onde está a carta que ele mandou por fax para a loja hoje de manhã? Seus dedos roçam num pedaço de papel dobrado e ela o traz para fora, triunfante.

— Aqui está — Iris diz, empurrando-o na direção do homem. — É isto.

O homem passa um bom tempo examinando-o com atenção e depois a Iris.

— O que você está procurando? — ele diz, afinal. — Que data?

— O problema — diz Iris — é que eles não sabem com certeza. Década de 1930 ou 1940.

Ele desce de seu banco dando um longo suspiro.

Os volumes são enormes e pesados. Iris tem que se levantar para lê-los. Uma espessa camada de poeira cresceu sobre a lombada e sobre o alto das páginas. Ela abre um ao acaso e as páginas, amarelas e quebradiças, caem em maio de 1941. Uma mulher chamada Amy tem seu encaminhamento assinado por um Dr. Wallis. Amy é uma viúva da guerra e com suspeita de ter febre puerperal. É levada para a instituição pelo irmão. Ele diz que ela não pára de limpar a casa. Não há menção ao bebê, e Iris se pergunta o que terá acontecido com ele. Será que sobreviveu? Será que o irmão cuidou dele? Será que a mulher do irmão cuidou? Será que o irmão tinha uma mulher? Será que Amy voltou a sair?

Iris passa rapidamente por mais algumas páginas. Uma mulher que estava convencida de que a radiotelegrafia estava de algum modo matando todo mundo. Uma menina que ficava andando para longe de casa à noite. Uma mulher casada que não parava de atacar um determinado criado. Uma peixeira de Cockenzie que mostrava sinais de comportamento libidinoso e incontrolado. Uma filha caçula que fugiu para a Irlanda com um escrevente. Iris está lendo sobre uma certa Jane que cometia a imprudência de dar longas e solitárias caminhadas e recusar ofertas de casamento quando começa a espirrar violentamente, uma vez, duas, três, quatro.

Ela funga e busca um lenço de papel nos bolsos. A sala dos registros parece estranhamente silenciosa depois dos seus espirros. Ela olha ao redor. Está vazia à exceção do homem atrás da mesa e de um outro homem espiando de perto alguma coisa numa tela azulada de microfilme. Parece estranho que todas essas mulheres um dia tenham estado aqui, neste prédio, que tenham passado dias e semanas e meses sob este vasto teto. Conforme Iris vasculha os bolsos, ocorre-lhe que talvez algumas delas ainda estejam, como Esme. Será que Jane das longas caminhadas está em algum lugar entre estas paredes? Ou a filha caçula que fugiu para se casar?

Não acha nenhum lenço de papel, é claro. Olha outra vez para a pilha de registros de admissão. Ela realmente deveria voltar para a loja. Poderia levar horas para encontrar Esme em meio a tudo isto. Semanas. Peter Lasdun disse ao telefone que eles "não puderam identificar a data exata da admissão dela". Talvez Iris devesse ligar para eles outra vez. Devem poder descobrir. A idéia sensata seria conseguir a data e depois voltar.

Mas Iris se volta outra vez para Jane e suas longas caminhadas. Recua ao passado. 1941, 1940, 1939, 1938. A Segunda Guerra Mundial começa e é engolida, tornando-se apenas uma idéia, uma ameaça nas mentes das pessoas. Os homens ainda estão em suas casas, Hitler é um nome nos jornais, nunca ouviram falar em bombas, *blitze* e campos de concentração, o inverno se torna outono, depois verão, depois primavera. Abril cede passagem a março, depois a fevereiro, e enquanto isso Iris lê sobre recusas a falar, sobre roupas mal passadas, sobre discussões com vizinhos, sobre histeria, sobre pratos que não foram lavados e chãos que não foram limpos, sobre nunca querer relações maritais ou querê-las demais ou não o suficiente ou não da maneira correta ou buscá-las em outro lugar. De maridos no limite de suas forças, de pais incapazes de compreender as mulheres que suas filhas se tornaram, de pais que insistem, repetidas vezes, que ela antes era uma gracinha. Filhas que simplesmente não querem ouvir. Esposas que um dia fizeram a mala para ir embora de casa, fechando a porta atrás de si, e tiveram que ser rastreadas e trazidas de volta.

E quando Iris vira uma página e encontra o nome Euphemia Lennox ela quase continua virando porque já devem ter se passado horas desde que ela começou e está tão embotada por tudo isso que tem que se recordar, lembrar-se de que é por causa disso que está aqui. Alisa os papéis da admissão de Esme com a parte macia de seus dedos.

*Dezesseis anos de idade*, é o que ela vê em primeiro lugar. Depois: *Insiste em ficar com os cabelos compridos.* Iris lê o documento inteiro do início ao fim, depois volta e relê. Termina com: *Pais relatam tê-la encontrado dançando diante de um espelho, vestindo as roupas da mãe.*

Iris volta à loja. O cachorro está cheio de alegria ao vê-la, como se ela tivesse ficado fora durante uma semana, não apenas umas poucas horas. Ela liga o computador. Verifica seus e-mails, abre um de sua mãe. *Iris, dei tratos à bola sem parar sobre sua avó e não me lembro que ela tenha alguma vez mencionado uma irmã*, Sadie escreveu, *Tem certeza de que eles entenderam direito?* Iris responde, *Sim, eu lhe disse, é ela.* E pergunta como está o tempo hoje em Brisbane. Responde a outros e-mails, deleta alguns, ignora outros, anota as datas de vendas de objetos de segunda mão e leilões. Abre o arquivo de suas contas.

Mas quando digita as palavras *fatura* e *sinal* e *a pagar* sua concentração não pára de lhe escapulir, porque em algum canto de sua mente está a imagem de um quarto. A tarde está no fim nesse quarto e uma garota solta o cabelo. Está usando um vestido grande demais para ela mas o vestido é bonito, uma criação em seda que ela observou e desejou e agora está finalmente nela, em torno dela. Cola-se às suas pernas e flui ao redor de seus pés como água. Ela cantarola, uma canção sobre você e a noite e a música, e enquanto cantarola anda pelo quarto. Seu corpo oscila como um galho ao vento e seus pés calçados com meias passam sobre o tapete muito delicadamente. Sua cabeça está tão ocupada pela canção e pelo ruge-ruge fresco da seda que ela não ouve as pessoas subindo a escada, não ouve nada. Não tem idéia de que em um ou dois minutos a porta vai se escancarar e eles estarão parados ali, olhando para ela. Ouve a música e sente o vestido. Isso é tudo. Suas mãos se movem ao redor dela como pássaros pequeninos.

Peter Lasdun atravessa o estacionamento de Cauldstone, lutando para vestir sua capa impermeável. Um vento cortante vem em rajadas do estuário do rio Forth. Ele enfia um braço mas a outra manga adeja ao vento, virando o casaco pelo avesso, o revestimento de tartan escarlate ondulando no ar salgado como uma bandeira.

Ele está num corpo-a-corpo para controlá-lo quando ouve alguém chamando seu nome. Vira-se de frente para o vento e vê uma mulher se aproximando dele às pressas. Tem que olhar fixamente por um instante para conseguir reconhecê-la. É aquela tal de Lennox, ou Lockhart, ou seja qual for o nome dela, e está acompanhada por um cachorro monstruosamente grande. Peter recua um passo. Não gosta de cachorros.

— Você pode me dizer — ela fala, enquanto chega perto dele — o que acontece com ela agora? Com as pessoas como ela?

Peter suspira. Já passam dez minutos da hora cheia. Sua mulher estará abrindo o forno para verificar o jantar dele. O aroma da carne e dos vegetais assados deve estar ocupando a cozinha. Seus filhos, ele espera, estão fazendo o dever de casa em seus quartos. Ele deveria estar no carro, na estrada secundária, e não capturado por esta mulher num estacionamento onde venta.

— Posso sugerir que a senhorita marque uma outra reunião...

— Só quero fazer uma pergunta, uma pergunta rápida — ela abre um sorriso súbito, revelando uma fileira de dentes bem cuidados —, não vou atrasá-lo. Ando até o seu carro com o senhor.

— Está bem — Peter desiste de tentar colocar o casaco e deixa-o adejando em volta dos tornozelos.

— Então, o que acontece com Esme agora?

— Esme?

— Euphemia. Na verdade, sabe... — ela deixa a frase morrer e dá aquele sorriso rápido outra vez. — Deixa para lá. Quero dizer Euphemia.

Peter abre o porta-malas do carro e coloca a pasta lá dentro.

— Pacientes cujas famílias não fizeram nenhum tipo de depósito — ele pode ver a apólice diante de si e lê em voz alta as palavras — tornam-se responsabilidade do estado e serão realocados apropriadamente.

Ela franze a testa e faz um ligeiro beicinho com o lábio inferior.

— O que isso quer dizer?

— Ela vai ser realocada — ele bate com força a porta do porta-malas e caminha na direção da porta do carro. Mas a moça o segue de perto.

— Para onde?

— Um estabelecimento do estado.

— Outro hospital?

— Não — Peter suspira outra vez. Sabia que isso não seria rápido. — Euphemia foi julgada apta a receber alta. Passou com sucesso por um Programa de Ajuste de Alta e um Plano de Reabilitação. Ela está numa lista de espera de um lar para idosos. Então ela vai ser transferida para lá, eu imagino, assim que houver um lugar disponível. — Peter escorrega para o assento do motorista e enfia a chave na ignição. Com certeza isso vai ser suficiente para se livrar dela.

Mas não. Ela se inclina sobre a porta aberta do carro e o cachorro mete o focinho na direção de Peter, cheirando.

— Quando vai ser isso? — ela pergunta.

Ele olha para ela e há algo nela — sua persistência, sua obstinação — que faz com que ele se sinta particularmente cansado.

— Quer realmente saber? Pode levar semanas. Pode levar meses. Não imagina a pressão em que esses estabelecimentos estão. Finanças insuficientes, pessoal insuficiente, lugares insuficientes para atender a demanda. Cauldstone deve fechar em cinco semanas, Srta. Lockhart, e se eu lhe revelasse que...

— Não há um outro lugar para onde ela possa ir enquanto isso? Ela não pode ficar aqui. Deve haver algum outro lugar. Eu gostaria... eu só quero tirá-la daqui.

Ele brinca com o espelho retrovisor, inclinando-o para a frente e depois para trás, sem conseguir encontrar um ângulo satisfatório.

— Tem havido casos de pacientes como Euphemia indo para acomodações temporárias até que um local mais permanente possa ser encontrado. Mas minha opinião pessoal é que eu não recomendaria.

— O que quer dizer com acomodações temporárias?

— Um esquema de moradia de curto prazo, um alojamento residencial. Algo assim.

— Quando é que isso pode acontecer?

Ele dá uma puxada na porta do carro. Agora realmente já chegou ao limite. Será que esta mulher nunca vai deixá-lo em paz?

— Assim que conseguirmos transporte — ele diz asperamente.

— Eu vou levá-la — ela diz, sem hesitação. — Levo no meu carro.

Iris está deitada de lado, um livro na mão. O braço de Luke está em torno da sua cintura e ela pode sentir a respiração dele na nuca. A mulher dele está visitando a irmã, então Luke veio passar a noite pela primeira vez. Iris normalmente não permite que homens fiquem em sua cama para passar a noite, mas Luke por acaso ligou quando ela estava com um monte de clientes e não tinha tempo ou privacidade para discutir o assunto.

Vira uma página. Luke acaricia seu braço, depois dá um beijo experimental em seu ombro. Iris não responde. Ele suspira, se aproxima.

— Luke — diz Iris, encolhendo os ombros para afastá-lo.

Ele começa a passar o nariz no pescoço dela.

— Luke, estou lendo.

— Isso eu posso ver — ele murmura.

Ela vira outra página com um movimento rápido dos dedos. Ele a agarra com mais força.

— Você sabe o que diz aqui? — diz ela. — Que um homem podia internar a filha ou a mulher num hospício com a mera assinatura de um clínico geral.

— Iris...

— Imagine. Você poderia se livrar da sua mulher se ficasse de saco cheio dela. Poderia se ver livre da sua filha se ela não fizesse o que mandavam.

Luke faz menção de pegar o livro.

— Quer parar de ler esse livro deprimente e conversar comigo em vez disso?

Ela vira a cabeça para olhar para ele.

— Conversar?

Ele sorri.

— Conversar. Ou qualquer outra coisa que a agrade.

Ela fecha o livro, deita de costas e olha para o teto. Luke está alisando seu cabelo, roçando o rosto em seu ombro, as mãos descendo pelo seu corpo.

— Quando foi a sua primeira vez? — ela pergunta subitamente. — Quantos anos você tinha?

— Primeira vez de quê?

— Você sabe. Sua primeira vez.

Ele beija sua face, sua têmpora, sua sobrancelha.

— A gente tem que falar sobre isso agora?

— Sim.

Luke suspira.

— Está bem. O nome dela era Jenny. Eu tinha 17 anos. Foi numa festa de ano-novo e na casa dos pais dela. Isso basta para você?

— Onde? — Iris pergunta. — Onde na casa dos pais dela? Luke começa a sorrir.

— Na cama deles.

— Na cama deles? — diz ela, franzindo o nariz. — Espero que vocês tenham tido a decência de trocar os lençóis — ela se senta e cruza os braços. — Sabe, não consigo parar de pensar naquele lugar.

— Que lugar?

— Cauldstone. Você consegue se imaginar num lugar desses durante a maior parte da sua vida? Não consigo nem começar a imaginar, ser levada embora enquanto ainda se é uma...

Sem aviso, Luke a agarra e vira de lado, empurrando-a sobre o colchão.

— Há uma coisa — diz ele — que vai fazer você calar a boca — ele está desaparecendo debaixo da coberta, descendo pelo seu corpo quando sua voz a alcança: — Quem foi seu primeiro?

Ela solta uma mecha de cabelo presa atrás da cabeça, rearruma o travesseiro.

— Desculpe — diz ela —, informação confidencial.

Ele sai de repente de sob a coberta.

— Vamos lá — está ultrajado. — Justiça é justiça. Eu contei.

Ela dá de ombros, impassível.

Ele a agarra em torno das costelas.

— Você tem que me contar. É alguém que eu conheça?

— Não.

— Você era obscenamente nova?

Ela sacode a cabeça.

— Ridiculamente velha?

— Não — Iris estende o braço, toca a cúpula do abajur de cabeceira, depois tira a mão de novo. Coloca-a na protuberância do bíceps de Luke. Examina a pele ali, o modo como o branco de seu ombro encontra a pele mais morena de seu braço. Ela pensa, meu irmão. Ela pensa, Alex. O desejo de contar vacila, ressurge, depois diminui. Ela não consegue imaginar o que Luke diria, como ele responderia.

As mãos dele apertam os ombros dela com força e ele ainda está insistindo:

— Diga, você tem que me dizer.

Iris se afasta, deixando a cabeça cair no travesseiro.

— Não tenho, não — ela diz.


Estavam soltando as amarras em Bombaim. O navio vibrava e gemia debaixo deles e as pessoas se amontoavam no cais, agitando bandeiras e faixas no ar. Esme segurou o lenço entre dois dedos e observou-o a adejar e tremular na brisa.

— Para quem você está acenando? — Kitty perguntou.

— Ninguém.

Esme se virou para a mãe, de pé ao seu lado na amurada. Tinha uma das mãos levantada, segurando firmemente o chapéu. Sua pele tinha adquirido um aspecto retesado, esticado, seus olhos parecendo afundar nas órbitas. Seu punho, projetando-se da manga rendada, estava magro, a pulseira de ouro do relógio larga nele. Alguma coisa em Esme levou-a a colocar a mão no punho de sua mãe, a tocar aquele osso, a deslizar a ponta de um dedo entre a pele e os elos da pulseira do relógio.

Sua mãe deslocou o peso do corpo de uma perna para a outra, virou a cabeça como que para ver quem estava ao seu lado, depois virou-a de volta. Levou o braço à frente com um movimento abrupto, como se movida por cordas, deu dois tapinhas rápidos nos dedos de Esme, depois os retirou.

Kitty a observou ir embora. Esme não. Esme tinha os olhos fixos no cais, nas bandeiras, nos grandes fardos de tecido que estavam sendo trazidos a bordo do navio. Kitty passou o braço pelo de Esme e Esme ficou feliz com isso, com o calor, e apoiou a cabeça no ombro da irmã.

Dois dias depois, o navio começou a arfar, muito levemente a princípio, e depois a jogar. Copos deslizaram sobre as toalhas das mesas, sopa entornou pela beira das tigelas. Então a linha do horizonte começou a oscilar nas vigias e a espuma se arremessava contra o vidro. As pessoas correram para suas cabines, cambaleando e caindo conforme o navio corcoveava debaixo delas.

Esme estudou o mapa que tinha sido afixado na parede do salão de jogos, o curso deles traçado numa linha vermelha. Estavam, ela viu, no meio do mar da Arábia. Ela disse essas palavras a si mesma enquanto abria caminho pelo corredor, agarrando-se ao corrimão para não se desequilibrar. "Arábia", e "mar", e "tempestade". "Tempestade", *"squall"* era uma boa palavra. Ficava a meio caminho entre *"squawk"* e *"all"*. A meio caminho entre *"shawl"* e *"squeamish"*. Ou *"squat"* e *"call"*.*

A tripulação passava às pressas pelo convés molhado, gritando uns para os outros. Todas as outras pessoas tinham desaparecido. Esme estava de pé no canto de um salão de baile deserto quando um camareiro de bordo, passando como um raio, disse:

— Você não sente?

Esme se virou.

— Não sinto o quê?

— Enjôo. Por causa do mar.

Ela pensou no assunto, fez um inventário de todo o seu ser em busca de sinais de indisposição. Mas não havia nada. Ela se sentia vergonhosamente, exuberantemente saudável.

— Não — disse ela.

A porta da cabine de seus pais estava trancada e, apertando o ouvido contra a madeira, ela ouviu barulhos como tosse, alguém choramingando. Em sua própria cabine, Kitty estava enroscada na cama e seu rosto era de um branco mortal.

---

*A autora brinca com a palavra "squall", tempestade. Os termos que aparecem nesse trecho ficariam traduzidos assim: "squawk", guincho; "all", todos, tudo; "shawl", xale; "squeamish", enjoado, exigente; "squat", agachar-se; "call", chamar. (*N. da T.*)

— Kit — disse Esme, curvando-se sobre ela, e foi subitamente tomada pelo medo de que sua irmã estivesse doente, de que sua irmã pudesse morrer. Agarrou seu braço. — Kit, sou eu. Está me ouvindo?

Kitty abriu os olhos, fitou Esme por um momento, depois virou o rosto para a parede.

— Não agüento olhar para o mar — ela murmurou.

Esme lhe trouxe água, leu para ela, lavou a tigela ao lado da cama. Pendurou uma anágua sobre a vigia, para que Kitty não tivesse que ver os ângulos ferozes e oscilantes do mar. E quando Kitty dormiu, Esme se aventurou a sair. O convés de pranchas de madeira estava deserto, os salões e salas de jantar vazios. Ela aprendeu a se inclinar no ângulo da inclinação do navio, quando este se mexia debaixo dela como um cavalo pulando uma cerca. Jogou malha, arremessando os círculos de corda um a um num poste. Gostava de observar a trilha de espuma deixada pelo navio, os cotovelos enganchados na amurada, de observar as cristas das ondas cinzentas pelas quais eles passavam. Um camareiro de bordo talvez passasse e pusesse um cobertor ao redor dos seus ombros.

Na segunda semana, mais gente apareceu. Esme conheceu um casal de missionários voltando para um lugar chamado Wells-next-the-Sea.

— Fica ao lado do mar* — disse a senhora, e Esme sorriu e pensou que devia se lembrar daquilo para contar a Kitty mais tarde.

Viu os dois darem uma rápida olhada na faixa preta em seu braço e desviar os olhos. Contaram-lhe sobre a praia enorme que se estendia abaixo da cidade e como Norfolk era cheia de casas feitas de pedra. Nunca tinham ido à Escócia, eles disseram, mas tinham ouvido dizer que era muito bonita. Compraram-lhe

---

*Wells-next-the-sea significa literalmente isso. (*N. da T.*)

algumas limonadas e se sentaram com ela nas cadeiras do convés enquanto ela bebia.

— Meu irmãozinho pequeno — Esme se descobriu dizendo, enquanto girava o gelo no alto do copo — morreu de febre tifóide.

A senhora levou a mão à garganta, depois a colocou sobre o braço de Esme. Disse que sentia muito. Esme não mencionou o fato de sua aia também ter morrido, ou de terem enterrado Hugo no cemitério da igreja na cidade e de que isso a incomodava, ele estar sendo deixado para trás na Índia enquanto todos iam para a Escócia, ou de sua mãe não ter mais falado com ela ou olhado para ela desde então.

— Eu não morri — disse Esme, porque isso ainda a intrigava, ainda a mantinha acordada no beliche estreito. — Mesmo estando lá.

O homem pigarreou. Olhou lá para fora, para a linha informe e esverdeada do que tinha dito a Esme ser a costa da África.

— Você foi poupada — disse ele — com um propósito. Um propósito especial.

Esme levantou os olhos de seu copo vazio e estudou o rosto dele, surpresa. Um propósito. Havia um propósito especial diante dela. O colarinho dele era de um branco intenso sobre a pele morena de seu pescoço, sua boca fixa numa séria curva para baixo. Ele disse que rezaria por ela.

A primeira visão de Esme do lugar que seus pais chamavam de Lar foi a planície do Tilbury, emergindo de um sombrio e úmido amanhecer de outubro. Ela e Kitty tinham ficado esperando no convés, fazendo força para enxergar em meio ao nevoeiro. Estavam esperando as montanhas, os lagos, os pequenos vales reclusos que tinham visto na enciclopédia quando procuraram a Escócia, e achavam essa terra de pântanos, rasa e nevoenta, uma decepção.

O frio era impressionante. Parecia esfolar a pele de seus rostos, gelar a pele até chegar ao osso. Quando seu pai lhes disse que ia ficar ainda mais frio elas simplesmente não acreditaram. No trem para a Escócia — porque afinal aquilo não era a Escócia, mas apenas a ponta da Inglaterra — ela e Kitty davam-se encontrões nos banheiros enquanto tentavam vestir todas as roupas que tinham, umas por cima das outras. A mãe delas ficou segurando um lenço sobre o rosto o tempo todo. Esme usava cinco vestidos e dois cardigãs quando pararam em Edimburgo.

Deve ter havido um carro de algum tipo, Esme pensa, de Waverly, mas disso ela não se lembra. Ela recorda flashes de edifícios altos e escuros, de véus de chuva, de lampiões a gás refletindo-se nas pedras da rua, mas pode ser que isso tenha sido mais tarde. Foram recebidos na porta de uma grande casa de pedra por uma mulher de avental.

"Ocht", ela disse a eles, "ocht", e depois alguma coisa sobre entrar. Tocou no rosto delas, no de Esme e no de Kitty, e em seu cabelo, usando palavras escocesas como *bairns*, crianças, e *bonny*, bonitas, e *lassies*, meninas.

Esme pensou por um instante que essa era a avó, mas viu que sua mãe deu a essa mulher apenas as pontas dos dedos para que ela apertasse.

A avó esperava na sala de visitas. Usava uma comprida saia preta que chegava até o chão e se movia como se estivesse sobre rodas. Esme não acredita que tenha chegado a ver seus pés alguma vez. Ela ofereceu uma face para o filho beijar, depois inspecionou Esme e Kitty através do *pince-nez*.

— Ishbel — ela disse à mãe delas, que subitamente estava de pé muito ereta e muito alerta no tapete diante da lareira —, alguma coisa terá que ser feita com relação às roupas.

Naquela noite, Esme e Kitty se enroscaram uma na outra numa cama grande, os dentes chacoalhando. Esme podia jurar que sentia frio até no cabelo. Ficaram deitadas por algum tempo, esperando que o calor da garrafa de pedra com água quente atravessasse suas meias, escutando os barulhos da casa, a respiração uma da outra, o clip-clop de um cavalo lá fora na rua.

Esme esperou por um momento, depois pronunciou uma única palavra na escuridão:

— Ocht.

Kitty explodiu numa risadinha espremida e Esme sentiu a cabeça de Kitty roçar em seu ombro enquanto ela agarrava seu braço.

— Ocht — Esme disse, repetidas vezes, em meio a espasmos de riso — ocht ocht ocht.

A porta se abriu e o pai delas apareceu.

— Fiquem quietas — ele disse —, vocês duas. Sua mãe está tentando descansar.

...juntou o azevinho no Hermitage naquela tarde, com uma faca de cozinha. Eu não faria isso, estava com medo de que os espinhos machucassem minha pele (tinha deixado as mãos de molho em água morna e limão durante semanas, é claro, todo mundo fez isso). Mas ela o puxou de mim e disse, não seja boba, eu faço isso. Você vai rasgar o vestido, eu disse, e nossa mãe vai ficar zangada, mas ela não se importou. Esme nunca se importava. E foi o que ela fez, rasgar o vestido, quer dizer, e nossa mãe ficou irritada com nós duas quando voltamos. Você é responsável mesmo que Esme não seja, ela me disse, você é responsável porque Esme não é, e vamos ter que levá-lo conosco em nossa próxima visita a Sra. MacPherson. A Sra. Mac, como ela gostava de ser chamada, fez o vestido que eu usava naquela tarde. Era o vestido de botões mais bonito que se possa imaginar. Tivemos que experimentar três vezes, pois ele tinha que ficar bem, minha mãe disse. Organdi branco e adornos de flores de laranjeira, eu estava aterrorizada com a idéia de que o azevinho pudesse rasgá-lo, então Esme carregou-o enquanto caminhávamos para lá, tomando cuidado com o gelo porque nossos sapatos eram finos. O vestido dela era estranho: ela não queria o organdi, preferia vermelho, disse, carmim foi a palavra que usou. Veludo. Vou querer veludo carmim, ela disse a Sra. Mac de pé diante da lareira. Não vai não, nossa mãe disse do sofá, você é neta de um advogado, não uma garota de taberna, e ela estava pagando, sabe, então Esme teve que se contentar com uma espécie de tafetá cor de vinho. Vinho, a Sra. Mac chamava, o que acho que fazia com que ela se sentisse...

...vinho é guardado nos decantadores de cristal lapidado na mesa atrás do sofá. Presente de casamento de um tio. Eu gostava deles no começo mas são o diabo, com o perdão da palavra, para limpar. É preciso usar uma escovinha, uma escova de dentes velha e amaciada ou similar, para chegar a todas as fissuras. O ideal para mim seria me livrar deles, dá-los a um membro mais jovem da família, digamos, como presente de casamento, seriam um belo presente, mas ele gosta deles aqui. Toma uma taça no jantar, só uma, duas nas noites de sábado, e tenho que enchê-las só até a metade porque o vinho precisa respirar, ele diz, e eu digo, nunca ouvi tamanha asneira na minha vida, vinho não respira, seu ignorante, essa última parte dita num sussurro, é claro, porque não é o caso de...

...e nossa mãe disse que ela precisava cortar o cabelo, todo ele, até a altura do queixo. Mas Esme não aceitava. Nossa mãe pegou a tigela de pudim do armário da cozinha e o que Esme fez senão tomá-la dela e atirá-la, despedaçando-a, no chão. É o meu cabelo, ela gritou, e eu vou fazer o que eu quiser. Bem. Nossa mãe não conseguia falar, de tão zangada. Você vai esperar até seu pai chegar em casa, nossa mãe disse, e sua voz estava imóvel como gelo, apenas saia da minha frente, vá para a escola. A tigela em pedaços em toda parte sobre as pedras do piso. Nossa mãe tentou...

...não era para eu ir para a escola. Não se usava, uma garota da minha idade. Era para eu ficar e ajudar em casa, ir fazer visitas com minha mãe. Não demoraria muito, ela disse, até que eu própria estivesse casada. E então eu teria minha própria casa. Com o seu jeito, ela disse. Então ela me levava para visitar seus conhecidos e ela e eu íamos tomar chá e a festas de golfe e eventos sociais da igreja e coisas do tipo e minha mãe convidava rapazes à nossa casa. Houve um tempo em que eu queria fazer um curso de secretariado. Achei que seria boa em datilografia e podia atender o telefone, tinha uma bela voz, pelo menos eu achava, mas meu pai sustentava que a coisa certa a fazer era...

...quando eu fui embora pensava na cama, na nossa cama, vazia, todas as noites. Não me entenda mal, eu estava feliz por estar casada. Mais do que feliz. E tinha uma casa bonita. Mas às vezes queria voltar, me deitar na cama que dividíamos, queria estar lá do lado dela, onde ela sempre se deitava, e olhar para o teto mas é claro que...

...o que ela achava tão engraçado sobre a Sra. Mac? Esqueci. Havia alguma coisa e Esme sempre costumava tentar trazer para a conversa quando estávamos lá. Eu costumava ter dificuldade em tentar não rir! Isso deixava nossa mãe mal-humorada. Você tem que se comportar, Esme, está ouvindo, ela costumava advertir, quando chegávamos no portão da Sra. Mac. A boca da Sra. Mac estava sempre cheia de alfinetes e você tinha que subir num banquinho para ela fazer os ajustes. Eu adorava. Esme detestava, é claro. Ficar parada era ainda mais difícil para ela. Nunca é tão bonito quanto você imaginava que seria, ela disse, quando recebeu seu vestido cor de vinho. Lembro-me disso. Ela estava sentada na cama com a caixa diante dela e levantou-o segurando-o pela cintura. As costuras não estão retas, ela disse, e eu olhei e não estavam mas eu disse, é claro que estão, estão boas, e só você vendo o olhar que ela me lançou...

...com um frio terrível, eu estou. Terrível. Preciso dizer que não tenho certeza absoluta de onde estou. Mas não quero que ninguém saiba disso então fico sentada encolhida e talvez alguém vá...

...o que eu chamo de botão. Era isso. Ela adorava isso mais do que qualquer outra coisa e fazia uma voz afetada e escolhia alguma coisa, sempre alguma coisa bastante comum, e dizia, isso é o que eu chamo de colher, isso é o que eu chamo de cortina, porque a Sra. Mac olhava quando você estava em pé ali naquele banquinho especial e dizia, bem, aqui eu vou colocar o que eu chamo de botão. Isso costumava deixar nossa mãe muito irritada, porque nós duas ríamos sem parar. Não debochem dos que são menos afortunados do que vocês, ela dizia, com a boca franzida. Mas Esme adorava o modo como a Sra. Mac dizia aquilo e eu sempre sabia que ela ficava esperando, todas as vezes que íamos lá, e isso costumava me deixar muito...

...alguém no quarto. Há alguém no quarto. Uma mulher de blusa branca. Ela está fechando as cortinas. Quem é você, eu digo, e ela se vira. Sou sua enfermeira, ela diz, agora vá dormir. Olho para a janela. O que eu chamo de janela, digo, e rio e...

Quando Iris chega a Cauldstone, a assistente social ou coordenadora ou o que quer que ela seja está lhe esperando no saguão. Uma servente as leva por um corredor. Entram num quarto e Esme está sentada num balcão, um punho fechado repousando sobre a superfície. Ela se vira abruptamente e olha Iris de cima a baixo.

— Estão trazendo a minha caixa — diz ela.

Nenhum olá, Iris pensa, nenhum como vai você, nenhum obrigada por vir me buscar. Nada. Terá havido, ela se pergunta, um lampejo de reconhecimento? Esme sabe quem ela é? Ela não tem a menor idéia.

— Sua caixa? — pergunta Iris.

— A caixa de admissão — a servente informa. — Todas as coisas que ela trouxe quando chegou. Por mais tempo que tenha se passado. Quanto tempo foi, Euphemia?

— Sessenta e um anos, cinco meses e quatro dias — Esme recita, numa voz clara, em *staccato*.

A servente dá uma risadinha como alguém cujo animal de estimação tivesse acabado de fazer um truque favorito.

— Ela mantém um registro todos os dias, não é mesmo, Euphemia? — ela balança a cabeça, depois abaixa a voz a um sussurro. — Aqui entre nós — ela murmura para Iris —, eles terão sorte se encontrarem. Sabe Deus o que há lá dentro. Ela não parou de falar nisso a manhã inteira. Fiquei surpresa que ela se lembre de alguma coisa, todos os...

A servente se interrompe. Um homem de macacão apareceu, carregando uma caixa de latão cheia de mossas.

— Ora, mas que surpresa — a servente ri e cutuca Iris.

Iris se levanta e vai até Esme. Esme manuseia desajeitadamente o fecho. Iris estende a mão e empurra o trinco para trás e Esme ergue a tampa. Há um cheiro de mofo, como o de livros velhos, e Esme coloca a mão dentro da caixa. Iris observa enquanto ela tira de lá um sapato marrom de cordões, o couro rachado e anelado, uma peça indeterminada de roupa em tecido xadrez desbotado, um lenço com a inicial E num bordado irregular, um pente de tartaruga, um relógio de pulso.

Esme pega cada um dos itens, segura por um instante, depois descarta. Trabalha rápida e intensamente, ignorando tanto Iris quanto a servente. Iris tem que se curvar para pegar o relógio quando ele cai no chão e vê que os ponteiros estão imobilizados nas doze e dez. Ela se pergunta se seria meio-dia ou meia-noite, quando vê Esme espiar no fundo da caixa, depois olha para os objetos descartados.

— O que é isto? — pergunta Iris.

Esme se debruça sobre o monte e começa a vasculhar no meio dele, atirando as coisas para o lado.

— O que você está procurando? — Iris pergunta. Oferece-lhe o relógio. — É isto?

Esme levanta os olhos, vê o relógio no braço estendido de Iris e sacode a cabeça. Levanta o pano xadrez desbotado e Iris vê que é um vestido, um vestido de lã, que ele está amassado e que dois botões estão faltando, arrancados do tecido. Esme o sacode, como se alguma coisa pudesse estar presa em suas dobras, depois o coloca de lado.

— Não está aqui — ela diz. Olha primeiro para Iris, depois para a servente, depois para a assistente social, depois para o homem que trouxe a caixa. — Não está aqui — repete.

— O quê? — diz Iris. — O que não está aqui?

— Deve ter uma outra caixa — Esme apela ao homem. — Você pode olhar para mim?

— Só tem uma — o homem diz. — Mais nada.

— Deve ter. Tem certeza? Pode verificar?

O homem sacode a cabeça.

— Só uma — ele repete.

Iris vê que Esme está à beira das lágrimas. Estende a mão e toca seu braço.

— O que está faltando? — pergunta.

Esme está respirando fundo.

— Um pedaço de... pano — ela afasta as mãos, como se o imaginasse entre elas —, verde... talvez lã.

Os quatro olham fixamente para ela por um instante. A servente faz um barulhinho impaciente, o homem se vira para ir embora.

Iris diz:

— Tem certeza de que não está aqui? — ela vai até a caixa e olha lá dentro. Depois pega as coisas caídas uma por uma. Esme a observa e sua expressão é tão esperançosa, tão desatinada, que

Iris não consegue suportar quando se dá conta de que realmente não há nenhum pano verde ali.

Esme se senta numa cadeira, os ombros arqueados, olhando fixamente para um ponto à meia distância enquanto Iris assina um formulário, enquanto a servente lhe dá o endereço da pensão para onde ela concordou em levar Esme, enquanto a assistente social diz a Esme que virá visitá-la dentro de alguns dias para ver como ela está se saindo, enquanto Iris dobra o vestido azul de xadrez e embrulha o único pé de sapato, o lenço e o relógio dentro dele.

Quando ela sai para a luz do sol com Esme, vira-se para ela. Esme está passando as costas da mão no rosto. É um movimento cansado, resignado. Ela não está olhando para o sol ou para as árvores ou para a entrada dos carros diante delas. Leva o pente de tartaruga agarrado na mão. No final da escada, ela se vira para Iris, o rosto tomado pela confusão.

— Eles disseram que estaria aqui. Prometeram que iam colocar aqui para mim.

— Eu sinto muito — Iris diz, porque não sabe o que mais pode dizer.

— Eu queria — ela diz. — Eu queria, era tudo. E eles prometeram.

Esme se inclina para a frente a fim de tocar o painel. Está quente com o sol e vibra sutilmente. O carro passa pelas saliências no caminho e ela é jogada para cima e para baixo no assento.

Subitamente se vira. Cauldstone está sendo puxado para longe dela, como se estivesse na ponta de um fio. As paredes amarelas parecem sujas e manchadas a essa distância e só o que as janelas refletem é o céu. Pequeninos vultos se movem para um lado e para o outro em sua sombra.

Esme se vira de volta. Olha para a mulher que dirige o carro. O cabelo dela é cortado rente ao pescoço, ela usa um anel de prata no dedão, uma saia curta e sapatos vermelhos amarrados em volta dos tornozelos. Ela franze a testa e morde a parte interna da bochecha.

— Você é Iris — diz Esme. Ela sabe mas precisa ter certeza. Essa pessoa se parece estranhamente com a mãe de Esme, afinal.

A mulher olha para ela e sua expressão é — o quê? Zangada? Não. Preocupada, talvez. Esme se pergunta com o que ela está preocupada. Pensa em lhe perguntar, mas não pergunta.

— Sim — a mulher diz. — Isso mesmo.

Iris, Iris. Esme diz a palavra para si mesma, formando seu contorno dentro da boca. É uma palavra suave, quase secreta, ela mal precisa mover a língua. Pensa em pétalas de um púrpura azulado, o anel muscular de um olho.

A mulher está falando outra vez.

— Sou a neta de Kitty. Vim vê-la no outro...

— Sim, sim, eu sei.

Esme fecha os olhos, batuca três vezes três pancadinhas com os dedos da mão esquerda, vasculha a mente em busca de algo que possa salvá-la, mas não encontra nada. Abre outra vez os olhos para a luz, para um lago, para os patos e cisnes, que estão bem perto, tão perto que ela sente que se inclinasse para fora do carro talvez conseguisse passar a mão em suas asas macias, roçar a superfície da água fria do lago.

— Você alguma vez chegou a sair? — pergunta a mulher. — Isto é, desde que você foi para...

— Não — Esme diz. Ela vira o pente na mão. É possível ver, nas costas dele, a forma como as pedras são coladas em buraquinhos no casco de tartaruga. Ela havia se esquecido disso.

— Nunca? Durante todo esse tempo

Esme vira-o outra vez, com a frente para cima.

— Não havia distribuição de passes para a minha ala — diz ela. — Para onde vamos?

A mulher se move no assento. Iris. Mexe num espelho pendurado no teto do carro. Suas unhas, Esme vê, estão pintadas com o verde-esmeralda das asas de um besouro.

— Estou levando você para uma pensão residencial. Você não vai ficar lá por muito tempo. Só até eles encontrarem um lugar para você num asilo.

— Vou sair de Cauldstone.

— Sim.

Esme sabe disso. Ela já sabia fazia algum tempo. Mas não achava que fosse acontecer.

— O que é uma pensão residencial?

— É como... é um lugar onde dormir. Onde... onde viver. Vai haver um monte de outras mulheres lá.

— É como Cauldstone?

— Não, não. De jeito nenhum.

Esme se recosta, rearruma a bolsa no colo, olha lá para fora através da janela, para uma árvore com folhas tão vermelhas que é como se estivessem em chamas. Passa rapidamente em revista algumas coisas em sua cabeça. O jardim, Kitty, o barco, o pastor, a avó delas, aquele lenço. A avó delas, ela decide, e a loja de departamentos.

A avó delas tinha dito que ia levá-las à cidade. Os preparativos para essa expedição tomam a maior parte da manhã. Esme está pronta depois do café mas parece que sua avó precisa escrever cartas, depois precisa falar com a empregada sobre o chá, depois a ameaça de uma dor de cabeça lança uma sombra no programa, uma tintura precisa ser feita e deixada para repousar, depois consumida, e o efeito aguardado. Ishbel está "descansando", sua avó lhes disse, e elas precisam ficar "quietas como ratinhos". Esme e Kitty andaram de um lado para o outro nos caminhos do jardim até ficarem com tanto frio que já não conseguiam sentir seus pés, arrumaram seu quarto, escovaram os cabelos uma da outra, cem escovadas cada uma, como orientado por sua avó, fizeram tudo em que podiam pensar. Esme sugeriu uma visita clandestina aos andares superiores — ela havia espionado uma escada subindo e tinha ouvido a criada falar num sótão — mas Kitty, depois de pensar um pouco, disse que não. Então Esme está sentada com os ombros curvos no piano, tocando algumas escalas menores com uma das mãos. Kitty, numa poltrona ao seu lado, lhe pede que pare.

— Toque alguma coisa bonita, Es. Toque aquela que faz daa-dum.

Esme sorri, endireita as costas, levanta as mãos e abaixa-as no primeiro e enfático acorde do Scherzo em si bemol menor de Chopin.

— Acho que a gente não vai mais — diz ela, durante uma pausa, contando-a com um gesto da cabeça.

— Não diga isso — Kitty resmunga. — Vamos sim. Ouvi nossa avó dizendo que não suportaria a vergonha de as pessoas verem a gente vestidas como mendigas.

Esme ri com desdém.

— A vergonha, de fato — ela murmura, enquanto desce os dedos nos acordes ruidosos. — Não tenho certeza de que vou gostar de Edimburgo se é considerado vergonhoso não ter um casaco. Talvez a gente devesse fugir para o continente. Paris, talvez, ou...

A porta se abre de repente. A avó delas está ali, resplandecente num casaco debruado de pele, uma bolsa grande numa das mãos.

— O que — indaga ela — é essa algazarra terrível?

— É Chopin, vovó — diz Esme.

— Parece o próprio Diabo descendo pela chaminé. Não vou tolerar um barulho desses na minha casa, está ouvindo? E sua pobre mãe está tentando descansar. Agora vocês duas se aprontem, meninas. Vamos sair dentro de cinco minutos.

A avó delas caminha com passos rápidos. Kitty e Esme têm que trotar para acompanhá-la. O tempo todo ela murmura entre dentes sobre os vários vizinhos pelos quais eles passam, sobre o céu que promete chuva, de pena por Ishbel não ter podido vir com elas, sobre a tragédia de perder um filho, sobre a insuficiência de roupas com que Ishbel as proveu.

Quando o bonde pára, ela se vira para olhar para elas. Ela arqueja e segura a própria garganta, como se Esme tivesse saído nua.

— Onde está o seu chapéu, menina?

As mãos de Esme vão para sua cabeça, sentem os cachos de seu cabelo.

— Eu... eu não... — ela dá uma olhada para Kitty em busca de ajuda e nota com surpresa que sua irmã usa uma boina cinza. Onde ela arrumou aquilo e como sabe como se usa?

Sua avó deixa escapar um suspiro imenso. Ela volta os olhos para o céu e murmura para alguém ou alguma coisa sobre provações e cruzes a carregar.

Elas são levadas à Jenners de Princes Street. Um homem de cartola segura a porta para elas e pergunta: "Que departamento, madame?" Manequins valsam e rodopiam nas aléias e uma vendedora da loja os acompanha pelo andar. Esme inclina o rosto para trás e vê balcão após balcão, empilhados uns sobre os outros como a malha do jogo no navio. No elevador, Kitty procura a mão de Esme e a aperta quando a porta abre.

A parafernália é estarrecedora. Elas são garotas que passaram a vida usando não mais do que um vestido de algodão, e aqui há corpetes, boleros, meias, saias, anáguas, saiotes, suéteres Fair Isle, blusas, chapéus, lenços, casacos, gabardines, tudo, aparentemente, feito para ser usado ao mesmo tempo. Esme pega combinações de lã e pergunta onde elas ficam na ordem desconcertante das coisas. A vendedora olha para a avó delas, que balança a cabeça.

— Elas são das colônias — diz ela.


— Assine aqui — o homem atrás da janela de vidro reforçado do balcão da pensão empurra um livro de registro na direção dela e faz um gesto com uma caneta.

Iris o apanha mas hesita, a ponta da caneta sobre o livro.

— Não deveria ser ela? — ela diz, pela janela.

— O quê?

— Eu disse, não deveria ser ela? — Iris aponta para Esme, que está sentada numa cadeira de plástico junto à porta, as mãos segurando cada uma um joelho. — É ela que vai ficar. Não deveria ser a assinatura dela?

O homem boceja e sacode o jornal.

— Tanto faz.

Iris examina os rabiscos no livro, e a caneta, que fica presa na parede por uma corrente. Com o canto do olho, ela pode ver uma adolescente, caída numa outra cadeira. Está curvada, concentrada em alguma coisa, o cabelo escondendo seu rosto. Iris olha mais de perto. Com uma das mãos, a menina segura uma esferográfica e no outro braço ela circunda cada sinal da pele, cada marca, cada machucado em tinta azul. Iris desvia o olhar. Pigarreia. Acha difícil pensar com calma. Sabe que precisa perguntar algo, clarear as coisas de algum modo, mas não tem idéia de onde começar. Sente uma necessidade esmagadora de ligar para Alex. Gostaria de ouvi-lo falar, dizer para ele, estou aqui nesta pensão e agora o que eu faço?

— É... eu... — Iris começa. Larga a caneta. Pergunta-se o que vai dizer. — Podemos ver o quarto? — É o que sai.

— Que quarto?

— O quarto — Iris repete, com mais convicção agora. —
Onde ela vai dormir.

O homem deixa o jornal cair no colo.

— O quarto? — ele diz de maneira rude. — Você quer ver o
quarto? Ei! — Ele se recosta na cadeira, chamando alguém. —
Ei! Tem uma moça aqui querendo ver o quarto antes de se
registrar!

Ouve-se uma explosão de riso e a cabeça de uma mulher
aparece na porta.

— O que você acha que é isto aqui? — diz o homem. — O
Ritz?

Ouvem-se mais risadas mas então, sem aviso, ele pára de rir,
inclina-se para a frente sobre o balcão e late:

— Você!

Iris dá um pulo, alarmada.

— Você! — ele se levanta e diz de maneira rude diante da
janela de vidro reforçado. — Você está expulsa. Fora!

Iris se vira e vê uma mulher com cabelos pesados e descolo-
ridos na cabeça e uma jaqueta militar encardida passar diante
do balcão, as mãos no fundo dos bolsos.

— Você conhece as regras — o homem está gritando. —
Nada de agulhas. Diz isso na porta, claro como o dia. Então, fora.

A mulher revira os olhos para o homem durante um longo
instante, depois se inflama como fogos de artifício, gesticulando, dando gritos agudos numa comprida e loquaz série de xin-
gamentos. O homem não se perturba. Senta-se e levanta o jornal.
A mulher, sem ter quem receber sua raiva, vira-se para a adolescente com a caneta esferográfica.

— De que porra você está rindo?

A adolescente sacode o cabelo de cima dos olhos e olha para
ela de cima a baixo.

— Nada — ela diz, numa voz cantada.

A mulher dá um passo para a frente.

— Eu perguntei — ela diz, ameaçadora — de que porra você está rindo.

A garota levanta o queixo.

— E eu disse nada. Ou você está tão surda quanto drogada?

Iris lança um olhar para Esme. Seu rosto está voltado para a parede, as mãos sobre os ouvidos. Iris tem que passar por cima da mochila da adolescente para chegar até ela. E quando consegue, segura seu braço, pega sua bolsa e a guia porta afora.

Na calçada, Iris se pergunta o que fez, o que vai fazer agora, quando Esme subitamente pára.

— Está tudo bem — Iris começa —, está tudo bem, você não...

Mas ela vê uma estranha expressão tomar o rosto de Esme. Esme olha para o céu lá no alto, para os prédios, para a rua. Seus traços estão iluminados, arrebatados. Ela se vira numa direção, depois na outra.

— Eu sei onde é aqui — ela exclama. — Ali é... — ela se vira de novo e aponta — ...ali é o Grassmarket, logo adiante.

— Sim — Iris anui com a cabeça.

— E naquela direção fica a Royal Mile — ela diz, excitada —, e a Princes Street. E ali — Esme se vira de novo — é o Arthur's Seat.

— Isso mesmo.

— Eu me lembro — ela murmura. Parou de sorrir agora. Seus dedos puxam as pontas do casaco para perto uma da outra.

— É a mesma coisa. Mas diferente.


Iris e Esme sentam-se no carro, que está parado no canto de uma rua. Esme está prendendo o cinto de segurança, depois o soltando, e a cada vez que solta ela o levanta até perto do rosto, como se o examinasse em busca de pistas.

— Hospital — Iris está dizendo, para a mulher particularmente não-prestativa do serviço de auxílio à lista. — Hospital

Cauldstone, eu acho. Ou "Hospital Psiquiátrico"? Tente "psiquiá-trico"... Não? Tentou só "Cauldstone"?... Não, uma palavra só... Sim. C-A... Não. D. De "droga"... Sim, aguardo.

Esme abandonou o cinto de segurança e apertou o botão do pisca-alerta no painel. O carro é tomado por um barulho como o de grilos. Isso parece encantar Esme, que sorri, aperta-o de novo, desligando-o, espera um momento, depois o liga novamente.

— É mesmo? — Iris diz. — Bem, você poderia tentar so-mente "hospital"?... Não, não qualquer hospital. Eu preciso desse, especificamente. Sim.

Iris sente um calor incrível. Está se arrependendo do blusão sob o casaco. Estende o braço e cobre o botão do pisca-alerta com uma das mãos.

— Você poderia não fazer isso? — ela diz a Esme, depois tem que dizer: — Não, não, eu não estava falando com você — para a mulher do auxílio à lista que, magicamente, conseguiu localizar Cauldstone em seu sistema e pergunta a Iris se ela quer Admissões, Pacientes de Ambulatório, Informações Gerais ou Pacientes Diários.

— Informações Gerais — Iris diz, se sentando, animada ago-ra. Este pesadelo está quase no fim. Ela vai perguntar a alguém em Cauldstone aonde poderia levar Esme em seguida ou, se isso não for possível, levá-la de volta. Bastante simples. Fez mais do que a sua obrigação. Ouve a transferência, o telefone tocando e então uma lista de opções. Aperta um botão, escuta, aperta ou-tro, escuta de novo e, enquanto está ouvindo, dá-se conta de que Esme abriu a porta e está saindo do carro. — Espere! — Iris dá um grito agudo. — Aonde você vai?

Ela empurra sua própria porta e sai do carro aos tropeços, ainda segurando o telefone junto ao ouvido — parece estar di-zendo alguma coisa sobre os escritórios estarem fechados, sobre o horário de funcionamento ser entre nove da manhã e cinco da tarde e que ela deveria ligar de volta nesse horário ou deixar uma mensagem depois do sinal.

Esme caminha rapidamente pela calçada, a cabeça virada para trás a fim de olhar para cima. Ela pára num cruzamento de pedestres, que está apitando, o homem verde piscando, e se inclina para espiar.

— Estou no Grassmarket com Es... com Euphemia Lennox — Iris diz com uma voz tão calma e assertiva quanto consegue enquanto corre a toda velocidade pela calçada. — A pensão para a qual nos enviaram simplesmente não é satisfatória. Ela não pode ficar lá. O lugar é completamente inadequado e cheio de... de... ela não pode ficar lá. Sei que é minha culpa porque eu a tirei daí mas — ela diz, enquanto alcança Esme, segurando com o punho fechado seu casaco — gostaria que alguém me telefonasse, por favor, pois eu a estou levando de volta. Agora mesmo. Obrigada. Até logo.

Iris desliga, sem fôlego.

— Esme — diz ela —, volte para o carro.

Elas seguem para longe do Grassmarket, na direção sul, afastando-se do centro, abrindo com dificuldade caminho através do tráfego da hora do rush. Esme senta-se no banco, virando a cabeça para ver as coisas conforme elas passam: um adro de igreja, um homem passeando com o cachorro, um supermercado, uma mulher com um carrinho de criança, um cinema com uma fila do lado de fora.

Quando Iris vira o carro na entrada do hospital, Esme vira repentinamente a cabeça em sua direção.

— Isto é — ela pára. — Isto é Cauldstone.

Iris engole em seco.

— Sim. Eu sei. Eu... você não poderia ficar naquela pensão, sabe — ela começa —, então nós...

— Mas achei que eu ia embora — Esme disse. — Você disse que eu ia embora.

Iris estaciona o carro, puxa o freio de mão. Precisa resistir ao impulso de pressionar a testa contra o volante. Imagina como ele estaria fresco e suave contra sua pele.

— Sei que disse. E você vai. O problema é que...

— Você disse — Esme fecha os olhos, aperta-os com força, inclinando a cabeça. — Você prometeu — ela disse, de modo quase inaudível e, com as mãos, aperta o tecido do vestido.

Ela não quer sair. Não quer. Fica sentada aqui, neste assento, neste carro, e eles terão que arrastá-la, como da última vez. Ela inspira e expira e escuta o barulho chiado da respiração. Mas a moça caminha pela frente do carro, abre sua porta, estende o braço para pegar sua bolsa e coloca a mão no braço de Esme e o toque é suave.

Esme solta o vestido e fica interessada na maneira como o material permanece amassado num grumo, em elevações, mesmo os dedos dela já tendo soltado. A pressão em seu braço ainda está lá e ainda é suave e, apesar disso, apesar de tudo, Esme sabe que a moça — a moça que apareceu de lugar nenhum depois de tanto tempo — fez o melhor que podia. Esme se dá conta disso e se pergunta por um momento se há uma forma de comunicar isso. Provavelmente não.

E então ela gira as pernas para o lado e, ao som do cascalho sob seus pés, descobre que quer chorar. O que é curioso. Empurra a porta do carro para fechá-la e o gesto a livra da sensação — o ruído satisfatório da porta girando nas dobradiças. Ela não pensa ela não pensa ela não pensa em nada enquanto sobem os degraus até o saguão e lá está o chão de mármore do saguão de entrada outra vez — preto branco preto branco preto — e é surpreendente que não tenha mudado, e ali está o bebedouro com os azulejos verdes, fixado na parede, ela havia se esquecido disso, como pode ter se esquecido porque se lembra agora de seu pai se abaixando para...

A moça está falando com o porteiro noturno e ele está dizendo não. Sua boca é um círculo, a cabeça balança, para trás e para a frente. Ele está dizendo que não. Ele está dizendo, não autorizado. E a moça gesticula. Parece tensa, os ombros arqueados, as sobrancelhas franzidas. E Esme vê o que isso pode ser. Fecha a boca, tranca a garganta, dobra as mãos uma sobre a outra e faz aquilo em que se aperfeiçoou. Sua especialidade. Ausentar-se, fazer-se desaparecer. Senhores e senhoras, vejam. É muito importante que você se mantenha muito parada. Cada respiração pode fazer com que eles se lembrem de que você está ali, então só respirações muito curtas e muito superficiais. Apenas o suficiente para ficar viva. E nada mais. Então você precisa pensar em si mesma como sendo comprida. Esse é o truque. Pense em si mesma como estando esticada e magra, até o ponto de ficar transparente. Concentre-se. Concentre-se para valer. Você precisa atingir um estado tal que seu ser, aquela parte de você que faz você ser quem é, que faz com que sobressaia, tridimensional, numa área, escorra pelo alto da sua cabeça, até que, senhoras e senhores, até que aconteça...

Elas estão indo embora. A moça se vira. Iris, ela é. A neta, ela é. Ela apanha a bolsa pelas alças, diz alguma coisa ao porteiro por cima do ombro. Alguma coisa rude, Esme pensa, alguma coisa definitiva, e Esme gostaria de aplaudi-la porque ela jamais gostou desse homem. Ele desliga as luzes do salão comum muito cedo, cedo demais, e manda-as de volta para suas alas, e Esme detesta-o por isso e devia dizer alguma coisa rude ela também mas não diz. Pelo sim, pelo não. Porque nunca se sabe.

E agora elas caminham de volta pelo cascalho na direção do carro, e dessa vez Esme escuta. Caminha devagar. Quer sentir as pontadas, a pressão de cada pedrinha do cascalho sob seu sapato. Quer sentir cada arranhão, cada desconforto disto, de sua caminhada de partida.

...nunca voltamos a falar sobre isso, é claro. O filho, o menino, ou seja, quem morreu. Foi trágico. Disseram-nos para não tocar no assunto. Mas Esme continuava falando nele, ela dizia constantemente, você se lembra disso, você se lembra daquilo, Hugo isso, Hugo aquilo. E certo dia, na mesa do almoço, quando ela subitamente começou a recordar o dia em que ele aprendeu a engatinhar, nossa avó bateu na mesa com a mão espalmada. Basta, ela trovejou. Nosso pai teve que levar Esme para o escritório. Não tenho idéia do que ele lhe disse mas quando ela voltou estava com o rosto muito pálido, bastante agitada, os lábios tremendo e os braços cruzados. Ela nunca mais falou nele, nem mesmo comigo, porque eu disse a ela naquela noite que também não queria mais ouvir falar nele. Esme tinha o hábito, sabe, de falar nele quando estávamos sozinhas à noite na cama. Ela parecia lidar com aquilo do modo como lidava com tudo mais: com excessiva dificuldade. Quando na verdade a pessoa que realmente merecia toda a nossa simpatia era nossa mãe. Eu honestamente não sei como nossa mãe suportava aquilo, sobretudo depois de todos aqueles outros...

...e então eu fiquei com o dela. Foi o que fiz. E ninguém jamais descobriu, então suponho que...

...e Esme começou, então, a ter esses momentos estranhos. Seus "desvios", como nossa mãe os chamava. Ela está tendo um de seus desvios, ela dizia, do outro lado da sala, ignore-a. Você se aproximava dela e ela podia estar diante do piano ou da mesinha de centro ou da janela, porque ela sempre gostara de se sentar diante da janela, e ela estava como um brinquedo movido a corda que alguém tivesse dado a uma criança, o mecanismo totalmente sem corda. Completamente parada, imóvel, na verdade. Mal respirando. Ela fitava o espaço e eu digo fitava quando na verdade ela não parecia estar olhando para nada em absoluto. Você podia falar com ela, chamá-la pelo nome, e ela não ouvia. Isso podia fazer com que você se sentisse bastante esquisito, olhar para ela quando ela estava assim. Não era natural, nossa avó dizia, como alguém possuído. E tenho que dizer que me descobri começando a concordar com eles. Ela já tinha idade suficiente para ser mais ajuizada, afinal. Kitty, pelo amor de Deus, nossa mãe dizia, tire-a desse estado, pode ser? Era preciso tocá-la, sacudi-la às vezes, com alguma força, para que ela voltasse. Nossa mãe me disse para descobrir o que causava aquilo e eu perguntei mas é claro que não ia dizer porque...

...e Esme insistia em dizer que o casaco não era seu. Eu tinha saído para encontrá-la na saída do bonde, porque ela dissera que não tinha se sentido bem durante o café-da-manhã, uma dor de cabeça ou algo assim, não sei, ela parecia mesmo muito pálida e seu cabelo estava solto nas costas, quem sabe o que tinha acontecido com todos os grampos que ela usava para mantê-lo afastado do rosto na escola? Não acho que ela gostasse muito da escola. E dizia que não era dela. Pertencia a outra pessoa. Bem. Eu virei a gola e disse, olhe, aqui está o seu nome, é seu...

...porque o que ela disse foi, eu penso nele. E eu não conseguia imaginar a quem ela se referia. Ele, eu disse, quem? E ela olhou para mim como se eu tivesse dito que não a conhecia. Hugo, ela disse, como se fosse óbvio, como se eu devesse acompanhar as idas e vindas de seus pensamentos, e não me importo em dizer que foi um choque ouvir esse nome outra vez depois de tanto tempo. Ela me disse, à vezes eu volto para lá, na minha mente, para a biblioteca, para a ocasião em que vocês estavam todos fora de casa e eu estava lá com... e eu tive que interrompê-la. Não faça isso, eu disse, psst. Porque eu não agüentava escutar aquilo. Eu não tolerava nem mesmo pensar naquilo. Tapei os ouvidos com as mãos. Uma coisa terrível de se ficar pensando. Durante três dias ela ficou lá sozinha, dizem, com... seja como for. Não é bom ficar pensando nessas coisas. Eu disse isso a ela. E ela virou a cabeça para olhar pela janela e disse, mas e se você não conseguir evitar? Eu não disse nada. O que poderia ter dito? Eu estava ocupada pensando, bem, não posso contar isso à nossa mãe então o que vou dizer em vez disso porque mentir não é de jeito nenhum da minha natureza, aliás, então...

...e Robert simplesmente deu de ombros. Ele estava com a menininha, Iris, nos ombros e naquela ocasião ela estava rindo, tentando alcançar o candelabro, e eu disse, cuidado, preste atenção para ela não bater a cabeça. Parte de mim estava, admito, pensando no candelabro. Eu tinha acabado de limpá-lo e era um trabalho tão grande chamar um homem para tirar as tábuas do chão do quarto de cima e descê-lo sobre um pano. Escadas de mão e escovas e jovens de macacão atravancando o vestíbulo durante dias. Mas ele disse, pare de se preocupar, ela não é feita de vidro. E eu disse, olhando para ela lá no alto porque ela é tão magrelinha, sempre foi, e ela adora me visitar, sempre corre pelo caminho da entrada, gritando, vovó, vovó. Que idéia, eu disse, feita de vidro, de fato, quem teria pensado...

...e ela pegou o copo de cima da mesa e jogou-o no chão, despedaçando-o. Eu estava sentada rígida na cadeira. Ela bateu com o pé, como Rumpelstiltskin, e gritou, eu não vou, eu não vou, você não pode me obrigar, eu o odeio, eu o desprezo. Eu não ousava olhar para os cacos de vidro no chão. Minha mãe estava tão equilibrada. Ela se virou para a criada que estava de pé junto à parede e disse, pode trazer um outro copo, para a Srta. Esme, por favor, e então se virou outra vez para o meu pai e...

Iris coloca a bolsa de Esme no chão perto da cama no quartinho. Não consegue acreditar inteiramente que isto esteja acontecendo. O prenúncio de uma dor de cabeça pressiona suas têmporas e ela gostaria de ir para a sala de estar e se deitar no chão.

— Você vai ficar bem aqui — diz ela, mais para convencer a si mesma do que a qualquer outra pessoa. — É um pouco pequeno. Mas é só por algumas noites. Na segunda-feira vamos pensar em outra coisa. Vou telefonar para a assistente social e... — ela pára porque se dá conta de que Esme está falando.

— ...quarto de empregada — Esme está dizendo.

Iris sente-se incomodada com isso.

— Bem, isso é tudo o que há — diz ela, aborrecida. Sim, o quarto é pequeno mas ela gosta dele e sente-se tentada a lembrar aquela pessoa do fato de que suas escolhas estão limitadas a este quartinho de empregada e a pensão do inferno.

— Antigamente era verde.

Iris está empurrando uma cadeira para junto da parede, alisando a colcha.

— O quê?

— O quarto.

Iris pára de mexer na colcha. Endireita-se e olha para Esme, que está parada na porta, esfregando a palma da mão na maçaneta.

— Você morava aqui? — diz Iris, horrorizada. — Nesta casa?

— Sim — Esme anui com a cabeça, tocando agora a parede. — Morava.

— Eu... eu não fazia idéia — Iris descobre que está inexplicavelmente aborrecida. — Por que você não disse?

— Quando?

— Quando... — Iris tateia o assunto sobre o qual está falando, o que ela quer dizer. O que ela quer dizer? — ...bem — ela diz, com aspereza —, quando chegamos.

— Você não perguntou.

Iris respira fundo. Não consegue, na verdade, entender como tudo isso veio a acontecer: como é possível que ela tenha uma idosa abandonada e possivelmente perturbada dormindo em seu quarto extra. O que vai fazer com ela? Como vai passar o tempo até segunda-feira de manhã quando poderá falar com Cauldstone ou o Serviço Social ou quem quer que seja e conseguir que alguma coisa seja feita. E se algo terrível acontecer?

— Aqui era o sótão — Esme está dizendo.

— Sim. Isso mesmo — e subitamente Iris detesta a inflexão de sua própria voz. Sua ênfase condescendente enquanto admite para aquela mulher que, sim, outrora aquele foi o sótão da casa em que ela cresceu, da casa de que foi levada. Iris se move freneticamente em meio às suas memórias de qualquer coisa que sua avó possa ter dito sobre aquela época. Como é possível que ela nunca tenha mencionado uma irmã?

— Então, vocês viveram aqui quando voltaram da Índia? — Iris diz, ao acaso.

— Bem, não foi realmente regressar. Não para mim e para Kitty. Nós nascemos lá.

— Ah. Certo.

— Mas para os meus pais foi. Regressar, quero dizer. — Esme olha para o quarto ao redor outra vez, toca a moldura da porta.

— Kitty transformou a casa em apartamentos — Iris começa a dizer, porque sente que deve a essa mulher algum tipo de explicação. — Este aqui e outros dois, maiores. Não consigo me lembrar quando. Ela morou no apartamento térreo durante anos. Todos eles foram vendidos para pagar pelos cuidados com ela. Exceto este, que ela transferiu para mim. Eu costumava visitá-la quando era pequena e a casa ainda era uma casa só naquela época. Era imensa. Um grande jardim. Bonito — Iris se dá conta de que está tagarelando e pára.

— Sim, era. Minha mãe gostava de jardinagem.

Iris puxa uma mecha de cabelo de cima dos olhos. Não consegue solucionar a estranheza de tudo aquilo. Ganhou uma parente. Uma parente que conhece sua casa melhor do que ela própria.

— Qual era o seu quarto? — pergunta ela.

Esme se vira. Aponta.

— O andar de baixo. O que dá para a rua. Era meu e de Kitty. Nós dividíamos.

Iris disca o número de seu irmão.

— Alex, sou eu — ela leva o telefone para a cozinha e fecha a porta com um chute. — Escute, ela está aqui.

— Quem está onde? — diz ele, e sua voz soa muito próxima. — E por que você está sussurrando?

— Esme Lennox.

— Quem?

Iris suspira, exasperada.

— Você alguma vez escuta uma palavra do que eu digo? Esme...

— Quer dizer a louca? — diz Alex, asperamente.

— Sim. Ela está aqui. No meu apartamento.

— Por quê?

— Porque... — Iris tem que pensar naquilo. É uma boa pergunta. Por que ela está aqui? — Porque eu não podia deixá-la no antro dos drogados.

— Sobre o que você está falando?

— A pensão.

— Que pensão?

— Deixa para lá. Olhe — Iris aperta as pontas dos dedos na testa e dá algumas voltas em torno da mesa da cozinha —, o que eu vou fazer?

Faz-se uma pausa. Ela pode ouvir ao fundo, no escritório de Alex, o bipe dos telefones, alguém gritando alguma coisa sobre um e-mail.

— Iris, eu não entendo — diz Alex. — O que ela está fazendo no seu apartamento?

— Eu tinha que fazer alguma coisa com ela! Ela não tem outro lugar para onde ir. O que eu deveria fazer?

— Mas é ridículo. Ela não é responsabilidade sua. Fale com o conselho ou coisa do gênero.

— Al, eu...

— Ela não é perigosa?

Iris está prestes a dizer que não quando se dá conta de que não tem a menor idéia. Tenta não pensar nas palavras que viu de cabeça para baixo no arquivo de Lasdun. Bipolar. Eletroconvulsiva. Olha ao redor. A prateleira das facas na parede, os bicos de gás, os fósforos na bancada. Vira de costas, fica de frente para a parede nua.

— Eu... eu acho que não.

— Você acha que não? Você não perguntou?

— Bem, não, eu... eu não estava raciocinando direito.

— Meu Deus, Iris, você está abrigando uma louca sobre a qual não sabe nada.

Iris suspira.

— Ela não é louca.

— Quanto tempo ela ficou naquele lugar?

Ela suspira outra vez.

— Não sei — murmura. — Sessenta anos, algo assim.

— Iris, você não fica trancafiado durante sessenta anos à toa — ela ouve alguém no escritório chamando o nome dele. Ouve o ranger de uma tábua do piso, um passo leve, alguém pigarreando. Levanta a cabeça e dá uma olhada outra vez para a fileira de facas.

Iris se pergunta às vezes como explicaria Alex, se precisasse. Como iria começar? Diria, crescemos juntos? Diria, mas não temos parentesco sangüíneo? Diria que leva na bolsa uma pedra que ele lhe deu há mais de vinte anos? E que ele não sabe disso?

Poderia dizer que a primeira vez que o viu ele tinha 6 anos e ela 5. Que ela praticamente desconhece a vida sem ele. Que ele entrou em cena certo dia e nunca mais saiu. Que ela se lembra da primeira vez que ouviu o nome dele.

Estava na banheira. Sua mãe estava lá, sentada no chão do banheiro, e elas conversavam sobre uma menina da turma de Iris na escola, e no meio da conversa, de que Iris estava gostando, sua mãe subitamente lhe perguntou se Iris se lembrava de um homem chamado George. Ele as levara para sair na semana anterior e mostrara a Iris como empinar uma pipa. Ela se lembrava? Iris se lembrava, mas não disse. E sua mãe lhe disse que George ia se mudar para o apartamento delas na semana seguinte e que ela esperava que Iris fosse gostar disso, fosse gostar dele. Sua mãe começou a derramar água sobre seus ombros, sobre seus braços.

— Talvez — sua mãe disse — você queira chamá-lo de tio George.

Iris observava os riachos de água do banho se bifurcarem em pequeninos arroios conforme a água corria sobre sua pele. Apertou a flanela entre as duas mãos até transformá-la numa bola dura e úmida dentro de suas palmas.

— Mas ele não é meu tio — disse ela, enquanto mergulhava a flanela na água quente outra vez.

— Isso é verdade — sua mãe sentou-se nos calcanhares e estendeu o braço para pegar a toalha de Iris. Iris sempre usava uma toalha vermelha e sua mãe uma roxa. Iris se perguntava que cor George usaria quando sua mãe pigarreou.

— George vai trazer o filhinho com ele. Alexander. Tem quase a mesma idade que você. Isso não vai ser bacana? Achei que você podia me ajudar a esvaziar o quarto extra para ele. Deixar com cara de boas-vindas. O que você acha?

Iris observava debaixo da mesa da cozinha quando George e o filho chegaram. Ela havia puxado a toalha para baixo e sentara-se de pernas cruzadas, aguardando. Nas dobras de sua saia tinha escondido três biscoitos de gengibre. Para o caso de George se atrasar. Porque ela não ia sair dali durante um bom tempo.

Disse-o a sua mãe e sua mãe disse: "Tudo bem, querida", e continuou a descascar cenouras.

Quando a campainha soou, Iris enfiou dois biscoitos na boca. Um em cada bochecha. O que deixava só um para uma emergência mas ela não se importava. Ouviu sua mãe abrir a porta, dizer olá com uma ênfase engraçada, o-*lá*, e depois dizer, é ótimo ver você de novo, Alexander, entre, entre. Iris se permitiu uma pequena mastigada. Então ela o havia encontrado antes?

Iris se deitou de bruços. Dali, podia espiar por baixo da borda da toalha, o que lhe dava uma vista desimpedida do piso de linóleo da cozinha, do sofá, da porta que dava para o vestíbulo. E naquela porta apareceu um homem. Tinha cabelo ruivo e ondulado, um paletó verde com reforços nos cotovelos, e trazia um buquê de flores. Amarílis. Iris sabia um bocado de coisas sobre flores. Seu pai lhe ensinara.

Ela pensava nisso, em suas caminhadas pelo jardim com o pai, quando viu o menino. Reconheceu-o instantaneamente. Já o tinha visto antes. Já o tinha visto muitas vezes antes. Nas paredes das igrejas italianas às quais sua mãe a levara no verão passado, que eram pintadas com imagens de anjos. Anjos, para onde quer que você olhasse. Com asas e harpas e pedaços de pano esvoaçantes. Alexander tinha o mesmo olhar azul, o cabelo louro encaracolado, os dedos delicados. Tinha sido numa daquelas igrejas que sua mãe lhe falara sobre seu pai. Ela disse, Iris, seu pai morreu. Ela disse, ele amava você. Ela disse, não foi culpa de ninguém. Estavam sentadas num banco nos fundos de uma igreja que tinha janelas estranhas. Não eram de vidro mas de alguma pedra dourada que tinha, sua mãe lhe disse, sido cortada bem fina, tão fina a ponto de deixar a luz passar. "Alabastro" era a palavra. Tinham lido isso no livro que sua mãe trazia. E depois que sua mãe lhe contou, ela segurou a mão de Iris, muito apertada, e Iris olhou para aquelas janelas, para o modo como a luz do sol atrás delas deixava-as reluzindo como brasas, e olhou para os anjos nas paredes, as asas abertas, os rostos virados para cima. Para o céu, sua mãe disse.

Então Iris ficou deitada de bruços, engolindo com dificuldade o biscoito derretido em sua boca, fitando o anjo que se sentava no sofá dela, como se fosse apenas um mortal comum como o restante deles. Sua mãe e George desapareceram no corredor e então Iris ouviu-os entrando e saindo pela porta da frente, carregando sacolas e caixas e rindo um para o outro.

Iris puxou a toalha da mesa um pouquinho mais para cima. Ela precisava dar uma olhada decente nesse menino. Ele se sentava imóvel, uma sandália repousando na outra. Em seu colo estava uma mochilinha e suas mãos estavam agarradas ao redor dela. Iris tentou se lembrar do que sua mãe dissera sobre ele. Que era tímido. Que a mãe dele tinha ido embora e que ele não a vira desde então. Que talvez ele estivesse triste por causa disso. Que ele tivera catapora recentemente.

Ela ficou observando enquanto ele olhava para um desenho que Iris tinha feito de um pôr-do-sol e que sua mãe prendera com fita adesiva na parede. Ele desviou o olhar rapidamente. Virou a cabeça na direção da janela, depois virou de volta.

Num impulso, Iris se pôs de pé com dificuldade e irrompeu de onde estava, sob a toalha de mesa. O anjo no sofá se sobressaltou, o terror passando subitamente por seu rosto, e Iris ficou surpresa ao ver seus olhos azuis angélicos inundados de lágrimas. Ela franziu a testa. Ficou de pé apoiada numa perna, depois na outra. Avançou na direção dele, cruzando o tapete. Ele piscava para se livrar das lágrimas e Iris se perguntou o que lhe dizer. O que você diz para um anjo?

Ela comeu o último biscoito de gengibre contemplativamente, parada diante dele. Quando terminou, colocou o dedão na boca, passando o dedo em volta de um dente. Examinou a mochila dele, suas sandálias, seus shorts, seu cabelo dourado. Então tirou o dedão da boca com um estalo.

— Quer ver uns girinos? — disse ela.

Quando Iris está com 11 anos e Alex com 12, George e a mãe dela se separam. Ele encontrou outra pessoa. Vai embora, e leva Alex consigo. A mãe de Iris, Sadie, às vezes chora em seu quarto quando pensa que Iris não está escutando. Iris leva xícaras de chá para ela — não sabe ao certo o que mais pode fazer — e Sadie pula da cama, enxugando rapidamente o rosto e dizendo como sua febre do feno está séria este ano. Iris não comenta que a febre do feno em geral não afeta as pessoas em janeiro.

Iris não chora, mas às vezes fica parada, em pé, no quarto que foi de Alex com os punhos fechados e os olhos fechados. O quarto ainda tem o cheiro dele. Se ela os mantiver fechados por muito tempo pode quase fingir que não aconteceu, que ele não foi embora.

Em duas semanas, Alex está de volta. A nova mulher de George é uma puta dos infernos, ele diz, e Iris repara que Sadie não o repreende por dizer um palavrão. Será que ele pode morar com elas? Iris bate as mãos, grita que sim. Mas Sadie não tem certeza. Vai ter que ver com George. Mas não está falando com George. O que é, ela diz, um problema.

Alex liga para o pai e eles têm uma longa discussão. Iris escuta, sentada espremida na mesma poltrona com Alex enquanto ele grita com o pai. Alex fica. Uma semana mais tarde George vem e o leva para casa. Alex volta. George chega outra vez, de carro agora, e o leva embora. Alex volta. George manda Alex para um internato no meio das Highlands. Alex foge, pegando carona para voltar à cidade, aparecendo na porta de Sadie de manhã cedo. É arrastado de volta ao internato. Foge de novo. Dessa vez Sadie o recebe mas o adverte de que deve ligar para o pai. Ele não liga. No meio da noite, Iris acorda e o encontra ao lado de sua cama. Está vestido, de casaco, uma bolsa ao lado. Diz que vai fugir para a França e encontrar sua mãe, que vai deixar que ele viva com ela, tem certeza. Iris vem com ele?

Chegam até Newcastle antes que a polícia os alcance. Levam-nos de volta até Edimburgo num carro de polícia, o que Iris acha incrivelmente excitante. Alex diz que vão ter que algemá-lo se quiserem levá-lo para dentro da casa do pai. O policial que dirige o carro diz, você já deu trabalho suficiente para um dia, filho. Alex apóia a cabeça no ombro de Iris e adormece.

Sadie e George têm um encontro de cúpula no café da City Art Gallery. No topo da agenda: Alex. Todos estão sendo terrivelmente polidos. A madrasta dos infernos senta-se numa mesa a um canto, espiando Sadie. Sadie, Iris observa, lavou o cabelo e está usando seu vestido azul com debrum contrastando. George tem dificuldade em manter os olhos afastados do V profundo, de beiradas vermelhas, na frente do vestido. No canto oposto sentam-se Iris e Alex. No meio da conversa Alex diz, quero que isto tudo vá à merda, e que vai olhar as lojas de discos de segunda mão na Cockburn Street. Iris diz que ele tem que ficar. Eles simplesmente vão pensar que você está fugindo, ela diz.

Ficou combinado que Alex poderá se transferir para um internato em Edimburgo, com a condição de que estude direito e não fuja novamente. Em troca disso, ele pode morar nos feriados com Iris e Sadie. Mas deve se sentar com seu pai e sua madrasta uma vez por semana para jantar, e durante a refeição — e George lança um olhar duro ao filho — esperarão que Alexander se comporte de modo amável e disciplinado. Enquanto George está dizendo isso Alex murmura, no seu cu, e Iris tem que engolir o riso. Mas ela não acha que outra pessoa ouviu.

Então, a cada Natal, verão e Páscoa, Alex mora com elas, no quartinho sem janelas em seu apartamento no térreo em Newington. Quando ele está com 16 anos e Iris com 15, Sadie diz que acha que os dois estão grandes o suficiente e responsáveis o suficiente para cuidar de si mesmos e vai para a Grécia fazer um curso de ioga. Eles se despedem dela com acenos na porta da frente, e quando o táxi desaparece na esquina eles olham um para o outro com júbilo.

Não leva muito tempo. Na primeira noite em que Sadie está fora, eles trancaram todas as portas, fecharam as persianas, ligaram o som, descongelaram toda a comida do freezer, abriram o sofá-cama na sala de estar, empilharam suas roupas de cama ali e estão deitados debaixo de uma colcha, assistindo a um filme antigo.

— Não vamos mais sair — diz Alex. — Vamos simplesmente ficar aqui a semana inteira.

— Está bem — Iris se ajeita afundando nos travesseiros. Seus braços e pernas se tocam debaixo da colcha. Alex está usando a parte de baixo do pijama. Iris está usando a parte de cima correspondente.

As pessoas na tela estão subindo uma encosta que é de um tom violeta e radioativo de verde quando Alex estende o braço. Toma a mão de Iris. Levanta-a. Coloca-a devagar, muito devagar, sobre o próprio peito. Logo acima do coração. Iris pode senti-lo saltando sem parar, como se quisesse se libertar. Ela mantém os olhos fixos na tela. As pessoas chegaram ao alto do morro e estão apontando excitadas para um lago.

— Este é o meu coração — diz Alex, sem tirar os olhos da televisão. Mantém a mão sobre a de Iris, apertando-a contra o peito. Sua voz está calma, coloquial. — Mas na verdade ele é seu.

Durante algum tempo eles observam as pessoas na tela conforme elas valsam através de um prado em formação exata. Então Alex se aproxima dela na escuridão bruxuleante e ela se vira para ele e descobre que ele está hesitando e não vê nenhuma outra opção para eles, então puxa-o para perto e depois para mais perto.

Ao longo da parede, Esme caminha devagar e tranqüila da porta até a estante e de volta. Toca uma maçaneta — uma maçaneta redonda de metal, levemente entalhada e menor do que ela se lembra. Ou talvez as do andar de baixo fossem maiores? Não faz diferença porque esta tem o mesmo contorno de metal desenhado e isso lhe agrada. Ela conta os desenhos — pétalas, talvez, mas uma flor feita de metal é uma feia anomalia, um oximoro, talvez — e há nove. O que é um número definitivamente atraente. Três três exatos.

Ela tenta se lembrar dos nomes das criadas que devem ter vivido neste quarto, lá no alto, no beiral da casa. Não pensa nisso há anos. Se é que, na verdade, chegou algum dia a pensar. Parece ridículo ser capaz de se lembrar disso, mas, para sua grande surpresa, os nomes vêm. Maisie, Jean. Não, talvez, na ordem certa. Martha. Mas vêm. É como captar uma freqüência de rádio. Janet. Se você estiver no lugar certo no momento certo, pode captar o sinal.

Esme muda de rota. Deixa a porta e a flor de metal e vai ficar parada numa quina ao lado do abajur. Vira a cabeça, primeiro para um lado, depois para o outro. Quer ver o que mais consegue sintonizar.

Quando Iris acorda, fita por um tempo a persiana fechada sobre a janela de seu quarto. Puxa a colcha. Torce uma mecha de cabelo. Pergunta-se por que há um nó de desconforto em seu estômago. Dá uma olhada ao redor, pelo quarto: tudo como deveria. Suas roupas estão espalhadas no chão e nas cadeiras, seus livros estão arrumados na estante, seu relógio reluz na parede. Então ela franze a testa. As facas da cozinha estão sobre sua cômoda, junto com a maquiagem e as jóias.

Ela se senta na cama com um pulo, agarrando a colcha junto ao peito. Como pôde ter se esquecido? O sono pode fazer isso com você — apagar as coisas mais importantes de sua mente. Iris se põe a escutar, esforçando-se para encontrar algum som. Nada. O sibilar do encanamento, o murmúrio embaralhado de uma televisão no apartamento de baixo, um carro na rua lá fora. Então Iris ouve um estranho ruído de arranhões, bem perto de sua cabeça. Pára por um instante, então recomeça.

Ela coloca um pé no chão, depois o outro. Veste o penhoar. Sai do quarto caminhando na ponta dos pés, cruza o vestíbulo e pára na porta do quartinho. O ruído está mais alto. Iris levanta a mão, hesita, depois se obriga a bater. O ruído pára abruptamente. Silêncio. Iris bate de novo, mais alto, com os nós dos dedos. De novo, silêncio. Então alguns passos, depois silêncio outra vez.

— Esme? — Iris chama.

— Sim? — a resposta é imediata e tão clara que Iris se dá conta de que Esme está bem atrás da porta.

Iris hesita.

— Posso entrar?

Iris espera que Esme abra a porta mas nada acontece. Ela coloca a mão na maçaneta e gira-a devagar.

— Bom dia — diz ela, enquanto faz isso, esperando que as palavras soem mais alegres do que ela se sente. Não tem idéia do que vai ver atrás da porta.

Esme está parada no meio do quarto. Inteiramente vestida, o cabelo penteado e preso com capricho num dos lados. Usa o casaco, por algum motivo abotoado até o pescoço. Há uma poltrona ao seu lado e Iris percebe que ela deve tê-la empurrado pelo quarto. A expressão em seu rosto, Iris fica surpresa ao ver, é de terror absoluto e abjeto. Olha para ela, Iris pensa, como se esperasse que Iris fosse bater nela. Iris fica tão chocada que não consegue pensar no que dizer. Mexe no cordão do penhoar.

— Você dormiu bem? — pergunta ela.

— Sim — responde Esme —, obrigada.

Seu rosto está tomado pelo medo, pela incerteza. Uma de suas mãos remexe num botão do casaco. Será que ela sabe onde está? Iris se pergunta. Será que ela sabe quem sou eu?

— Você está... — Iris começa — ...você foi embora de Cauldstone. Está no meu apartamento. Em Lauder Road.

Esme franze a testa.

— Eu sei. O sótão. O quarto da empregada.

— Sim — Iris diz, aliviada. — Sim. Vamos encontrar outro lugar mas... mas hoje é sábado então ainda não podemos fazer isso, mas na segunda... — ela deixa as palavras morrerem. Acabou de perceber que, arrumada na mesinha junto à cama de Esme, está a fileira de elefantes de marfim da sala de estar. Será que Esme ficou andando por ali durante a noite, mudando as coisas de lugar?

— Na segunda? — Esme responde de pronto.

— Vou dar alguns telefonemas — diz Iris, distraidamente.

Olha ao redor do quarto, tentando descobrir o que mais pode ter sido mudado, mas só vê uma escova de cabelo alinhada com um lenço, três pregadores de cabelo, uma escova de dentes e o pente de tartaruga. Há algo de muito digno no modo como esses itens estão arrumados. Ocorre a Iris que podem ser as únicas coisas que Esme possui.

Ela se vira.

— Vou fazer o café-da-manhã.

Na cozinha, Iris enche a chaleira, tira a manteiga da geladeira, coloca pão na torradeira. Ocorre-lhe como é peculiar que esteja fazendo as coisas como sempre faz, como se nada estivesse diferente. Ela apenas por acaso está com uma velha doida passando o fim de semana. Iris tem que se virar, em certo momento, para certificar-se de que ela está de fato ali. E ali está ela. Esme, a tia-avó esquecida, em sua mesa, afagando a cabeça do cachorro.

— Você mora sozinha? — diz ela.

Iris tem que abafar um suspiro. Como se meteu nisto?

— Sim — responde.

— Completamente sozinha?

Iris se senta à mesa e estende para Esme algumas torradas num prato.

— Bem, tem o cachorro. Mas fora ele, sim, moro sozinha.

Esme coloca a mão rapidamente na torrada, depois no prato, na beirada da mesa, no guardanapo. Olha para a superfície da mesa, para a geléia de laranja, a manteiga, as xícaras de chá, como se nunca tivesse visto essas coisas antes. Pega uma faca e revira-a na mão.

— Eu me lembro destas aqui — diz ela. — Vieram da Jenners, numa caixa forrada de veludo.

— É mesmo? — Iris olha para a faca velha e desbotada de cabo de osso. Não tem idéia de como chegou até ela.

— E você trabalha? — diz Esme, enquanto passa manteiga na torrada.

Ela está fazendo tudo, Iris percebe, com uma espécie esquisita de reverência. Quão louca ela é? Iris se pergunta. Como se medem essas coisas?

— É claro. Hoje em dia tenho meu próprio negócio.

Esme levanta os olhos do seu estudo do rótulo do pote de geléia.

— Que maravilhoso — diz ela.

Iris ri, surpresa.

— Bem, isso não sei. Não parece muito maravilhoso para mim.

— Não parece?

— Não. Nem sempre. Eu fui tradutora por um tempo, numa grande empresa em Glasgow, mas detestava. E depois viajei um pouco, vi o mundo, você sabe, trabalhando como garçonete pelo caminho. E então de algum modo acabei abrindo minha loja.

Esme corta a torrada em pequenos triângulos geométricos.

— Você não é casada? — diz ela.

Iris sacode a cabeça. a boca cheia de migalhas.

— Não.

— Nunca se casou?

— Não.

— E as pessoas não se importam?

— Que pessoas?

— Sua família.

Iris tem que pensar naquilo.

— Não sei se minha mãe se importa ou não. Nunca perguntei a ela.

— Você tem amantes?

Iris tosse e engasga com o chá.

Esme parece perplexa.

— Essa é uma pergunta indelicada? — indaga ela.

— Não... bem, pode ser. Não me importo que você pergunte mas algumas pessoas poderiam se importar — Iris engole o chá. — Tenho, sim... tive... tenho... sim.

— E você os ama? Esses amantes?

— Hum — Iris franze a testa e joga no chão uma casca de pão para o cachorro, que corre na direção dela, as patas deslizando no piso de linóleo. — Eu... não sei — Iris se serve de mais chá e tenta pensar. — Na verdade, sei sim. Amei alguns deles e não amei outros.

Ela olha para Esme, do outro lado da mesa, e tenta imaginá-la com a sua idade. Deve ter tido boa aparência, com esses ossos nas maçãs do rosto e esses olhos, mas àquela altura já teria passado metade da vida numa instituição.

— Há um homem no momento — Iris se ouve dizer e fica surpresa consigo mesma por fazê-lo, porque ninguém exceto Alex sabe a respeito de Luke e ela prefere que as coisas continuem desse jeito — mas... é complicado.

— Ah — diz Esme, e olha para ela, fixamente.

Iris desvia o olhar. Levanta-se, tirando com as mãos as migalhas do penhoar. Despeja os pratos sujos na pia. Vê pelo relógio na porta do forno que ainda são só 9 horas. Há doze, possivelmente treze horas para encher até que ela possa decentemente esperar que Esme vá para a cama de novo. Como Iris vai ocupá-la durante um fim de semana inteiro? O que diabos vai fazer com ela?

— Então — diz Iris, virando-se de volta —, não sei o que você gostaria de fazer hoje. Há alguma coisa...?

Esme está olhando para a faca com cabo de osso outra vez, revirando-a várias vezes na palma da mão. Iris espera que ela diga alguma coisa. Ela não diz, é claro.

— Poderíamos... — Iris tenta pensar — ...sair para dar uma volta de carro. Se você quiser. Pela cidade. Ou... a pé. Talvez você goste de ver alguns dos lugares que... — ela perde a convicção. Então tem uma idéia. — Poderíamos ir ver sua irmã. O horário de visita começa às...

— O mar — diz Esme, colocando a faca de volta. — Gostaria de ver o mar.

Esme se lança através da água, opondo o peito ao vaivém das ondas, a respiração escapando em arquejos irregulares. Ela passou da arrebentação, e está lá adiante naquela terra de ninguém estranha e sem espuma. Em torno de suas pernas pode sentir o aperto frio de águas fundas e poderosas.

Vira-se para olhar para a terra. A curva da Canty Bay, o amarelo-pardo da areia, seus pais numa manta, sua avó sentada muito ereta numa cadeira dobrável, Kitty de pé ao lado deles, olhando para a praia, a mão fazendo sombra nos olhos. Seu pai, Esme vê, faz um gesto indicando que ela deveria voltar um pouco. Ela finge não ver.

Uma onda vem, reunindo sua força, puxando toda a água ao redor em sua direção. Move-se na direção dela, silenciosa, uma crista impassível no oceano. Esme se prepara, então sente a deliciosa elevação enquanto a onda a leva, a mantém à tona, ergue-a na direção do céu, depois passa, abaixando-a gentilmente. Ela observa, agitando os pés no fundo da água, enquanto a onda cai e arrebenta, correndo num frenesi de branco na direção da areia. Kitty está acenando para alguém e Esme vê que mechas do seu cabelo escapam da touca de banho.

Eles alugaram uma casa em North Berwick para o verão. Isso é o que as pessoas fazem, a avó delas lhes disse. É o dever dela, disse, garantir que Esme e Kitty se misturem com "o tipo certo de gente". São levadas a aulas de golfe, que Esme detesta acima de todas as coisas, a chás dançantes no Pavilion, aos quais Esme sempre se certifica de estar levando um livro, e todas as tardes a avó delas as faz vestir suas melhores roupas e caminhar de um lado a outro na orla, dizendo como vai às pessoas. Principalmente famílias com filhos. Esme se recusa a ir nessas caminhadas ridículas. Fazem-na se sentir como um cavalo numa exibição. Estranhamente, Kitty as adora. Passa horas se aprontando, escovando o cabelo, passando creme no rosto, colocando fitas em suas luvas. Por que você está fazendo isso, Esme perguntara na véspera, enquanto Kitty se sentava diante do espelho, beliscando repetidas vezes a pele das bochechas. E Kitty se levantara do banco e saíra do quarto sem responder. Sua avó fica sempre anunciando que Esme nunca vai arranjar um marido se não mudar seu jeito de ser. Ontem, quando disse isso durante o café-da-manhã, Esme respondeu, que bom, e mandaram-na terminar a refeição na cozinha.

Outra onda vem, e mais outra. Esme vê que sua avó pegou o tricô, que seu pai está lendo o jornal. Kitty conversa com umas pessoas. Uma mãe e seus dois filhos, ao que parece. Esme franze a testa. Não consegue entender o que aconteceu com sua irmã. Os filhos são desajeitados, de mãos grandes, e relutam diante das perguntas ansiosas de Kitty. Ela não consegue imaginar o que Kitty está encontrando para dizer a eles. Está a ponto de gritar-lhe para que ela venha nadar quando alguma coisa muda. A água profunda e fria debaixo dela muda de direção, arrastando suas pernas. Ela está sendo sugada para trás muito rapidamente, a água ao seu redor correndo na direção do mar aberto. Esme faz uma tentativa de nadar contra ela, de volta à costa, mas é como se correntes estivessem presas aos seus braços e pernas. Há um rugido, como o momento antes de uma tempestade. Ela se vira.

Atrás dela há um muro verde de água. O topo está formando uma crista, dobrando-se. Ela abre a boca para gritar mas algo pesado arrebenta sobre sua cabeça. Esme é puxada para baixo, arrastada para o fundo. Não consegue ver nada além de um borrão esverdeado e sua boca e seus pulmões estão cheios de água amarga. Ela se debate para um lado e para o outro mas não tem idéia da direção em que fica a superfície, para onde deve tentar ir. Algo bate com força em sua cabeça, algo resistente e duro, fazendo seus dentes se entrechocarem, e ela se dá conta de que chegou ao fundo, de que foi virada de cabeça para baixo, como Santa Catarina em sua roda, mas o senso de orientação só dura um segundo, porque ela é puxada para a frente, para baixo, arrastada para dentro do músculo da onda. Então sente areia e pedras raspando sua barriga. Empurra com força com as mãos e — miraculosamente — sua cabeça irrompe na superfície.

A luz é branca e desagradável. Ela pode ouvir os pios de lamento das gaivotas e sua mãe dizendo alguma coisa sobre um filé de carne de porco. Esme arqueja. Olha para baixo e vê que está ajoelhada na parte rasa. Sua touca de banho sumiu e seu cabelo está grudado em suas costas como uma corda molhada. Ondinhas passam por ela e vão marulhar na costa. Há uma dor aguda em sua testa. Esme toca-a com os dedos e quando olha para eles estão manchados de sangue.

Ela se põe de pé aos tropeços. Pedrinhas angulosas pressionam as solas de seus pés. Ela quase tropeça mas consegue se manter de pé. Ergue a cabeça e olha na direção da praia. Será que eles vão ficar zangados? Será que vão dizer que a mandaram vir mais para o raso?

Sua família está sobre a manta, passando sanduíches e pedaços de carne fria uns para os outros. As agulhas de tricô de sua avó se movem uma de encontro à outra, enrolando-se no fio de lã. Seu pai segura um lenço sobre a cabeça. E ali, sentada na manta, está ela própria. Ali está Kitty, em seu maiô de banho listrado, a touca puxada bem para baixo, e ali está ela. Esme. Sentada ao lado de Kitty, sua irmã, em seu maiô combinando, aceitando de sua mãe uma coxa fria de galinha.

Esme olha fixamente. O cenário parece tremer e se fragmentar. Ela tem a sensação de estar sendo puxada para ele com força, como se atraída por um ímã, como se ainda estivesse presa na onda, mas sabe que está em pé, parada, na parte rasa do mar. Ela aperta os olhos com as mãos e olha novamente.

Ela, ou a pessoa que se parece com ela, está com as pernas cruzadas. Seu maiô tem o mesmo rasgão no ombro, e Esme conhece a sensação da lã tosca da manta contra a pele nua, o modo como os dedos pontiagudos da grama costeira atrás delas cutuca-a através das roupas. Consegue, dá-se conta, sentir isso naquele exato instante. Mas como é possível, se está de pé no mar?

Olha para baixo, como se para se convencer de que ainda está ali, para verificar que ainda está ali, para checar se foi trocada de algum modo por outra pessoa. Uma onda está passando, pequenina e irrelevante, lambendo suas canelas. E quando ela levanta os olhos outra vez a visão desapareceu.

Se ela está no mar, o que estava fazendo na manta? Será que se afogou na onda, e, se isso aconteceu, quem era aquela outra pessoa?

Estou aqui, ela quer gritar, esta sou eu.

E em sua vida real, ela está ali de novo. Está de pé, parada, em Canty Bay. O céu está acima dela, a areia abaixo, e estendido à sua frente está o mar. O cenário é bastante simples. Apresenta a si mesmo como um fato, inelutável, inequívoco.

O mar está calmo hoje, calmo de modo sinistro. Ondinhas verdes caem e rolam na beira, e mais adiante a pele do mar se eleva e se estica como se, lá no fundo, alguma coisa se agitasse.

Num minuto, Esme pensa, ela vai se virar e olhar na direção da terra. Mas hesita porque não tem certeza do que vai ver. Será sua família na manta de viagem de tartan? Ou será a moça, Iris, sentada na areia, observando-a? Será ela mesma? E qual ela mesma? É difícil saber.

Esme se vira. O vento puxa seu cabelo, atirando-o para cima de sua cabeça, lançando mechas sobre seu rosto. Lá está a moça, sentada como Esme sabia que estaria, na areia, de pernas cruzadas. Observa-a com aquela sua ligeira ansiedade. Mas não, Esme está errada. Ela não a está observando, olha para além dela, na direção do horizonte. Está, Esme vê, pensando no amante.

Essa moça lhe parece notável. É uma maravilha.

De toda a sua família — ela e Kitty e Hugo e todos os outros bebês e seus pais —, de todos eles, há apenas essa moça. Ela é a única que sobrou. Todos eles se reduziram a essa moça de cabelo preto sentada na areia, que não tem idéia de que suas mãos e seus olhos e a inclinação de sua cabeça pertencem à mãe de Esme. Somos todos, Esme conclui, apenas recipientes através dos quais a identidade passa: somos traços, gestos e hábitos emprestados, e depois os entregamos. Nada é nosso. Começamos no mundo como anagramas de nossos precedentes.

Esme se vira outra vez para o mar, para o lamento das gaivotas, para a cabeça de monstro inclinada da Bass Rock, que são as únicas coisas inalteradas. Ela escava a areia com os pés, criando vales e cordilheiras em miniatura. Ela gostaria, mais do que qualquer coisa, de nadar. As pessoas dizem que você nunca esquece. Ela gostaria de testar essa teoria. Gostaria de submergir nas águas frias e imutáveis do estuário do rio Forth. Gostaria de sentir o arrastar incessante das correntes se dobrando debaixo dela. Mas teme que isso possa assustar a moça. Esme é assustadora — isso ela já aprendeu. Talvez tenha que se conformar em apenas tirar os sapatos.

Iris está observando Esme na costa quando seu celular toca. "LUKE" é o nome que brilha na tela.

— Oi.

— Iris? — diz ele. — É você?

— Sou. Como você está? Você está bem? A voz está um pouco estranha.

— Eu... eu estou um pouco estranho.

Ela franze a testa.

— O quê?

— Eu acho... — Luke suspira, e atrás dele ela ouve tráfego, uma buzina soando, e se dá conta de que ele teve que deixar o apartamento para dar aquele telefonema. — Olhe, eu vou contar para Gina. Vou contar para ela hoje.

— Luke — Iris se senta para a frente sobre a manta, abalada com o pânico —, não. Por favor, não.

— Eu tenho que fazer isso. Acho que tenho.

— Não tem. Não tem que fazer isso. Luke, não faça. Pelo menos não hoje. Você me promete?

Há um silêncio na linha. Iris tem que se obrigar a parar de gritar, não, não faça isso.

— Mas eu... eu pensei que você... — a voz dele está contida, inexpressiva. — Eu pensei que você queria que ficássemos juntos.

Iris começa a mover pesadamente as pontas dos dedos pelo cabelo.

— Não é que eu não queira — ela começa a dizer, perguntando-se aonde vai chegar. Para Luke, deixar a mulher seria um desastre. É a última coisa no mundo que ela quer. — É só que... — ela tenta pensar no que dizer — ...não quero que você a deixe

115

por minha causa. — Iris chega com esforço a uma pausa. Está fazendo sulcos frenéticos na areia à sua frente. Ouve o silêncio do outro lado do telefone. Não consegue nem ouvi-lo respirar, só o rugir do tráfego. — Luke? Você ainda está aí?

Ele tosse.

— Ã-hã.

— Olhe, esta não é uma conversa que devíamos ter por telefone. Acho que devíamos conversar direito sobre isso, antes que você...

— Estou tentando conversar direito sobre isso com você faz dias.

— Eu sei, eu...

— Posso passar na sua casa?

— Hum. Não.

Ela ouve-o suspirar outra vez.

— Iris, por favor. Posso ir agora mesmo e...

— Eu não estou em casa. Estou no mar com a minha tia-avó.

— Sua... — Luke se interrompe. — Quer dizer aquela mulher de Cauldstone? — Luke diz, num tom diferente.

— Sim.

— Iris, o que você está fazendo com ela? — ele ladra em sua nova e autoritária voz, e ela sente vontade de rir. Ela consegue imaginar, por um momento, como ele deve ser no tribunal. — E o que você quer dizer, está no mar? Há mais alguém com vocês?

— Luke, relaxe, está bem? Está tudo certo.

Ele respira fundo e ela percebe que ele está controlando o mau humor.

— Iris, isto é sério. Ela está aí agora? Por que ela está com você? Achei que ela ia para um lar.

Iris não responde. Faz-se silêncio na linha, pontuado pelo zumbido de uma motocicleta ao longe. Ela olha ao redor para Canty Bay. O cachorro está um pouco afastado, cheirando um monte de algas. Esme está curvada para baixo, inspecionando alguma coisa na areia.

— É uma idiotice ter ficado com ela — Luke está dizendo. — Uma idiotice. Iris, você está me ouvindo? Você tem essa urgência em ceder a qualquer impulso voluntarioso que passa pela sua cabeça. Isso não é maneira de viver. Você não tem noção de como isso é idiota. Se você fosse uma profissional treinada, então talvez, eu quero dizer talvez, poderia fazer alguma coisa...

Iris pisca os olhos. Por um momento, ela não consegue acompanhá-lo. Está sentada em Canty Bay. Luke ainda está falando com ela pelo telefone. O cachorro está fitando uma gaivota numa pedra. E sua parente idosa está entrando no mar, inteiramente vestida.

— Esme! — Iris grita, pondo-se de pé com dificuldade. — Esme, não! — então ela diz para o telefone: — Tenho que desligar — e larga-o. — Esme! — ela grita de novo, saindo pela praia.

Não sabe se Esme consegue ouvi-la. Iris atravessa rapidamente a areia em sua direção. Será que ela vai começar a nadar? Será que ela vai...

Iris chega à arrebentação. Esme está caminhando pela areia vítrea e molhada, e ondinhas quebram ao redor de seus calcanhares nus. Segura os sapatos numa das mãos e a barra da saia na outra.

— É muito interessante — diz Esme —, você não acha, como é a nona onda que é a maior, a mais poderosa. Nunca entendi essa mecânica. Ou talvez não seja mecânica. Talvez seja outra coisa.

Iris se curva para a frente, tentando recobrar o fôlego.

— Você está bem? — pergunta Esme.

A moça leva-a para almoçar num café que dá para a ponta mais distante de North Berwick. Elas se sentam do lado de fora, numa plataforma de tábuas, e Iris amassa manteiga no purê de batatas de Esme para ela. Esme acha divertido que ela faça isso sem perguntar, mas não se importa. Gaivotas rasgam o ar salgado com seus gritos.

— Eu costumava vir à piscina quando era pequena — diz Iris, enquanto estende o garfo para Esme.

Mais uma vez, Esme tem que esconder o sorriso. Então vê que Iris está olhando para as linhas que se entrecruzam em seu braço e Esme pega o garfo e vira o braço para que as linhas, bocas brancas enrugadas, fiquem voltadas para o chão. Ela entra no zootrópio, por um breve instante, vislumbrando Kitty no balanço delas na Índia, sua mãe deitada na cama em Lauder Road. Mas então se lembra de que tem que conversar, falar, e se puxa para fora.

— É mesmo? — diz ela. — Sempre quis, mas nunca vim. Minha mãe não aprovava os banhos comunitários.

Esme olha para a extensão nua de concreto, que foi derramada sobre a piscina, e então para as outras mesas. As pessoas estão comendo, sob o sol, num sábado. É possível que a vida seja assim tão simples?

Iris está inclinada sobre a mesa.

— O que aconteceu com você, naquele lugar — ela está dizendo —, em Cauldstone? O que eles fizeram com você?

Seu tom é gentil, inquisitivo. Esme não a culpa por perguntar. Mas ela pode se sentir sobressaltada. Cauldstone e este lugar, esta plataforma e o mar abaixo dela, não vá. Como ela pode dizer essas coisas? Como ela pode tentar pensar nelas? Não consegue nem mesmo vê-las numa frase. Não saberia como começar.

Esme coloca a comida na boca e percebe que, uma vez começando, não consegue parar. Põe garfada após garfada de batata entre os dentes até que as bochechas estão cheias e sua língua não consegue se mover.

— Nós moramos aqui por um tempo, depois que meu pai morreu — diz Iris.

Esme tem que engolir uma vez, duas vezes antes de conseguir falar, e machuca sua garganta.

— Como ele morreu? — pergunta ela.

— Oh, foi uma idiotice. Um acidente idiota. Ele estava no hospital para uma operação de rotina e lhe deram uma droga à qual ele era alérgico. Ele era jovem, estava só com 31 anos.

Esme vê lampejos da cena. Acha que viu isso, ou algo desse tipo. Quando? Não consegue se lembrar. Mas ela se lembra das convulsões, do corpo se debatendo, da língua enrolando, e depois a imobilidade terrível. Precisa se concentrar em seu prato para se livrar delas.

— Isso é muito triste — diz ela, e dizer essas palavras é bom porque distrai sua mente fazendo-a pensar em como formar as sílabas.

— Meus pais já estavam separados quando ele morreu, então eu não o vi muito, mas ainda sinto falta dele. Seria o aniversário dele na próxima semana.

Iris despeja água de uma garrafa nos copos para elas e Esme fica surpresa ao ver bolhinhas, milhares delas, subindo à superfície, grudando nas bordas. Pega o copo e o segura perto do ouvido. Há o leve estalar das bolhas estourando. Coloca-o de volta na mesa quando vê Iris olhando para ela, o alarme estampado no rosto.

— Que dia? — pergunta Esme, para preencher o silêncio, para tranqüilizá-la.

— Perdão? — ela ainda parece alarmada, mas menos.

— Que dia era o aniversário do seu pai?

— Vinte e oito.

Esme está estendendo a mão novamente para pegar o copo de vidro, mas algo a detém. Ela parece ver esses números. A linha como que de um cisne do dois perto dos círculos duplos do oito. Trocando-os de lugar eles viram oitenta e dois. Com mais um zero, poderiam ser duzentos e oitenta, oitocentos e vinte,

119

duzentos e oito, oitocentos e dois. Eles se multiplicam e se reproduzem, ocupando-a por completo, fileiras e fileiras de dois e oitos.

Ela tem que se levantar e caminhar até a barreira para se livrar deles e quando chega lá vê, abaixo do deque de tábuas onde todo mundo está sentado sob o sol, uma massa de rochas pontiagudas e negras.

...me dei conta de que não tenho idéia de quando é o aniversário de casamento dos meus pais. Devia ter perguntado à minha mãe. Eles não comemoravam, pelo menos não que nós soubéssemos. O casamento teria acontecido na Índia, é claro, minha mãe a própria moça colonial e meu pai recém-chegado. Uma maravilhosa recepção depois, no clube. Todos foram convidados. Todos os que eram alguém. Vi fotografias, minha mãe usando cetim, um belo...

...e eu fiquei com o dela, foi simples assim, mas meu pai disse que eu nunca deveria dizer, que...

...meu marido comprou para mim, ou outra pessoa fez isso por ele, ele pagou, de qualquer modo. Era muito bonito. Um círculo perfeito de pequeninas pedras multifacetadas. Sempre capturava a luz de modo tão bonito. Esses anéis normalmente são dados na ocasião do nascimento do primeiro filho, ele me disse, e isso foi exatamente quando eu estava me sentindo muito satisfeita e comovida e, é claro, isso arruinou tudo. Aquele tom oficioso dele. Ele sempre gostava de fazer as coisas de acordo com a cartilha. Mantinha uma lista em sua mesa de coisas desse tipo. Consultava-a. Quando dar papel e quando dar ouro, e assim por diante e et cetera e de qualquer modo...

...e nos levaram ao estúdio na New Town e tentaram deixar nossos cabelos do mesmo jeito, o que, é claro, foi uma tarefa ingrata, porque o dela era rebelde, comprido, com anéis em toda parte: nunca ficaria como o meu. O meu se deixava pentear satisfatoriamente e assentava bem, junto à cabeça. Tivemos que posar por um longo tempo, inteiramente imóveis. Era comum, eu acho, em retratos de irmãos, que o mais velho ficasse sentado e o mais novo de pé, atrás. Mas pelo fato de ela ser tão mais alta do que eu tiveram que colocá-la na cadeira e tive que ficar de pé atrás com a mão pousada em seu ombro e sempre lamentei isso porque tinha passado a manhã inteira engomando o plissado na frente do meu vestido e, é claro, isso não ficou visível, sendo...

...aquele vestido de cetim de casamento voltou para a Escócia conosco. Minha mãe nos deixou experimentá-lo uma vez. Esme foi a primeira porque eu queria fazer aquilo, queria tanto que, quando nossa mãe perguntou quem seria a primeira, não consegui falar. E quando Esme se colocou diante do espelho, ela jogou a cabeça para trás e riu sem parar. Ficava tão curto nela! Tinha pernas tão compridas, como uma girafa, e parecia mesmo muito cômico. Mas eu não podia rir também porque vi minha mãe endurecer o rosto, vi que ela não gostava que Esme risse do seu vestido. Eu fiquei perfeita nele. Minha mãe me disse. Ela e eu tínhamos a mesma altura. Você pode usá-lo no dia do seu casamento, querida, ela disse. E Esme estava de pé atrás de nós, eu podia vê-la no espelho, e ela disse, eu não, então? Ela só estava sendo insolente, porque, é claro, era inconcebível que ela pudesse usá-lo e minha mãe deu uma resposta áspera porque Esme tinha o hábito de exasperá-la...

...e quando ouvi os gritos enrolei a corda que estava pulando e vim correndo. Ela era um monte disforme sobre o gramado, minha mãe e meu pai parados, impotentes, olhando para baixo. Bem, eu estava mais acostumada àquilo do que eles. Passei os braços ao redor dela e falei, o que foi, diga, o que foi. O que era? Esqueço-me. Sempre havia alguma coisa, sempre algum motivo, por mais estranho que fosse, com ela, mas não dava para adivinhar o que seria. Você nunca sabia, com ela, o que iria acontecer no minuto seguinte. Acho que é por isso que...

...e quando o retrato voltou, minha mãe mandou dizer a Esme que ficasse confinada ao quarto o dia inteiro. Esme parecia tão mal-humorada nele, o rosto carregado e furioso. Minha mãe tinha todo o direito de ficar zangada, é claro. Bem, com o preço de termos posado e tudo mais você não podia culpá-la. E eu também fiquei irritada. Tinha passado uma manhã inteira preparando minhas roupas, escovando o cabelo com água e óleo de rosas para que ele ficasse exatamente daquele jeito. E tudo isso para nada. Minha mãe disse que nenhum pai e mãe de posse de suas faculdades mentais exibiria um retrato como aquele. Esme não ficou nem um pouco arrependida. A cadeira era tão desconfortável, ela disse, havia dois parafusos se enterrando na minha perna. Ela era engraçada assim, sempre tão ridiculamente sensível em excesso. Era como a princesa na história do grão de ervilha e o colchão. Tem uma ervilha por aí, eu dizia a ela quando ela se revirava na cama à noite, tentando arranjar uma posição confortável, e ela dizia, favos inteiros...

...aquele anel que Duncan me deu, eu costumava usá-lo. Usava-o no anular, como é o costume nesses casos. Mas não consigo encontrá-lo. Não está aqui. Estendo as mãos na minha frente, as duas, só para me certificar. Não está aqui, eu digo à moça, porque sempre há uma moça. Nunca longe demais, observando. Perdão, ela diz, e sei que não é que ela não tenha me escutado — tenho uma voz nítida, bastante clara, já me disseram com freqüência — é que ela não presta atenção. Está brincando com algum diagrama na parede. Meu anel, eu digo em voz alta, para que ela saiba que estou falando sério, mas elas podem ser tão caprichosas, essas moças. Oh, ela diz e ainda assim não desvia os olhos do diagrama, eu não me preocuparia com isso agora, e isso me irrita tanto que eu me viro no assento e digo...

...favos inteiros, enquanto ela se retorcia, tentando achar uma posição confortável, e isso me fazia rir, e assim que ela me via rindo ficava repetindo aquilo, várias vezes. Sempre teve esse jeito de lhe fazer rir. Até, quero dizer...

Esme contempla as rochas pontudas. Contempla e contempla até que elas começam a perder sua tridimensionalidade, até que começam a parecer pouco familiares, sem substância. Do mesmo modo como palavras repetidas muitas vezes se tornam apenas sons indistintos. Ela pensa nisso. Diz a palavra "palavra" várias vezes mentalmente até que só o que ouve é "lavrapa-lavrapa-lavrapa". Está consciente daqueles números, aquele dois e aquele oito, tentando encontrar um lugar para se esgueirar de volta. Ficaram emboscados nos cantos para onde ela os empurrou e estão armando um ataque, uma investida. Ela não vai admitir. Não vai. Bate todas as portas, passa as trancas, gira as fechaduras. Firma os olhos nas pedras, os baluartes pontiagudos das pedras debaixo da plataforma, e ela vasculha sua mente para encontrar alguma outra coisa porque as pedras e a palavra "palavra" não vão funcionar para sempre, ela sabe disso. E subitamente ela é recompensada porque de lugar nenhum descobre que está pensando no casaco. Confere a si mesma rapidamente. Pode pensar nisso? E decide que sim.

O casaco, o casaco. Ela se lembra exatamente do tato do feltro, a gola que pinicava, o medonho brasão bordado no bolso. Nunca havia gostado da escola. Do estudo ela gostava, das aulas e dos professores. Se pelo menos a escola pudesse ser só isso. Mas os grupos de meninas, eternamente escovando e escovando de novo o cabelo e abafando risadinhas com as mãos. Intoleráveis, elas eram.

Esme vira as costas às pedras. Está a salvo agora. Mantém uma das mãos na cerca de madeira, porém. Pelo sim, pelo não. Vê as fileiras de casas construídas juntas numa linha ao longo da estrada da praia. Vê a moça, Iris, sentada de pernas cruzadas à mesa, e a Esme parece estranho que ela própria também estivesse sentada ali há apenas um instante. Vê a cadeira que era a sua — que ainda é a sua. Está afastada da mesa num ângulo e lá está seu prato, com a batata pela metade. Surpreendente como é fácil se levantar e se afastar de uma mesa, de um prato de comida, como ninguém detém você, como não ocorreria a ninguém aqui que poderiam deter você.

Ela sorri diante desse pensamento. Em algum canto da mente, a escola ainda está na ativa. As risadinhas, os risos abafados, as gargalhadas que aconteciam às suas costas e que paravam se ela se virasse. Ela não se importava, absolutamente. Não estava interessada naquelas garotas e em seus fins de semana aborrecidos, seus bailes de debutantes, suas notas das monitoras para os garotos da escola. Ela podia se perder ao ouvir os professores, ao saber que suas notas eram boas, melhores do que as de qualquer outra, quase. Mas havia dias em que ela achava as garotas cansativas. Fale-nos da Índia, Esme, elas entoavam, pronunciando "Indi-ah", por razões que Esme nunca compreendeu. E isso só porque ela uma vez confundiu as perguntas delas com perguntas sinceras e descreveu-lhes o pólen amarelo das mimosas, as asas iridescentes das libélulas, os chifres curvos do gado de cara preta. Passaram-se vários minutos até ela se dar conta de que estavam todas abafando o riso na manga do blusão.

O riso. Irrompendo atrás dela durante as aulas, seguindo-a como vagões de um trem enquanto ela caminhava ao longo de um corredor. Esme nunca conseguiu realmente entender por quê, o que havia nela capaz de criar tamanha hilaridade. O seu cabelo enrola naturalmente, elas perguntavam, depois começavam a rir. Sua mãe usa sári? Vocês comem *curry* em casa? Quem faz as suas roupas? Quando você sair da escola vai ser uma solteirona como sua irmã?

Essa tinha sido demais. Esme se virara diante daquela. Tinha agarrado o transferidor de Catriona McFarlane, alta sacerdotisa do clube dos risinhos sufocados, e apontado-o para ela como uma varinha mágica.

— Sabe o que você é, Catriona McFarlane? — Esme tinha dito. — Você é uma criatura triste. É malvada e desalmada. Vai morrer sozinha e solitária. Está me ouvindo?

Catriona ficou surpresa, a boca ligeiramente aberta, e antes que pudesse dizer qualquer outra coisa, Esme já tinha se virado e ido embora.

No deque de madeira, a moça Iris está se mexendo no assento. Um pouco inquieta. Será que Esme a estava fitando? Ela não sabe ao certo. Duas xícaras de chá, encimadas por vapor, apareceram na mesa delas. Iris bebe de uma das xícaras, segurando-a entre as duas mãos, o que faz Esme sorrir porque é algo que sua mãe nunca teria permitido e Iris se parece tanto com ela própria: é como se tivesse sido dada a Esme uma visão de sua mãe em alguma idílica vida após a morte, relaxando ao sol, com um novo corte de cabelo, inclinando uma xícara na direção da boca com todos os seus dez expansivos dedos. Esme sorri novamente e dá um tapa na cerca de madeira com a palma da mão.

Foi Catriona quem trocou o casaco. Ela tem certeza disso. E a única pessoa que poderia ter contado era...

A moça se inclina para a frente na cadeira, dizendo alguma coisa, e a visão da mãe de Esme desfrutando de uma xícara de chá celestial se dissolve. São só ela e a moça, Iris, num café junto ao mar, e tudo aquilo foi há muito tempo. Ela deve se lembrar disso.

Mas tem certeza de que foi Catriona. Quando Esme foi para o vestiário naquela tarde ele estava entupido de garotas puxando chapéus e casacos de seus cabides. Quando ela saiu para o corredor tentou vestir seu casaco, empurrando um braço manga adentro e tentando encontrar a outra cava. Não estava funcionando. Não conseguia encontrá-la. Colocou a bolsa da escola no chão e tentou outra vez mas seus dedos deslizavam pelo forro,

125

incapazes de encontrar a abertura. Mais tarde ela vai pensar que nesse momento viu, vagamente, ao longe, Catriona passando rapidamente pelo corredor. Esme arrancou o casaco do ombro — era uma coisa horrível de todo modo, ela não entendia por que tinham que usar — e examinou-o. Será que tinha pego o casaco certo? Parecia o mesmo, mas na verdade todos se pareciam. E havia o pedaço de pano com o nome dela, E. LENNOX, costurado na gola. Esme fisgou-o com os dois braços e puxou-o por cima das costas.

O efeito foi instantâneo. Mal conseguia se mover, mal conseguia respirar. O feltro do blazer estava esticado sobre seus ombros, apertando seus braços junto ao corpo, prendendo suas axilas. As mangas estavam curtas demais, mostrando os ossos de seus punhos. Parecia que era seu casaco, dizia ser seu casaco, mas não era. Não fechava no peito. Duas garotas mais novas ficaram olhando fixamente quando passaram por ela.

Quando Esme se senta à mesa, Iris diz:

— Pedi café para você mas não sei se você preferia chá.

Ela faz um gesto na direção da xícara. Esme abaixa os olhos para ela. Está transbordando de espuma branca. Uma colher de prata repousa na curva do pires. E um biscoitinho marrom. Esme normalmente não bebe chá nem café mas acha que vai abrir uma exceção desta vez. Toca com as pontas dos dedos de uma das mãos a porcelana quente, depois a toca com a outra.

— Não — diz ela —, café está bem.

Kitty estava esperando por ela quando desceu do bonde, apoiada num ângulo da parede.

— O que houve? — disse ela, enquanto Esme se aproximava.

— Este não é o diabo do meu casaco — Esme murmurou, sem parar.

— Não diga essa palavra — Kitty a seguia de perto. — Tem certeza de que não é seu? Parece o seu.

— Não é, eu estou dizendo. Alguma garota idiota trocou, não sei...

Kitty estendeu o braço e virou a gola para trás.

— Tem o seu nome nele.

— Olhe para ele! — Esme parou no meio da calçada e abriu os braços. As mangas acabavam logo abaixo de seus cotovelos. — É claro que não é meu.

— Você cresceu, é só isso. Você cresceu tanto recentemente.

— Cabia em mim hoje de manhã.

Fizeram a curva para entrar na Lauder Road. Os lampiões tinham sido acesos, como eram naquele horário todos os dias, e o acendedor estava passando do outro lado da rua, a vara por cima do ombro. A visão de Esme estreitou dos lados e ela achou que poderia desmaiar.

— Oh — ela explodiu. — Eu detesto isto... eu deteste.

— O quê?

— Apenas... isto. Sinto como se estivesse esperando por alguma coisa e estou ficando com medo de que talvez nunca chegue.

Kitty parou e fitou-a, perplexa.

— Do que você está falando?

Esme se abaixou sobre o muro de um jardim, atirando a bolsa da escola no chão, e olhou para o lume amarelo do lampião lá em cima.

— Não sei ao certo.

Kitty arranhou a calçada com o dedão.

— Escute, eu vim dizer a você... O Sr. McFarlane nos procurou. Minha mãe está uma fera com você. Ele diz... ele diz que você pôs uma maldição na filha dele.

Esme fitou a irmã, depois começou a rir.

— Não tem graça, Esme. Ele estava mesmo furioso. Minha mãe diz que quando chegarmos em casa é para você ir para o escritório do meu pai e esperar por ele ali. O Sr. McFarlane disse que você profetizou a morte de Catriona. Disse que você voou sobre ela como um gato selvagem e pôs uma maldição nela.

— Uma maldição? — Esme enxugou os olhos, ainda rindo.

— Quem dera eu pudesse.


Depois do almoço, Iris e Esme saem do café a esmo, seguindo pelo caminho que leva à cidade. O vento as açoita vindo dos dois lados e Iris estremece, abotoando o casaco. Vê que Esme se curva sob o vento, a cabeça na frente. Há alguma coisa nela, Iris reflete, que não está totalmente correta. Você não necessariamente imaginaria que ela ficou trancada a vida inteira, mas há alguma coisa — um certo arregalar dos olhos, sua falta de inibição, talvez — que a distingue de outras pessoas.

— Ah — ela está dizendo, com um sorriso largo —, faz muito tempo que eu não sinto o vento deste jeito.

Passam por uma ruína, assentada na grama como velhos dentes. Esme pára e olha.

— É uma velha abadia — diz Iris, apontando com o dedão do pé para uma parede baixa, que desmorona. Depois, lembrando-se de algo que leu certa vez, diz: — Dizem que o Diabo apareceu aqui para uma congregação de bruxas e lhes disse como lançar um feitiço para afogar o rei.

Esme se vira para ela.

— É mesmo?

Iris fica um tanto confusa com sua intensidade.

— Bem — ela dissimula —, foi o que uma delas alegou.

— Mas por que ela diria isso se não fosse verdade?

Iris precisa pensar por um momento, perguntando-se como dizer.

— Acho — começa ela, cuidadosamente — que instrumentos para esmagar o polegar podem fazer com que você fique bastante inventivo.

— Oh — diz Esme. — Elas foram torturadas, você quer dizer.

Iris pigarreia, o que a faz tossir. Por que ela começou esta conversa? O que se apossou dela?

— É o que eu acho — ela murmura —, sim.

Esme caminha ao longo de uma das paredes, colocando um pé na frente do outro de modo deliberado, rítmico, feito uma marionete. Numa pedra angular ela pára.

— O que aconteceu com elas? — pergunta.

— Hum... — Iris olha ao redor loucamente em busca de alguma coisa com que distrair Esme. — Não sei ao certo — ela gesticula de modo extravagante para o mar. — Olhe! Barcos! Vamos lá olhar?

— Elas foram mortas? — persiste Esme.

— Eu... hum... é possível — Iris coça a cabeça. — Você quer ir ver os barcos? Ou um sorvete. Quer um sorvete?

Esme se endireita, sopesando a pedra na mão.

— Não — diz ela. — Elas foram queimadas ou estranguladas? Bruxas eram estranguladas até a morte em partes da Escócia, não eram? Ou enterradas vivas.

Iris precisa resistir a um impulso de cobrir o rosto com as mãos. Em vez disso pega o braço de Esme e a conduz para longe da abadia.

— Talvez a gente devesse ir para casa. O que você acha?

Esme faz que sim.

— Muito bem.

Iris caminha cuidadosamente, traçando na mente o caminho delas de volta ao carro, tomando cuidado para evitar outros sítios históricos.

...uma palavra para isso, eu sei que existe. Sei que sim. Sabia qual era ontem. É uma coisa estranha, pendurada no teto, uma moldura de arame sobre a qual fica estendido um tecido púrpura.

Há uma luz dentro dela, pendurada lá dentro. Um interruptor no teto ilumina-a quando escurece. Mas qual é a palavra para ela? Tenho certeza de que sei, quase posso vê-la, começa com...

...leen, Kathleen. Há uma mulher curvada sobre mim, perto demais de mim, ela segura uma colher de pau. A colher está vestida com saia e avental, com fios de lã presos no lugar do cabelo, um rosto pintado com um enorme sorriso vermelho. É uma coisa grotesca, uma coisa horrível, e por que ela está colocando isso no meu colo? Todo mundo, eu agora vejo, ganhou uma, e eu não sei por quê. Não há nada a fazer com ela a não ser atirá-la no chão. A saia da colher esvoaça acima de sua cabeça e eu vejo sua única e pálida perna enquanto...

...então minha mãe parou na esquina, mandou-a voltar para casa para apanhar suas luvas. Você sempre tinha que usar um par de luvas naqueles dias quando estava fora, não ficava bem estar com as mãos nuas, principalmente se você vinha de uma família como a nossa. Luvas de couro, ajustadas às nossas mãos, todo mundo sabia o tamanho delas. Os dedos dela eram excepcionalmente longos, o homem do balcão das luvas na Maule's nos disse. Uma oitava e duas notas, ela respondeu, com um sorriso, é a minha abertura. Ele não tinha idéia do que ela falava. Ela era uma boa pianista, mas indisciplinada demais, nossa avó dizia. Mas minha mãe mandou-a de volta pegar as luvas e ajeitar a meia, que tinha escorregado perna abaixo, revelando a pele entre a bainha e o alto da meia, o que, é claro, não ficava bem. Fui com ela quando vi as nuvens de tempestade em seu rosto. Não agüento isso, não agüento isso, ela sibilou para mim, enquanto caminhávamos, e ela caminhava mais rápido do que o habitual, então eu tinha quase que correr para acompanhá-la. Essas regras, essas regras ridículas, como é que podem esperar que a gente se lembre de todas? É só um par de luvas, eu disse, eu lembrei a você quando estávamos saindo de casa. Mas ela estava furiosa, sempre criando atrito por nada. E não conseguimos encontrar as luvas, é claro. Ou só conseguimos encontrar uma. Esqueço-me. Sei que procuramos por toda parte. Não consigo pensar em tudo, eu disse a ela, enquanto procurávamos, porque ela estava sempre perdendo uma ou outra e sempre dependia de mim lembrar delas por mim e por ela e eu tinha começado...

...DAA-DUM, da-da-da-da-da-dum, de-de-de, de-de-de, DAA-DUM, da-da-da-da-dum. Chopin. Ela tocava o tempo todo. Sacudia o suricato empalhado na tampa do piano. Minha mãe odiava. Toque alguma coisa bonita, Esme, ela dizia, não essa terrível...

...a palavra eu definitivamente sabia qual era. Alguém esteve lá dentro e acendeu as luzes. Os outros estão se levantando e brincando com o botão da televisão e eu gostaria de voltar para o meu quarto mas não tem ninguém para me ajudar neste momento então vou ter que ficar aqui sentada e esperar e tentar pensar na palavra para essa coisa pendurada no teto. Uma estrutura de arame com tecido e uma lâmpada dentro, iluminada...

...talvez tenha falado sobre o casaco. Falei? Esqueço-me. Esme. Sou eu. Esme. Não queria largar, eles disseram. É difícil saber se...

...e quando o vi pela primeira vez achei que eu ia dissolver feito açúcar na água. Estávamos descendo do bonde em Tollcross, ele tinha quebrado, o contato e os cabos tinham se separado, e eu estava ajudando minha mãe com suas mensagens de modo que ela e eu estávamos carregadas de caixas e pacotes. Conseguimos chegar à calçada e lá estava ele. Junto à sua mãe. Com caixas e pacotes. Podíamos ser imagens num espelho. Minha mãe e a Sra. Dalziel discutiram o tempo e o trem e a saúde de seus maridos, nessa ordem, e a Sra. Dalziel apresentou o filho. Este é o meu James, ela disse, mas é claro que eu já sabia disso. O nome Jamie Dalziel era familiar a todas as garotas de Edimburgo. James, eu disse, e ele tomou minha mão na sua. Muito prazer em conhecê-la, Kitty, ele respondeu, e eu adorei o modo como disse

Kitty, o modo como piscou para mim quando minha mãe estava olhando para a estrada à procura do próximo bonde, o modo como ele carregava as caixas como se elas não pesassem nada. Naquela noite deslizei a luva que estava usando para baixo do travesseiro. Quando estávamos indo embora, a Sra. Dalziel disse que eu tinha que vir para a festa de Hogmanay.* Você e sua irmã, ela disse. Chamou-o de Jamie enquanto iam embora. Jamie, cuidado com os pacotes. Foi apenas uma semana depois daquele dia quando o encontrei no Meadows. Ele estava com um amigo, Duncan Lockhart, mas eu não olhei duas vezes para ele, é claro. E para onde você está indo, ele disse, e se pôs a caminhar do meu lado, e eu disse, estou esperando minha irmã. Tenho uma irmãzinha também, ele disse e eu disse, oh, a minha já não é tão pequena, ela é mais alta do que eu, vai sair da escola logo. E quando disse isso eu a vi caminhando pela rua. Veio em nossa direção e, você sabe, mal olhou para ele. Olá, ela me disse, e eu disse, esta é minha irmã, Esme, e ele sorriu aquele sorriso dele, pegou a mão dela e disse, encantado. Foi o que ele disse: encantado. E ela riu, ela de fato riu, e puxou a mão. Preste atenção no que diz, ela disse a ele, e acrescentou, idiota, alto apenas o suficiente para que ele ouvisse. Quando olhei outra vez para ele vi que estava olhando para ela, vi o modo como a olhava, que era como se fosse se dissolver como açúcar na água, e quando vi isso...

...problema também era esse todas as vezes que íamos a algum lugar, ela e eu, e de fato recebíamos convites com bastante freqüência, devido ao nosso sobrenome, é claro, mesmo ela tendo se recusado a fazer amizade com qualquer uma das garotas da escola. Harpias, ela dizia serem, essa era a palavra. Mas todas as vezes que íamos a algum lugar, uma festa de tênis ou um chá ou um baile, ela sempre fazia alguma coisa estranha, alguma coisa

---

*Na Escócia, festa de fim de ano durante a qual crianças vão de casa em casa pedindo presentes. (*N. da T.*)

inesperada. Ficava batucando qualquer coisa no piano, conversando com um cachorro o tempo todo, uma vez subindo numa árvore e ficando sentada nos galhos, fitando o espaço e brincando com aquele seu cabelo desarrumado. Há certas pessoas, tenho certeza, que pararam de nos convidar. Por causa do comportamento dela. E eu tenho que confessar que me sentia muito magoada com isso. Minha mãe dizia que eu tinha razão. Que você, ela dizia, que nunca se comporta de outro modo que não o do mais completo decoro, tenha que sofrer por causa dela. Isso não está certo. Houve uma vez que ouvi por acaso...

...o meu era de organdi com adornos de flores de laranjeira e eu não queria que o azevinho o rasgasse então ela carregou a grinalda. Ela pouco se importava com seu vestido. Veludo escarlate, ela queria. Carmim. Mas ganhou um de tafetá vinho. E disse que não se ajustava direito, as costuras não estavam retas e mesmo eu podia ver que essas coisas importavam tanto para ela que...

...uma moça se agacha na minha frente e vejo que ela está desatando os cordões dos meus sapatos e tirando-os e digo a ela, eu peguei, eu peguei, e nunca contei a ninguém. A moça levanta os olhos para mim e dá um riso abafado. Você conta para a gente todo dia, ela diz. Sei que ela está mentindo, então digo, era da minha irmã, você sabe. E ela apenas se vira para falar com alguém por cima do ombro e...

...ouvi por acaso alguém dizer alguma coisa sobre ela, rir dela. Uma garota com uma blusa de tecido listrado de algodão, crespo, era bonita a blusa, trabalhada na frente. Ela apontava para Esme e cutucava os dois homens que estavam com ela. Olhem para a Esquisita, ela disse. A Esquisita, eles a chamaram. Então eu olhei e você acredita que ela estava numa poltrona e uma das pernas estava jogada por cima do braço da poltrona, um livro no colo, as pernas muito abertas por baixo da saia. Era um baile, pelo amor de Deus. Eu tive que ir até ela e meu rosto estava queimando e todas as pessoas no salão estavam me observando e eu disse o nome dela duas vezes e ela estava tão absorta no que quer que estivesse lendo que não me ouviu, e então eu tive que sacudi-la pelo braço. E ela levantou os olhos para mim e foi como se estivesse acordando. Espreguiçou-se. Ela de fato se espreguiçou e disse, alô, Kit. E então ela deve ter visto que eu estava à beira das lágrimas porque a expressão de seu rosto desabou e ela disse, o que foi? E eu disse, você. Você está arruinando minhas chances. E, você sabe, ela disse, chances de quê? E eu me dei conta de que se quisesse ser bem-sucedida...

...o jeito como ele olhou para ela...

...o suricato sacudindo em seu estojo de vidro. Meu avô o havia capturado, aparentemente. Nossa avó gostava muito dele. Tinha uma expressão bastante aflita. E não é de se admirar, ela dizia, olhando para ele enquanto tocava, quem gostaria de ficar trancado dentro de um...

...DAA-DUM, da-da-da-da-da-dum. Eu me lembro disso...

E elas caminham, Esme e Iris, Esme atrás da moça, Iris, olhando para a parte de trás dos calcanhares dela em seus sapatos vermelhos, o modo como desaparecem, reaparecem, desaparecem conforme ela anda pela calçada em North Berwick. Iris lhe disse que iam voltar para o carro agora e Esme está ansiosa para entrar nele, para se dobrar e sentar e talvez a moça ligue o rádio de novo e elas terão música enquanto dirigem de volta.

Ela pensa, enquanto anda, na discussão com seu pai, certa noite logo antes de ir para a cama, quando a lareira estava morrendo, e Kitty, sua mãe e a avó estavam ocupadas com o que elas chamavam de trabalhos manuais e sua mãe tinha acabado de lhe perguntar onde estava o quadrado de tapeçaria que ela lhe tinha dado. E Esme não podia responder que o escondera, o enfiara atrás das almofadas da cadeira em seu quarto.

— Largue o livro, Esme — sua mãe dissera. — Você já leu o bastante por esta noite.

Mas ela não podia largar porque as pessoas na página e na sala em que estavam prendiam-na firmemente mas então seu pai estava diante dela e tirou-lhe o livro, fechou-o sem marcar a página, e subitamente só havia a sala em que ela estava.

...Faça o que sua mãe pede — disse ele —, pelo amor de Deus.

Ela se empertigara na cadeira e a fúria estava dentro dela, e em vez de dizer, por favor me devolva meu livro, ela disse, quero continuar na escola.

Não era o que queria dizer. Sabia que não era o momento de tocar nesse assunto, que não levaria a lugar nenhum, mas o desejo a inflamava, e ela não pôde evitar. As palavras saíram de onde tinham ficado escondidas. As mãos dela pareciam estranhas e inúteis sem o livro e a necessidade de ficar na escola tinha crescido e saído de sua boca sem que ela se desse conta.

Fez-se um silêncio na sala. Sua avó deu uma olhada para o filho. Kitty deu uma olhada para a mãe, depois olhou de volta para o trabalho. O que era mesmo que ela estava fazendo? Alguma ridícula peça de renda e fitas para o "seu *trousseau*",* como ela chamava, com a pronúncia francesa afetada que fazia Esme querer gritar. A criada tinha dito recentemente, você vai ter que encontrar um marido primeiro, mocinha, e Kitty ficara tão furiosa que correra da sala, de modo que Esme aprendera a não criticar a pilha crescente de renda e seda no armário delas.

— Não — dissera seu pai.

— Por favor — insistiu Esme. Ela juntou as mãos para mantê-las paradas. — A Srta. Murray diz que eu poderia conseguir uma bolsa e depois disso talvez a universidade e...

— Não haveria lucro nisso — seu pai disse, enquanto voltava para sua poltrona. — Minhas filhas não vão trabalhar para se sustentar.

---

*"Trousseau", palavra francesa usada no inglês para designar enxoval de noiva. (*N. da T.*)

Ela batera o pé — crac — e isso fez com que se sentisse melhor, mesmo sabendo que não adiantaria, que tornaria tudo pior.

— Por que não? — ela exclamara, porque estava sentindo alguma coisa se fechar ao seu redor recentemente. Não conseguia tolerar a idéia de que em alguns meses estaria ali naquela casa sem nenhum motivo para sair dela, vigiada por sua mãe e sua avó o dia inteiro. Kitty iria logo, levando sua renda e suas fitas junto. E não haveria escapatória, nenhum alento fora daquelas paredes, daquela sala, daquela família até que ela se casasse, e essa idéia era tão ruim quanto, se não pior.

Estão no carro. Iris o destranca e Esme vê uma luz laranja piscar do seu lado. Abre a porta e entra.

Foi apenas um dia, talvez dois, mais tarde, quando ela e Kitty estavam sentadas em seu quarto. Kitty estava outra vez costurando o que quer que fosse — uma camisola, uma anágua, quem sabe? Esme estava na janela, observando seu hálito se aplanar e formar uma película branca no vidro, depois passando o dedo ali, ouvindo-o arranhar a janela.

Sua avó apareceu no quarto.

— Kitty — havia um sorriso incomum em seu rosto —, arrume-se. Você tem visita.

Kitty deixou a agulha.

— Quem?

A mãe delas apareceu atrás da avó.

— Kitty — ela disse —, rápido, largue isso. Ele está aqui, está lá embaixo...

— Quem é? — Kitty perguntou.

— O garoto Dalziel. James. Está com o jornal, mas não devemos demorar.

Esme observou de seu assento na janela sua mãe começar a mexer no cabelo de Kitty, colocando-o atrás das orelhas, depois o soltando.

— Eu disse que vinha buscar você — dizia Ishbel, a voz falhando de alegria — e ele disse, "Maravilhoso". Ouviu isso? "Maravilhoso". Então, rápido, rápido. Você está muito bonita e nós vamos com você, então não precisa — Ishbel se virou e, deparando-se com Esme na janela, disse: — Você também. Rápido.

Esme desceu a escada devagar. Não sentia a menor vontade de encontrar um dos pretendentes de Kitty. Todos lhe pareciam iguais — homens nervosos com cabelos excessivamente penteados, mãos muito limpas e camisas passadas. Vinham e tomavam chá, e dela e de Kitty esperava-se que conversassem com eles enquanto sua mãe se sentava feito um árbitro numa cadeira do outro lado da sala. A coisa toda deixava Esme com vontade de ter um ataque de honestidade, de dizer, vamos esquecer esta charada, você quer se casar com ela ou não?

Ela se demorou entre os dois lances da escada, olhando para uma aquarela soturna e de céus cinzentos da costa de Fife. Mas sua avó apareceu no vestíbulo lá embaixo. "Esme!" ela sibilou, e Esme desceu com estardalhaço o resto da escada.

Na sala de estar, ela desabou numa cadeira de braços altos no canto. Passou os tornozelos em torno de suas pernas polidas e deu uma olhada no pretendente. O mesmo de sempre. Talvez um pouco mais bonito do que alguns dos outros. Cabelo louro, uma testa arrogante, punhos fastidiosos. Ele perguntava a Ishbel alguma coisa a respeito das rosas numa tigela na mesa. Esme teve que reprimir o impulso de revirar os olhos. Kitty estava sentada absolutamente ereta no sofá, colocando chá numa xícara, o rubor subindo por seu pescoço.

Esme começou a jogar consigo mesma o jogo que jogava com freqüência em ocasiões como essa, olhando para a sala ao redor e tentando imaginar como poderia dar a volta nela sem tocar o chão. Podia subir do sofá na mesinha baixa e, dali, para a base do guarda-fogo. Seguiria por ele e então...

Deu-se conta de que sua mãe olhava para ela, e dizia alguma coisa.

— O que foi mesmo? — disse Esme.

— James estava se dirigindo a você — disse sua mãe, e o leve dilatar de suas narinas significava, Esme sabia, que era melhor ela se comportar ou haveria problemas mais tarde.

— Eu só estava dizendo — o sujeito chamado James começou a falar, sentando-se para a frente na cadeira, os cotovelos nos joelhos, e subitamente havia algo de familiar nele. Será que Esme o encontrara antes? Ela não tinha certeza — como o jardim da sua mãe é bonito.

Fez-se uma pausa e Esme se deu conta de que era sua vez de falar.

— Oh — disse ela. Não conseguia pensar em outra coisa.

— Talvez você pudesse me mostrar?

De sua cadeira, Esme piscou os olhos.

— Eu? — disse ela.

Todos subitamente olhavam para ela. Sua mãe, sua avó, Kitty, James. E a expressão de sua mãe era tão desconcertada, tão estarrecida, que por um momento Esme pensou que ela talvez fosse rir. A cabeça de sua avó passava de James a Esme, depois a Kitty, depois de volta a James. Alguma percepção também surgia ali. Ela engolia rápido e teve que agarrar a xícara de chá.

— Não posso — disse Esme.

James sorriu para ela.

— E por quê?

— Eu... — Esme pensou por um momento — ...eu machuquei a perna.

— Machucou? — James se recostou na cadeira e a inspecionou, seus olhos viajando pelos tornozelos dela, por seus joelhos. — Sinto ouvir isso. Como aconteceu?

— Eu caí — Esme balbuciou, e empurrou um pedaço de bolo de frutas por entre os dentes para sinalizar que estava no fim da conversa e felizmente sua mãe e sua avó vieram em seu resgate, esmerando-se em oferecer-lhe a companhia da irmã.

— Kitty ficaria feliz em...

— Por que você não vai com Kitty, ela...

— ...mostrar-lhe algumas plantas interessantes do outro lado...

— ...muito conhecimento do jardim, ela me ajuda ali com freqüência, você sabe...

James se pôs de pé.

— Muito bem — disse ele, e ofereceu o braço a Kitty. — Vamos?

Quando eles saíram, Esme tirou os tornozelos que enroscara nas pernas da cadeira e se permitiu rolar os olhos, só uma vez, até o teto e de volta. Mas achou que James viu, porque se deu conta tarde demais que, enquanto ele atravessava a porta com Kitty, olhava para trás, para ela.

E Esme não se lembra de quantos dias se passaram antes do momento em que ela estava abrindo caminho sob as árvores. Era no começo da tarde, ela se lembra. Tinha ficado na escola até depois do horário para terminar uma redação. A neblina baixava sobre a cidade, grudando nas casas, nas ruas, nas luzes, nos galhos pretos lá em cima, deixando-os com um aspecto borrado e indistinto. Seu cabelo estava úmido sob a boina da escola e seus pés estavam gélidos dentro dos sapatos.

Ela transferiu a bolsa da escola para o outro ombro e, quando fez isso, deu-se conta de que havia um vulto negro movendo-se rapidamente por entre as árvores no Meadows. Tentou não olhar de volta e apertou o passo. A neblina se tornava mais espessa, cinzenta e úmida.

Ela soprava em seus dedos congelados quando, saído de lugar nenhum, um vulto apareceu ao seu lado na penumbra e agarrou seu braço. Ela gritou e, segurando a alça de couro de sua bolsa, acertou a pessoa na cabeça com todo o peso dos seus livros.

O espectro grunhiu depois xingou, cambaleando para trás. Esme já corria pela calçada quando o ouviu chamando seu nome.

Ela parou e esperou, tentando enxergar em meio à neblina. O vulto apareceu novamente, materializando-se em meio à umidade cinzenta, desta vez com a mão na cabeça.

— Por que você tinha que fazer uma coisa dessas? — ele estava grunhindo.

Esme fitou-o, confusa. Não podia acreditar que aquele fosse o horrendo espectro da penumbra. Tinha cabelo louro, um rosto macio, um sobretudo de boa qualidade, um sotaque bem cultivado de Grange.

— Eu conheço você? — disse ela.

Ele tinha puxado um lenço do bolso e estava dando pancadinhas na têmpora.

— Olhe — ele exclamava —, sangue. Você tirou sangue.

Esme olhou de relance para o algodão branco e viu três pingos escarlate. Então ele subitamente pareceu ouvir o que ela disse.

— Se você me conhece? — repetiu ele, horrorizado. — Não se lembra?

Ela olhou para ele outra vez. Ele invocava nela um sentimento de constrição, ela notou, de imobilidade e tédio. Alguma coisa estalou em sua cabeça e ela se lembrou. James. O pretendente que tinha gostado do jardim.

— Fui à sua casa — ele estava dizendo. — Havia você, sua irmã Katy, e...

— Kitty.

— Isso. Kitty. Foi outro dia mesmo. Não posso acreditar que você não se lembre de mim.

— A neblina — Esme disse de maneira vaga, perguntando-se o que ele estaria querendo, quando poderia ir embora decentemente. Seus pés estavam congelando.

— Mas eu encontrei você pela primeira vez ali — ele fez um gesto para trás. — Você se lembra?

Ela fez que sim, suprimindo um sorriso.

— Ã-hã, Sr. Encantador.

Ele fez uma mesura sarcástica, tomou a mão dela como que para beijá-la.

— Eu mesmo.

Ela puxou a mão de volta.

— Bem. Tenho que ir. Até logo, então.

Mas ele segurou-lhe o braço e passou pelo dele e se pôs a caminhar com ela pela calçada.

— Seja como for — disse ele, como se ainda estivessem conversando, como se ela não tivesse acabado de dizer até logo —, nada disso interessa, porque o que interessa é, claro, quando você vai ao cinema comigo?

— Não vou.

— Posso garantir — disse ele, com um sorriso — que vai.

Esme franziu a testa. Seus passos vacilaram. Ela tentou puxar os dedos dos dele mas ele os segurava com força.

— Bem, posso garantir que não vou. E quem sabe disso sou eu.

— Por quê?

— Porque cabe a mim decidir.

— Mesmo?

— Claro.

— E se — disse ele, aplicando mais pressão na mão dela — eu pedisse aos seus pais? E então?

Esme puxou a mão para fora.

— Você não pode pedir aos meus pais que eu vá ao cinema com você.

— Não posso?

— Não — disse ela. — E, de todo modo, mesmo que eles dissessem sim eu não iria. Eu preferiria... — ela tentou pensar

em alguma coisa extrema, alguma coisa que o fizesse ir embora
— ...eu preferiria enfiar alfinetes nos olhos.

Isso bastaria.

Mas ele abriu um sorriso largo, como se ela tivesse dito algo extremamente lisonjeiro. O que havia de errado com aquele sujeito? Ele rearrumou a luva e torceu o punho, olhando para ela de cima a baixo, como se estivesse refletindo se deveria ou não comê-la.

— Alfinetes, é? Não ensinam boas maneiras nessa sua escola, ensinam? Mas eu gosto de desafios. Vou perguntar mais uma vez. Quando é que você vai ao cinema comigo?

— Nunca — retrucou ela.

Mais uma vez ficou surpresa ao vê-lo sorrir. Ela não achava que tinha sido assim tão rude com ninguém quanto tinha sido com ele.

Ele se aproximou e ela fez questão de não sair do lugar.

— Você não é como as outras garotas, é? — ele murmurou.

Contra sua vontade, ela estava interessada nessa declaração.

— Não sou?

— Não. Você não é nenhuma mocinha tímida na sala de estar. Gosto disso. Gosto de um certo gênio forte. A vida fica tediosa sem isso, não acha? — O branco dos dentes dele reluziu no escuro e ela pôde sentir seu hálito no rosto. — Mas agora falando sério — ele disse, e seu tom era firme, autoritário, e Esme pensou que aquele era o jeito como ele talvez falasse com seus cavalos. O pensamento lhe deu vontade de rir. A família Dalziel não era famosa por seus feitos eqüestres? — Não vou desperdiçar palavras bonitas e frases persuasivas com você. Sei que você não precisa delas. Quero levá-la para sair, então quando vai ser?

— Eu já disse — ela falou, sustentando o olhar dele. — Nunca.

Ela sentiu-o segurar seu punho e ficou surpresa com a insistência, com a força do aperto dele.

— Vamos embora — disse ela, afastando-se dele. Mas ele a segurava, com força. Ela se debatia. — Vamos embora! — disse ela. — Quer que eu bata em você de novo?

Ele a largou.

— Não me incomodaria — ele falou, de um modo arrastado. Enquanto ela se afastava, ouviu-o chamar, às suas costas: — Vou convidar você para um chá.

— Eu não vou — respondeu ela, por cima do ombro.

— Pode apostar que vai. Vou fazer minha mãe convidar a sua mãe. Assim você vai ter que ir.

— Não vou!

— Tenho um piano que você poderia tocar. Um Steinway. Os passos de Esme diminuíram e ela meio que se virou.

— Um Steinway?

— Sim.

— Como você sabia que eu toco piano?

Ela o ouviu rir, o ruído saltando sobre a calçada molhada em sua direção.

— Fiz umas pesquisas sobre você. Não foi difícil. Você parece ser bem famosa. Descobri todo tipo de coisa. Mas não posso dizer o quê. Então, você vem para o chá?

Ela se virou de novo na direção de casa.

— Duvido.

Iris está fazendo a volta no carro, saindo da estrada costeira e tomando a estrada secundária para Edimburgo, Esme no assento ao seu lado, quando decide que talvez deva telefonar para Luke. Só para verificar. Só para ter certeza de que ele não fez nenhuma besteira.

Enquanto aceleram pelo caminho até a estrada, ela tira o telefone do bolso com uma das mãos, mantendo os olhos na estrada e o pé no pedal. Ela no passado dissera a Luke que nunca telefonaria nos fins de semana. Conhece as regras. Mas e se ele contou a ela? Não pode ter contado. Não terá contado. Com certeza.

Iris suspira e joga o telefone no painel. Talvez seja o momento, ela pensa, de tirar Luke de sua vida.

Esme mudou de lugar na poltrona. Estava coberta com um pesado tecido marrom, meio puído nos braços. As pontas afiadas de penas atravessavam-no, espetando suas coxas. Mudou de lugar de novo, fazendo sua mãe olhar para ela de relance. Tinha que parar de pôr a língua para fora. Por que ela a fizera vir?

Estavam tendo uma conversa sobre a festa iminente, a dificuldade dos convites em Edimburgo, a melhor leiteria onde obter creme fresco. Esme tentava ouvir. Talvez devesse dizer alguma coisa. Ainda não falara e sentia que possivelmente estava na hora de abrir a boca. Kitty, no sofá com sua mãe, estava conseguindo acrescentar alguns comentários, embora só Deus soubesse o que ela poderia ter a dizer sobre compra de creme. A Sra. Dalziel fez alguma observação sobre o corte no rosto de Jamie e como ele topara com um galho comprido no meio da neblina. Esme gelou, toda e qualquer ação inicial rumo à conversa morrendo em sua garganta.

— Parece terrivelmente doloroso, James — disse a mãe de Esme.

— Não é — disse ele —, eu lhe garanto. Já tive piores.

— Espero que esteja curado a tempo para a sua festa. Você conseguiria identificar a árvore? Talvez alguém devesse avisar as autoridades. Parece perigosa.

Jamie pigarreou.

— É perigosa. Acho que vou alertar as autoridades. Boa idéia.

Esme, o rosto em brasa, procurou por algum lugar onde colocar sua xícara de chá. Não havia nenhuma mesa ou superfície conveniente nas proximidades. O chão? Ela espiou o parquê por cima do braço da poltrona. Parecia um longo caminho descendente e ela não tinha certeza de que conseguiria equilibrá-la no pires no ângulo que a descida requeria. Imagine quebrar uma das xícaras da Sra. Dalziel. Kitty e sua mãe tinham colocado as delas numa mesinha à sua frente. Esme estava ficando desesperada. Virou o corpo mais uma vez para ver se não haveria uma mesa do outro lado da imensa poltrona e subitamente Jamie estava ali, a mão estendida.

— Posso pegar isso para você? — dizia ele.

Esme colocou a xícara na mão dele.

— Oh — disse ela —, obrigada.

Ele piscou para ela ao apanhá-la e Esme viu que a Sra. Dalziel olhava para eles com um olhar afiado como uma faca.

— Diga-me, sra. Lennox — a Sra. Dalziel disse, numa voz ligeiramente elevada —, que planos tem para Esme quando ela sair da escola?

— Bem — a mãe dela começou a dizer, e Esme sentiu-se encher de indignação. Por que não perguntar a ela diretamente? Será que ela não tinha voz própria?

Abriu a boca sem ter a menor idéia do que ia dizer, até que ouviu:

— Vou viajar pelo mundo. — E ficou bastante feliz com essa idéia.

Jamie, da cadeira oposta, resfolegou de riso e teve que abafá-lo, tossindo num lenço. Kitty olhava para ela, atordoada, e a Sra. Dalziel pegou um par de óculos, através dos quais deu uma boa olhada em Esme, dos pés até um ponto acima de sua cabeça.

— É mesmo? — disse a Sra. Dalziel. — Bem, isso deverá mantê-la ocupada.

A mãe de Esme recolocou a colher num pires com um estrépito.

— Esme é... — ela começou a dizer — ...ela ainda é tão nova... Ela tem algumas... posições extremas sobre...

— Estou vendo — a Sra. Dalziel lançou um olhar para o filho, que virou a cabeça na direção de Esme e Esme viu, nesse momento, sua irmã. Os olhos de Kitty estavam baixos no chão mas ela os ergueu na direção de Jamie por uma fração de segundo e depois baixou-os outra vez. Esme viu-a mudar naquele instante, o rubor cobrindo seu pescoço, os lábios apertados. Esme estava sentada imóvel, chocada, e então inclinou-se para a frente e se pôs de pé.

Todos os rostos na sala se viraram em sua direção. A Sra. Dalziel franzia a testa e procurava novamente por seus óculos. Esme ficou parada no meio do tapete.

— Será que eu poderia tocar seu piano? — disse ela.

A Sra. Dalziel virou a cabeça para um lado, pôs dois dedos sobre a boca. Lançou novamente um olhar para o filho.

— Claro que sim — disse ela, inclinando a cabeça.

Jamie se pôs de pé com um salto.

— Vou mostrar a você onde é — disse ele, e empurrou Esme para o corredor. — Ela gosta de você — sussurrou ele, ao fechar a porta atrás de si.

— Não gosta não. Ela acha que eu sou o diabo encarnado.

— Não seja ridícula. Ela é minha mãe. Posso perceber. Ela gosta de você — ele passou a mão em torno de seu braço. — Por aqui — ele disse, e conduziu-a na direção de uma sala nos fundos da casa, com folhas amontoadas nos vidros das janelas, o que deixava as paredes com um peculiar brilho esverdeado.

Esme se sentou no banco e correu os dedos sobre a tampa de madeira preta, as letras douradas que diziam "Steinway".

— De todo modo não vejo que diferença isso faz — disse ela, enquanto levantava a tampa.

— Não faz nenhuma — disse ele, inclinando-se sobre o piano —, você tem razão. Eu posso ter quem eu quiser.

Ela lançou um olhar para ele. Ele a fitava, os lábios curvos num sorriso, o cabelo caindo sobre os olhos, e ela se perguntou por um momento como seria estar casada com ele. Tentou se imaginar naquela casa enorme com suas paredes escuras, suas janelas cobertas de plantas, sua escadaria em caracol e um quarto no andar de cima que seria dela e um que seria dele, bem próximos. Ela poderia ter isso, viu com surpresa. Poderia ser dela. Ela poderia ser Esme Dalziel.

Ela estendeu os dedos num acorde suave.

— Não faz diferença — disse, sem olhar para ele —, porque eu não vou me casar. Com ninguém.

Ele riu.

— Não vai? — ele deu a volta e se sentou ao lado dela no banco, bem ao lado dela. — Deixe-me dizer uma coisa a você — murmurou, perto do ouvido dela, e Esme fixou os olhos no rebite da estante de partituras, no *y* enroscado do "Steinway", nas pregas da perna da calça dele. Nunca tinha estado assim tão perto de um homem. A mão dele pressionava sua cintura. Ele tinha um cheiro de alguma coisa forte, algum tipo de colônia, e de couro cru. Não era desagradável. — De todas as garotas que eu conheci, você parece a mais adequada ao casamento.

Esme ficou surpresa com isso. Não era o que ela esperava que ele dissesse. Virou-se para ele.

— Pareço?

Mas o rosto dele estava perto do seu, a ponto de ficar desfocado, e ocorreu-lhe que ele poderia tentar beijá-la, então ela virou a cabeça.

— Sim — ele sussurrou em seu ouvido —, você tem a índole para isso. Poderia se igualar a um homem, traço a traço. Não seria intimidada.

— Pelo casamento?

— A maior parte das mulheres é. Você vê isso o tempo todo. Jovens bonitas que se tornam matronas tediosas no instante em que colocam um anel no dedo. Você não seria assim. Você não mudaria em nada. Não consigo imaginar que você venha a mudar seja pelo que for. E é isso o que eu quero. É por isso que eu quero você.

A mão na cintura dela apertou mais forte e ela foi puxada na direção dele e sentiu-o apertar os lábios sobre sua pele, no lugar onde sua blusa terminava e o pescoço começava. O choque foi eletrizante. Era a coisa mais íntima que alguém já tinha feito com ela. Ela se virou para ele surpresa e ele estava rindo, o peito pressionado contra seu ombro, e ela quis dizer: é isto, é isto o que é, é isto o que seria, deste jeito? Mas ouviu a porta da sala de visitas abrir e a voz da mãe de Jamie podia ser ouvida: "Por que você não vai se juntar a eles, Kitty, querida?"

Ela desviou os olhos de Jamie justo a tempo de ver sua irmã entrar na sala. Kitty passou pela porta e ergueu a cabeça. Esme viu-a piscar os olhos, muito devagar, depois afastá-los. Esme colocou as palmas das mãos na madeira do banco do piano e se apoiou ali, levantando-se. Foi até junto da irmã e passou o braço no dela mas Kitty manteve o rosto afastado e seu braço estava pesado, sem vida.

No tempo real, Esme está no carro, sendo levada de volta do mar de Edimburgo. Decidiu fingir ter adormecido. Não porque esteja cansada. Porque precisa pensar. Deixa a cabeça cair para trás e fecha os olhos. Depois de alguns instantes, a moça, Iris, se inclina para a frente e desliga o rádio. A música orquestral, que na verdade Esme estava apreciando, é silenciada.

Este é a atitude mais gentil que Esme presenciou faz muito tempo. Quase a faz chorar, o que é algo que não acontece mais. Ela é tomada por uma necessidade de abrir os olhos e segurar a mão da moça. Mas não faz isso. A moça é ambígua com relação a ela, gostaria que não estivesse ali — Esme sabe disso. Mas imagine. Ela ainda estava preocupada que a música do rádio perturbasse seu sono. Imagine só.

Para não chorar, ela pensa. Concentra-se.

Na tarde do ano-novo, sua mãe e Kitty saem para ir à costureira, uma mulherzinha de coque, pegar os vestidos. Enquanto elas estão fora, Esme se aventura no quarto de sua mãe. Espia dentro da caixa de jóias, abre os potes em sua penteadeira, experimenta um chapéu de feltro. Está com 16 anos.

Verifica a rua. Vazia. Espicha a cabeça e põe-se a ouvir os ruídos da casa. Vazia. Torce o cabelo e prende-o no alto da cabeça. Abre o armário de sua mãe. Tweed, pele, tartan, caxemira. Sabe o que está procurando. Soube desde que veio para cá, desde que ouviu a porta da frente se fechar. Só o viu de relance um punhado de vezes, à noite, sua mãe passando imperceptivelmente no corredor entre o quarto de seu pai e o dela. Um *négligé* de seda cor de água-marinha. Quer saber se a bainha vai fazer ruge-ruge em torno de seus calcanhares. Quer saber se as estreitas tiras vão ficar justas sobre seus ombros. Quer ver a pessoa que ela será debaixo de toda aquela renda cor do mar. Está com 16 anos.

Sente-o na mão antes de vê-lo — sua carícia fria. Está bem no fundo, atrás do segundo melhor conjunto de sua mãe. Esme desliza-o para fora do cabide, e ele tenta escapar dela, escorregando por entre seus dedos até o chão. Mas ela o agarra em torno da cintura e atira-o na cama. Tira o suéter, sem desviar os olhos da poça de seda. Está prestes a mergulhar. Será que ousa?

Mas vira a cabeça na direção da janela do carro. Abre os olhos. Não quer pensar nisso. Não quer. Por que deveria? Quando o sol brilha? Quando ela está com a moça que se preocupa se ela está ou não dormindo? Quando está sendo levada de carro por uma estrada que não reconhece? A cidade ela conhece, os prédios, a linha dos telhados, mas nada mais. Não a estrada, não as fileiras de luzes alaranjadas, não as vitrines das lojas. Por que deveria pensar nisso?

...não era pequeno o nível da vergonha nisso, posso lhe dizer. Nunca tinha acontecido em nossa família, jamais. E que tenha acontecido com meu próprio filho. Os tempos mudaram, ele me disse, e eu disse, você tem que trabalhar num casamento, Deus sabe, seu pai e eu fizemos isso, pensando, se ele soubesse. Mas. É absolutamente necessário eu me divorciar, você não poderia — e ele me interrompeu. Não somos casados, ele disse, então tecnicamente não é um divórcio. Bem. É claro que eu mantive isso apenas no nosso círculo. Pelo bem da criança. Jamais gostei daquela esposa ou o que quer que ela seja. Roupas sem corte e cabelo despenteado. Ele diz que é amigável. E eu devo dizer que ele é bastante bom em manter contato com a criança. Uma coisinha bonitinha, ela é, tem o jeito da minha mãe mas em termos de temperamento acho que ela me lembra mais...

...não sei se gosto de iogurte. Uma mulher me pergunta e eu não sei a resposta. O que vou dizer? Vou dizer que não. Ela vai levá-lo embora e não vou precisar pensar nele. Mas ela não esperou pela minha resposta, ela deixou-o ao lado do meu prato. Vou pegá-lo e àquela coisa comprida e brilhante que ela deixou junto dele, é de prata, com uma cabeça redonda, o nome é...

...ele sempre as contava depois de um jantar com convidados. Embrulhando feixes molhados em panos, polindo as extremidades e contando-as ao guardá-las de volta na caixa forrada de veludo. Isso costumava me deixar maluca. Eu tinha que sair da sala. Não conseguia suportar o som de sua voz murmurando os números em voz muito baixa, o jeito como ele as empilhava em batalhões de dez sobre a mesa vazia. Existe alguma coisa mais capaz de deixar você completamente fora de...

...pedrinhas. Ensinei-a a contar com pedrinhas que catei do jardim da Índia. Encontrei dez pedrinhas bonitas, lisas, uniformes que alinhei no caminho para ela. Olhe, eu disse, um, dois, três, está vendo? Ela estava descalça, o cabelo preso com uma fita. Umdoistlêis, ela repetiu para mim, e sorriu. Não, eu disse, olhe, um, dois, três. Ela as apanhou, as pedrinhas, quatro numa das mãos e seis na outra. Antes que eu pudesse detê-la, ela as atirou para cima. Enquanto caíam de volta sobre nós eu me esquivei. É realmente um milagre que ela não tenha sido acertada, se você pensar em...

...a mãe traz a menina para me visitar. Ela e eu não temos muito a dizer uma para a outra mas confesso que me surpreendi nutrindo um apego à menininha. Vó, ela me disse outro dia, e estava fazendo aqueles círculos no ar com o braço, observando-a enquanto fazia aquilo, quando eu faço alguma coisa meu esqueleto também faz. E eu disse, você tem razão, minha querida. Meu filho talvez ainda tenha outros filhos, quem sabe, ele ainda é jovem. Se ele encontrar outra pessoa, uma boa mulher, uma mulher mais adequada. Eu gostaria. Seria melhor para Iris não ser filha única e eu sei do que estou falando porque...

...e quando os encontrei, quando vi os dois sentados juntos daquele jeito, ambos no banco do piano, e ele olhando para ela como se estivesse vendo algo raro e precioso e desejável, eu quis bater o pé, gritar, sabe do que eles a chamam, eles a chamam de Esquisita, as pessoas riem dela por trás das suas costas, você não sabe disso? Eu sei que não poderia ser, que aquilo não podia acontecer, que eu tinha que...

...não gosto de iogurte. É frio, doce demais e há grumos de frutas gosmentas e escorregadias. Não gosto. Deixo a colher cair no chão e o iogurte faz uma forma interessante de leque sobre o tapete e...

Há um estalo alto e súbito, feito trovão, e ela é jogada para trás. Sente o frio do espelho de encontro à pele nua de seu braço. Seu rosto está latejando de calor, de dor, e Esme se dá conta de que seu pai a estapeou.

— Tire isso! — ele está gritando. — Tire isso neste instante.

Os dedos de Esme ficam lentos com o choque. Ela manuseia a gola em busca dos botões mas eles são pequeninos, forrados de seda, e suas mãos estão tremendo. Seu pai se abaixa sobre ela e tenta puxar o *négligé* pela cabeça. Esme é mergulhada num oceano de seda, está sufocada por ele, afogando-se nele. Seu cabelo e a seda em sua boca, amordaçando-a, ela não consegue enxergar, perde o equilíbrio e tropeça na quina dura de um móvel, e durante todo o tempo seu pai está gritando palavras, palavras horríveis, palavras que ela nunca ouviu antes.

Subitamente a voz de sua mãe adentra o quarto.

— Basta — diz ela.

Esme ouve seus passos pelo chão. O nó de seda em volta de sua cabeça é desatado, puxado para baixo. Sua mãe está parada à sua frente. Não olha para ela. Desabotoa o *négligé* e, com um movimento, a despe dele, e Esme se recorda de um homem que viu certa vez esfolando um coelho.

Pisca e olha ao redor. Segundos antes, estava diante do espelho, sozinha, a bainha do *négligé* numa das mãos, e estava se virando de lado para ver como ficava de costas. Agora está de roupa de baixo, o cabelo solto sobre o pescoço, os braços agarrando o próprio corpo. Kitty está junto à porta, ainda com seu casaco de sair, as mãos revirando as luvas. Seu pai está de pé junto à janela, de costas para elas. Ninguém fala.

Sua mãe dá uma sacudida no *négligé*, e demora um bom tempo dobrando-o, alinhando as costuras e alisando os vincos. Coloca-o na cama.

— Kitty — diz sua mãe, sem olhar para ninguém —, você poderia por favor pegar o vestido da sua irmã?

Ouvem os passos de Kitty se afastando pelo corredor.

— Ishbel, ela não vai à festa depois disso — seu pai murmura. — Eu realmente acho...

A mãe dela interrompe.

— Ela vai. Com certeza absoluta vai.

— Mas por que, afinal? — diz seu pai, vasculhando o bolso à procura de um lenço. — Qual o sentido de mandar uma menina como essa a uma tal reunião?

— Há um sentido muito profundo — a voz da mãe é baixa e determinada, e ela pega a mão de Esme e a puxa na direção da penteadeira. — Sente-se — ela ordena, e empurra Esme para cima do banco. — Vamos aprontá-la — ela diz, pegando uma escova. — Vamos deixá-la bonita, vamos mandá-la para o baile, e então — ela ergue a escova e puxa-a para baixo numa varredura perversa pelo cabelo de Esme —, vamos casá-la com o rapaz Dalziel.

— Mãe — Esme começa a dizer, trêmula —, eu não quero...

Sua mãe abaixa o rosto até ficar alinhado com o dela.

— O que você quer — diz ela, quase amorosamente, em seu ouvido — não vem ao caso. O rapaz quer você. Sabe Deus por quê, mas quer. Seu tipo de comportamento nunca foi tolerado nesta casa e nunca será. Então, veremos se alguns meses como esposa de James Dalziel serão suficientes para domar o seu espírito. Agora, levante-se e vista-se. Aqui está sua irmã com o seu vestido.

A vida pode ter confluências estranhas. Esme não dirá que é uma coincidência feliz: abomina a expressão. Mas às vezes ela acha que deve ter alguma coisa conspirando, algum impulso, alguma colisão de forças, algumas voltas na cronologia.

Aqui está ela, pensando nisso, e subitamente vê que a moça está passando com o carro diante dessa casa. Uma coincidência? Ou outra coisa?

Esme se vira no assento a fim de olhar. As pedras estão sujas, com manchas escuras em certos pontos; um cartaz rasgado foi colado no muro do jardim. Grandes lixeiras de plástico marrom atravancam o caminho. A tinta da janela está rachada e descascando.

Caminharam até lá, com seus sapatos de festa. Kitty estava tão apaixonada pelo vestido que não queria levar a guirlanda de azevinho, então Esme levava para ela. Kitty levava a bolsa de Esme, decorada com lantejoulas para ela. Quando chegaram e estavam de pé à porta, tirando seus casacos, Esme estendeu o braço para pegar a bolsa e Kitty entregou-a: abriu os dedos e soltou-a. Mas não olhou para ela. Talvez Esme devesse ter sabido, então, devesse ter visto o tecido, a trama invisível se formando ao redor dela, devesse ter ouvido as cordas se apertando. E se, ela sempre pensa. Passou a vida inteira meio estrangulada pelos e-ses. Mas e se ela soubesse, então, se uma volta tivesse ocorrido na cronologia e ela tivesse visto o que estava prestes a acontecer? O que ela teria feito? Dado meia-volta e regressado para casa outra vez?

A volta não aconteceu e ela não fez isso. Entregou o casaco, pegou a bolsa de lantejoulas de Kitty, esperou enquanto sua irmã ajeitava o cabelo diante do espelho, enquanto cumprimentava uma moça que elas conheciam. Então Kitty alcançou-a e subiram a escada, na direção das luzes, na direção da música, na direção do rugido abafado da conversa.

Duas moças num baile, então. Uma sentada, outra de pé. Era tarde, quase meia-noite. O vestido da moça mais nova estava apertado em torno de seus quadris. As costuras estavam esticadas, ameaçando romper, se ela respirasse muito fundo. Ela tentou arquear as costas numa curva, mas não adiantava: o vestido se enfeixava como pele solta em torno do seu pescoço. Não se comportava, não agia como se fosse realmente dela. Usá-lo era como estar numa corrida de três pernas com alguém de quem você não gostasse.

Ela se levantou para observar a dança. Um movimento complicado cujos passos ela não sabia, as mulheres passando de um homem a outro, depois retornando aos seus pares. Ela se virou para a irmã.

— Quanto tempo até meia-noite?

Kitty estava sentada numa cadeira ao lado dela, um cartão de danças aberto no colo. Segurava com força o lápis entre os dedos enluvados, equilibrado sobre a página.

— Mais uma hora ou coisa assim — disse Kitty, absorvida na leitura dos nomes. — Não tenho certeza. Vá olhar no relógio do vestíbulo.

Mas Esme não foi. Ficou de pé observando o movimento até que este chegou a uma pausa, até a música parar, até que as formações simétricas dos dançarinos se desmanchassem, virando uma confusão de gente retornando aos seus assentos. Quando viu o belo rapaz louro da casa abrindo caminho em sua direção, virou rapidamente de costas. Mas era tarde demais.

— Pode me dar esta dança? — disse ele, fechando os dedos sobre os dela.

Ela os puxou.

— Por que você não chama a minha irmã? — sussurrou ela.

Ele franziu a testa e disse, alto, alto o suficiente para Kitty ouvir, o suficiente para Esme ver que Kitty estava ouvindo.

— Porque eu não quero dançar com a sua irmã, quero dançar com você.

Ela assumiu sua posição, em frente a Jamie, num arranjo para dançar Strip the Willow. Eles eram o primeiro casal, então assim que a música começou ele veio em sua direção, pegou suas mãos e fez com que ela girasse pelo salão. Ela sentiu a fazenda de seu vestido inflar, o salão guinar ao seu redor. A música pulsava densa e rápida e Jamie pegou a mão dela e passou-a pela fila de homens e sempre que ela saía de um rodopio ali estava ele, pronto para ela, o braço estendido para apanhá-la. E no último momento das voltas deles, quando tinham que dar as mãos e dançar até o fim da linha, as pessoas batendo palmas em seu caminho, James dançou tão rápido e se afastando tanto que eles irromperam para fora do salão, indo parar no pé da escada, e Esme riu e ele girou-a ao redor até ela ficar tonta e ter que se agarrar ao braço dele em busca de equilíbrio e ela ainda ria, e ele também, quando ele a puxou para si, quando a girou mais devagar, como que numa valsa, rodando e rodando sob o candelabro, e ela atirou a cabeça para trás para ver os pontos de luz num caleidoscópio lá em cima.

Onde é que a mão se torna punho? Onde é que o ombro se torna pescoço? Ela freqüentemente pensa que este é o momento que tudo se desequilibrou, se chegou a haver um momento em que ela poderia ter mudado as coisas foi esse, quando estava rodando e rodando sob um candelabro na noite do ano-novo.

Ele a impelia em círculos, ainda segurando-a bem perto de si. Ela sentiu uma parede roçando em suas costas e essa parede pareceu ceder e eles foram engolidos pela escuridão, em algum tipo de quartinho, a música subitamente muito distante. Esme viu girar vultos de móveis girando, pilhas de casacos, chapéus. Jamie passou os braços em torno dela e estava sussurrando seu nome. Ela podia sentir que ele estava prestes a beijá-la, que uma de suas mãos tocava seu cabelo, e ocorreu-lhe que ela estava curiosa para saber como era, que o beijo de um homem era algo que se devia experimentar, que não poderia fazer nenhum mal, de todo modo, e enquanto o rosto de Jamie descia sobre o seu ela esperou, imóvel.

Era uma sensação curiosa. Uma boca roçando na sua, pressionando a sua, os braços dele apertados em torno dela. Seus lábios eram escorregadios e o gosto era levemente carnudo e ela se deu conta do ridículo da situação. Duas pessoas dentro de um armário, pressionando suas bocas uma de encontro à outra. Esme deu uma risadinha abafada; desviou a cabeça. Mas ele estava murmurando alguma coisa em seu ouvido. Perdão, ela disse. Então ele a pressionou para trás, gradualmente, suavemente, e ela se sentiu cair, os pés perdendo o apoio no chão, e eles aterrissaram em alguma coisa macia, que cedeu, uma pilha de algum tipo de roupa. Ele ria de leve e ela se levantava e ele a puxava de volta e dizia, você me ama, não ama, e os dois sorriam a essa altura, ela acha. Mas era diferente agora e ela estava realmente querendo se levantar, ela realmente achava que devia, e ele não a largava. Ela o empurrava, dizendo, Jamie, por favor, vamos voltar para o baile. As mãos dele estavam em seu pescoço, então, mexendo em sua saia, em suas pernas.

Ela o empurrou novamente, desta vez com toda a sua força. Disse: não. Disse: pare. Então, quando ele agarrou a gola do seu vestido, amassando seus seios, a fúria se desencadeou nela e o medo também, e ela chutou, acertou-o. Ele apertou sua boca com a mão, disse, putinha, em seu ouvido, e a dor, então, era tão surpreendente, ela achou que estava rachando, que ele a estava queimando, rasgando-a em duas. O que estava acontecendo era impensável. Ela não tinha achado que era possível. A mão dele sobre sua boca, a cabeça dele cravada sobre seu queixo. Esme pensou em como, talvez, cortaria o cabelo afinal de contas, o som das seringueiras, como deveria apenas continuar respirando, uma caixa que ela e Kitty mantinham debaixo da cama com programas de filmes, o número de sustenidos em fá diminuto.

E depois do que pareceu ser um longo tempo estavam de novo ao pé da escada. James segurava-lhe o punho. Conduzia-a de volta na direção da música. E, por incrível que parecesse, a dança do Strip the Willow ainda estava se desenrolando. Será que ele achou que iam se reunir à dança? Esme olhou para ele. Olhou para as velas, derretendo em poças de si mesmas, para as pessoas formando círculos e pulando na dança, os rostos crispados de concentração, de prazer.

Ela deu um puxão para tirar a mão dele de seu punho. Machucou sua pele fazer isso, mas estava livre. Esticou os dedos para o ar. Deu dois, três passos na direção da porta e ali teve que parar. Teve que apoiar a testa na madeira. As margens de seu campo de visão oscilaram, como a linha do horizonte no calor. Um rosto surgiu diante do seu e disse alguma coisa mas a música era densa em seus ouvidos. A pessoa segurou seu braço, deu-lhe uma sacudida, endireitou seu vestido. Era, ela viu, a Sra. Dalziel. Esme abriu os lábios para dizer que gostaria de ver sua irmã, por favor, mas o que saiu foi um barulho agudo que ela não conseguia evitar, sobre o qual não tinha poder.

Então Esme estava no banco de trás de um carro com a Sra. Dalziel dirigindo, e então estavam em casa e a Sra. Dalziel dizia a sua mãe que Esme bebera um pouquinho a mais, se comportara como uma tola, e que talvez se sentisse melhor pela manhã.

Pela manhã, no entanto, Esme não se sentiu melhor. Não se sentiu nem um pouco melhor. Quando sua mãe entrou pela porta e disse, o que exatamente aconteceu ontem à noite, mocinha, Esme se sentou na cama e o barulho veio outra vez. Ela abriu a boca e gritou, e gritou, e gritou.

Iris deixa Esme subir a escada na sua frente e nota como ela sobe devagar, descansando o peso do corpo no corrimão a cada passo. Talvez a saída tenha sido um pouco demais para ela.

Quando dão a última volta, Iris pára. Pela parte inferior da porta, pode ver uma linha de luz brilhante. Há alguém em seu apartamento.

Ela afasta Esme, passando por ela, e, hesitando apenas por um momento, gira a maçaneta.

— Olá? — grita ela para o vestíbulo. — Tem alguém aí?

O cachorro roça o lado de seu corpo. Iris enrosca a mão na coleira dele. Sente-o enrijecer. Então ele ergue a cabeça e dá um latido alto.

— Olá? — diz ela de novo, e sua voz falha no meio da palavra. Uma pessoa aparece na porta da cozinha. Um homem.

— Você tem alguma comida guardada neste lugar? — diz Alex.

Ela solta a coleira do cachorro, corre na direção do irmão mas pára na frente dele.

— Você me assustou — diz ela, dando um golpe no braço dele.

— Me desculpe — ele sorri um sorriso largo. — Achei que eu devia vir, vendo como... — ele pára e olha por cima do ombro dela.

Iris se vira, caminha até Esme.

— Este é o meu irmão — diz ela.

Esme franze a testa.

— Você tem um irmão?

— Um meio-irmão — diz Alex, adiantando-se. — Ela sempre se esquece do "meio". Você deve ser Euphemia.

Iris e Esme inspiram em uníssono.

— Esme — dizem elas.

...e quando ela não parava...

...era difícil, pois a família inteira está cheia de filhos únicos. Eu não tinha primos e o homem com quem eu ia me casar era filho único também então não havia futuras cunhadas. Eu precisava de alguém para segurar minhas flores, para me ajudar com a cauda do vestido, mesmo sendo de um tamanho modesto, para estar comigo nos momentos imediatamente antes da cerimônia. Você não pode se casar sem uma dama de honra, minha mãe disse, vai ter que pensar em alguém. Havia um casal de amigos a quem eu podia ter pedido mas parecia tão estranho depois de...

...e quando ela não parou de gritar minha mãe me mandou para fora do quarto e...

...foram só duas semanas mais tarde que Duncan Lockhart veio chamar. Ninguém tinha estado perto de nós. Ninguém para ser o primeiro a colocar os pés na casa depois da virada do ano, nenhum telefonema. Nada. A casa estava num silêncio mortal sem ela. Horas podiam se passar sem um único som. De um modo estranho, nós não mais parecíamos uma família, apenas uma coleção de pessoas vivendo em quartos diferentes. Duncan veio ver meu pai, ostensivamente, mas eu o havia conhecido na festa: tínhamos dançado juntos. O Dashing White Sergeant, se me lembro bem. Ela tinha mãos muito secas. E mencionou ter me visto naquela ocasião no Meadows. Eu, é claro, tinha me esquecido de que ele sequer estivera ali. No dia em que ele veio, uma tarde fria de janeiro, eu acordara e encontrara gelo na parte de dentro das janelas. E fechara os olhos outra vez porque o quarto ainda estava cheio das coisas dela, suas roupas, seus livros. Minha mãe ainda não começara a...

...lembro-me de andar pela casa no meio da noite. Não sabia nada sobre bebês... você não sabe nada com o seu primeiro, é claro, então se apóia em seus instintos. Não pare, os meus estavam me dizendo. Ele não comia, coisinha mínima que era, golpeava o ar com os punhos vermelhos. Tinha que alimentá-lo com um trapo de musselina, embebido em leite. No quarto dia ele o apanhou, sugou, a princípio experimentalmente, depois vorazmente. E então tínhamos panelas de água no fogão, fraldas penduradas junto ao fogo, o ar opaco de vapor...

...e quando ela não quis parar de gritar, minha mãe chamou o médico. Disseram-me para sair do quarto mas fiquei escutando do lado de fora, o ouvido colado ao metal frio do buraco da fechadura. Só conseguia ouvir quando o médico falava com Esme — ele parecia falar mais alto quando se dirigia a ela, como se ela tivesse problemas de audição ou de inteligência. Ele e minha mãe cochicharam um para o outro durante vários minutos e então ele levantou a voz e disse a Esme, vamos levá-la a um lugar para descansar um pouco, o que você acha? E ela, é claro, a seu modo, disse que não gostaria nem um pouco, e então a voz dele endureceu e ele disse, nós não estamos lhe dando escolha, então...

...no fim, pedi a uma prima de segundo grau de Duncan, uma moça que só tinha encontrado duas vezes. Ela era mais nova do que eu e pareceu gostar. Pelo menos, minha avó disse, com crueldade, não precisamos nos preocupar que ela venha a ofuscar a noiva. Eu a levei à Sra. Mac para experimentar o vestido. Não fiquei até ela ter terminado, não poderia...

...se eu falei do casaco? Falei. Acho que sim. Só porque eles me pediram, honestamente. E sempre faço questão de ser tão honesta quanto possível. Falei sobre Canty Bay, também? Que diferença poderia ter feito, realmente? Sempre faço questão de ser tão honesta quanto possível. Eu estava tão consumida, naquela época. Nunca quis que ela fosse embora para sempre, só pelo tempo que levasse para eu...

...então me mandaram sair do quarto e eu fui, é claro, mas na verdade fiquei atrás da porta escutando, e minha mãe cochichava com o médico e eu mal conseguia escutar alguma coisa e fiquei preocupada que minha avó subisse a escada e me pegasse. Escutar atrás da porta era um hábito muito ruim, eu sabia. Eu mal conseguia ouvi-la, como disse, mas minha mãe dizia alguma coisa sobre como ela estava completamente esgotada com aqueles ataques de gritos e de raiva. E o médico rosnou alguma coisa sobre histeria e moças jovens, o que me ofendeu um pouco já que eu nunca tinha me comportado daquela maneira. Ele disse as palavras *tratamento* e *lugar* e *aprender a se comportar*. E quando ouvi aquilo pensei que era uma boa idéia, um bom plano para ela, porque ela sempre fora tão...

...surpreendeu-me mais do que qualquer outra coisa, o quanto você os ama. Você sabe que vai amar e então o sentimento em si, quando finalmente os vê, quando segura seu corpo pequenino, é como um balão que simplesmente continua se enchendo de ar. A mãe de Duncan insistiu que contratássemos uma enfermeira, uma criatura assustadora com horários para alimentação e um avental esticado, e eu achava meus dias bastante vazios então. Sentia falta de Robert. Ia vê-lo no berçário, mas antes que chegasse ao berço a enfermeira já tinha chegado primeiro. Estamos dormindo, ela dizia, o que sempre me dava vontade de dizer, todos nós? Mas nunca disse, é claro. Minha sogra disse que a enfermeira valia o peso dela em ouro e que devíamos tomar cuidado para nunca perdê-la. Eu não tinha certeza, então, do que

161

eu devia fazer. A cozinheira e a governanta cuidavam da casa, Duncan estava no escritório com meu pai, e Robert estava com sua enfermeira. Às vezes eu andava pela casa no meio do dia, pensando que talvez eu devesse...

...*dementia praecox* foi o que disseram dela. Meu pai me falou quando perguntei a ele uma vez. Fiz com que ele escrevesse para mim. Palavras tão bonitas, de certo modo, muito mais bonitas do que tinham direito de ser. É claro que ninguém as usa mais. Li em algum lugar num artigo. "Termo em desuso", é o que dizia. Hoje, o artigo me informou, eles diriam "esquizofrenia", uma palavra feia, horrível, mas muito grandiosa ao mesmo tempo, sobretudo para algo que é, afinal...

...vestido que ela fez para a dama de honra era na verdade melhor do que qualquer coisa que já tivesse feito para mim. Usei o vestido da minha mãe, é claro, foi especialmente ajustado e alargado para mim. Muitas pessoas repararam nele. Mas o vestido da dama de honra tinha lantejoulas, costuradas no chiffon, em toda parte...

...eu nunca quis que ela fosse embora para sempre, nunca quis isso de jeito nenhum. Foi só que...

...ela lutou e deu chutes; meu pai teve que ajudar o médico e juntos eles conseguiram mas bem no pé da escada ela agarrou o corrimão. Segurou-se ali e o nome que ficava gritando era o meu. Coloquei as mãos sobre os ouvidos e minha avó colocou as dela sobre as minhas mas eu ainda conseguia ouvi-la. KITTY! KITTY! KITTY! KITTY! Acho que ainda consigo ouvir. Encontrei um sapato depois: deve ter caído durante a luta no vestíbulo porque estava enfiado debaixo do cabide de chapéus e peguei-o e apoiei minha cabeça na balaustrada e...

...fiquei olhando através da balaustrada enquanto meu pai balançava a mão no vestíbulo. Meu pai liderou o caminho até seu escritório, e quando virou as costas Duncan fez aquele gesto que eu mais tarde aprenderia que ele fazia sempre que estava

nervoso. Colocou uma das mãos sobre a cabeça e alisou o cabelo do outro lado. Parecia tão estranho, me fez sorrir. Eu o vi dar
uma olhada para as portas fechadas ao seu redor, para o corredor estendendo-se pela casa adentro, e pensei, ele está procurando
por mim? Mas eu nunca teria...

O pai dela não fala no carro. Ela diz o nome dele, ela diz, Pai,
ela toca o ombro dele, enxuga o próprio rosto, tenta dizer, por
favor. Mas ele olha diretamente para o pára-brisa, o médico ao
lado dele. Ele não fala quando sai, e o médico a aperta entre os
dois e a conduz pelo caminho de cascalho e subindo a escada
para um prédio grande, no alto de uma colina.

Atrás das portas faz um silêncio pesado. O piso é de lajotas
de mármore, preto branco preto branco preto branco. O pai dela
e o médico embaralham e manuseiam papéis. Não tiram os chapéus. E então uma mulher que ela nunca viu antes, uma mulher vestida de enfermeira, pega seu braço.

— Pai! — ela grita, então. — Pai, por favor! — ela arranca o
braço que a enfermeira segura, que deixa escapar um leve ruído
de *tsk* por entre os dentes. Esme vê o pai se curvar rapidamente
sobre o bebedouro, enxugar a boca com o lenço, depois se afasta
pelos quadrados de mármore em padrão de xadrez na direção da
porta. — Não me deixe aqui! — ela grita. — Por favor! Por favor,
não. Eu vou me comportar, prometo.

Antes que a enfermeira pegue seu braço novamente, antes
que outra enfermeira se materialize para pegar o outro, antes que
eles tenham que levantá-la e levá-la embora, Esme vê seu pai
através do vidro das portas. Ele desce os degraus, abotoa o casaco, coloca o chapéu, dá uma olhada na direção do céu como se
quisesse saber se promete chuva, e então desaparece.

Ela é arrastada para dentro descendo um lance de escada,
passando por um corredor, uma enfermeira de cada lado, seus
braços em gancho passados nos dela, os saltos martelando pelo

chão. Elas a seguram de tal modo que ela não consegue se mover. O hospital lhe parece um rolo de filme invertido. Atravessam portas e ela vê um teto alto, uma série de luzes, uma fileira de camas, formas de corpos arqueados sob as cobertas. Ouve tossidelas, gemidos, uma pessoa em algum lugar murmurando consigo mesma. As enfermeiras arrastam-na até uma cama e ficam ofegantes com o esforço. Esme se vira para olhar pela janela e vê barras, subindo, descendo.

Oh! Deus!, ela diz para o ar fétido. Coloca a mão na cabeça. Oh! Deus! O choque de tudo aquilo transborda em lágrimas outra vez. Não pode ser, não pode ser. Ela estende o braço e rasga a cortina, chuta o armário, grita, houve um engano, isto tudo é um engano, por favor me escutem. Enfermeiras vêm correndo com cintos de couro e prendem-na à cama, depois se afastam meneando a cabeça, endireitando os chapeuzinhos.

Ela é deixada sob os cintos de couro durante um dia e duas noites. Alguém vem e leva embora suas roupas. Uma mulher com uma enorme tesoura de prata vem no crepúsculo e retalha seu cabelo. Isso faz Esme gemer e chorar, as lágrimas escorrendo por seu rosto e descendo pelo travesseiro. Ela observa enquanto a mulher se afasta com seu cabelo numa das mãos, como um chicote.

Há um cheiro de desinfetante e cera para chão e a pessoa na cama ao canto murmura durante a noite inteira. Uma luz no teto bruxuleia e zumbe. Esme chora. Luta contra os cintos, presos com força, tenta se contorcer para se libertar, grita, por favor, por favor me ajudem, até ficar rouca. Morde uma enfermeira que tenta lhe dar um pouco d'água.

Encontra-se perseguida pela vida que deixou, da qual foi arrancada. Quando a luz escorre do quarto ao entardecer, ela pensa em como sua avó deve estar descendo os degraus de ardósia e indo para a cozinha a fim de ver como estão os preparativos para o jantar, como sua mãe deve estar tomando chá na sala de visitas da frente, contando cubos de açúcar com as unhas dos dedos, como as garotas da escola devem estar tomando o bonde para casa. É inconcebível que ela não esteja participando desses eventos. Como podem acontecer sem ela?

Na luz azulada da segunda manhã, um vulto aparece junto à sua cama. É indistinto, borrado, vestido de branco. Esme levanta os olhos e fita-o. Há uma mecha de cabelo sobre seus olhos há horas e ela não consegue esticar a mão para afastá-lo.

— Não faça alvoroço nem lute, mocinha — o vulto sussurra. Esme não consegue ver seu rosto por causa das sombras, por causa do cabelo em seu olho. — Você não quer acabar na Ala Quatro.

— Mas houve um engano — diz Esme num grasnido. — Eu não deveria estar aqui, eu não...

— Você precisa tomar cuidado — diz a mulher. — Não faça bobagens. Do jeito como você está se comportando...

Há o som de pés no chão e a enfermeira que cortou o cabelo aparece.

— Você! — ela grita. — Volte para a sua cama neste instante.

O vulto desce rapidamente a ala, desaparece.

Iris quebra um ovo na borda de uma tigela e observa a gema cair. Alex se apóia na geladeira e atira uvas dentro da boca.

— Então — diz ele, e Iris sente uma irritação incômoda porque sabe o que ele está prestes a dizer —, o que tem acontecido com você? Ainda está vendo aquele cara?

— Que cara? — diz ela para o teto.

— Você sabe a quem eu estou me referindo — Alex diz afavelmente. — O cara que é advogado.

Iris coloca uma casca do ovo dentro da outra. Sente-se tão grata a ele por não dizer "o cara que é casado" que tem um arroubo de honestidade.

— Sim — diz ela, e enxuga as mãos numa toalha.

— Idiota — ele murmura.

Ela se vira para ele.

— Bem, e quanto a você?

— O que tenho eu?

— Você não continua casado com uma pessoa com quem você tinha decidido que não ia se casar, para começo de conversa?

Ele dá de ombros.

— Acho que sim.

— Idiota você — ela replica.

Faz-se um breve silêncio. Iris pega um garfo e bate os ovos contra a lateral da tigela até eles começarem a se misturar e espumar. Alex puxa uma cadeira e se senta à mesa.

— Não vamos discutir — diz ele. — Você vive a sua vida, eu vivo a minha.

Iris mói pimenta sobre os ovos.

— Ótimo.

— Então, o que está havendo entre você e o Sr. Advogado?

Ela sacode a cabeça.

— Não sei.

— Não sabe?

— Não. Não sei. Só não quero falar nisso.

Ela tira o cabelo de cima dos olhos e olha para o irmão, sentado à mesa da cozinha. Ele retribui seu olhar durante um longo instante e então eles sorriem um para o outro.

— Ainda não sei o que você está fazendo aqui — diz Iris. — Você quer jantar, aliás, ou já está de saída?

— Você não sabe o que eu estou fazendo aqui? — ele repete. — Você está maluca? Ou com amnésia? Recebi um telefonema seu ontem, dizendo que caiu nas garras de uma louca, então o que eu faço? Passo o fim de semana vadiando em casa ou venho até aqui resgatar você da maluca? Não me dei conta de que vocês duas iam ficar se divertindo na orla.

Iris coloca o garfo na mesa.

— Está falando sério? — diz ela em voz baixa. — Você veio por mim?

Alex descruza as pernas e cruza de novo.

— É claro que vim por você — diz ele, embaraçado. — O que mais eu estaria fazendo aqui?

Iris vai até ele, se ajoelha e passa os braços ao seu redor. Sente a firmeza de seu torso, a penugem suave de sua camiseta. Depois de um instante, ele coloca um braço em torno dos ombros dela, embala-a para a frente e para trás, e ela sabe que ambos estão pensando numa época à qual nenhum dos dois quer retornar. Ela lhe dá um leve aperto e sorri de encontro ao seu peito.

— Você cortou o cabelo — diz ele, puxando-o.

— É. Gostou?

— Não.

Eles riem. Iris se afasta, e quando faz isso Alex meneia a cabeça na direção do quarto extra.

— Ela não parece assim tão louca — diz ele.

— Sabe — Iris põe as mãos nos quadris —, não tenho certeza de que seja.

Alex fica desconfiado instantaneamente.

— Mas ela ficou num hospício durante... quanto tempo foi mesmo?

— Isso não quer necessariamente dizer que ela seja louca.

— Hã, acho que provavelmente quer.

— Por quê?

— Espere aí, espere aí — Alex levanta as mãos, como se acalmasse um animal. — Do que é que nós estamos falando?

— Estamos falando — ela está subitamente tomada pela paixão — de uma garota de 16 anos trancada por nenhum outro motivo além de experimentar umas roupas, estamos falando de uma mulher presa pela vida inteira e agora ela recebeu uma suspensão dessa pena e... e cabe a mim tentar... não sei.

Alex fita-a por um momento, os braços cruzados.

— Oh, Deus — diz ele.

— O quê? O que você quer dizer com "Oh, Deus"?

— Você está tendo um daqueles seus ataques, com esta história, não está?

— Um dos meus ataques?

— Um daqueles seus acessos de arrogância.

— Não sei o que você quer dizer — exclama Iris. — Acho que está fora de cogitação...

— Ela não é um dos seus raros achados vintage, sabe — ele desenha aspas invisíveis no ar com os dedos.

Por um momento, ela fica sem fala. Então apanha com um gesto brusco a tigela dos ovos.

— Não sei o que você quer dizer com isso — diz ela, asperamente —, mas pode ir para o inferno.

— Olhe — diz Alex, com mais gentileza —, só me diga... — ele se interrompe, com um suspiro. — Só me diga que você não vai fazer nenhuma idiotice.

— Como o quê?

— Como... Isto é, você vai mandá-la embora, não vai, encontrar um lugar para ela? Não vai?

Ela bate com toda a força uma frigideira no apoio da lareira e derrama óleo lá dentro.

— Iris? — diz Alex, atrás dela. — Diga-me que vai encontrar um lugar onde colocá-la.

Ela se vira, frigideira na mão.

— Sabe, se você parar para pensar no assunto o apartamento na verdade pertence a ela.

Alex enterra a cabeça nas mãos.

— Oh, Cristo — diz ele.


Através da parede, Esme ouve suas vozes. Ou, antes, ouve o zumbido, como abelhas num pote de geléia. A voz da moça ondula, escala picos, depois escorrega para baixo outra vez, a do rapaz quase monótona. Talvez estejam discutindo. Pelo tom da moça, Iris, parece uma discussão, mas se for é bastante unilateral.

Seu irmão, ela dissera. Quando Esme o viu ali pela primeira vez, de pé junto à porta, se perguntou se ele seria o amante. Mas então olhou de volta para Iris e viu que não era. Não um irmão apropriado, porém, não um irmão de verdade. Uma espécie de meio-irmão.

Esme dobra as pernas de modo que seus joelhos irrompem na superfície da água da banheira, como ilhas numa lagoa. Colocou a água tão quente que sua pele está rosada, lívida. Fique o tempo que quiser, Iris lhe diz, então ela fica. O vapor tomou conta das paredes, do espelho, da parte interna da janela, das laterais dos frascos na prateleira. Esme não tem memória deste cômodo. O que teria sido em sua época? Os outros cômodos ela consegue transpor, puxar uma placa fotográfica por cima deles, ver como eram: o quarto dela como quarto da criada, a sala de estar como um lugar debaixo do beiral onde as roupas de verão eram guardadas em cômodas de castanheiro. O quarto de Iris ficava ocupado numa das paredes por potes de vidro com conservas. Mas deste cômodo ela não tem memória. Do espaço inteiro ela se lembra como terrivelmente sombrio e de teto baixo quando na verdade os cômodos são altos o bastante, e arejados. Isso apenas mostra o quão falível é a memória.

Ela pega o sabonete da saboneteira e o esfrega entre as mãos, como Aladim com a lâmpada. Um cheiro doce e delicioso ergue-se dele e ela o traz para perto do rosto e inala. Imagina o que o par no cômodo ao lado diria se soubesse que este é seu primeiro banho sem supervisão durante mais de sessenta anos. Lança um olhar para o aparelho de barbear na beirada da banheira e sorri. A moça deixou-o ali tão naturalmente. Esme se esqueceu o que é estar entre pessoas que não suspeitam dela. Apanha-o e toca a extremidade fria com a ponta do dedo, e quando faz isso subitamente lhe vem à mente o que costumava haver neste cômodo.

Coisas de bebê. Um berço de madeira, com grades como o esqueleto de um animal. Uma cadeira de bebê com uma fileira de contas coloridas presa à bandeja. E caixas cheias de pequenas camisolas de dormir, toucas, botas, o fedor agudo de naftalina.

Quem teria sido o último bebê nesta casa? Para quem esses casacos foram tricotados, essas toucas costuradas? Quem enfileirou as contas na cadeira de bebê? Sua avó para seu pai, ela poderia adivinhar, mas não pode imaginar. A idéia lhe dá vontade de rir. Então ela respira fundo, prende a respiração e afunda debaixo d'água, deixando o cabelo flutuar ao seu redor como algas.

Estava deitada presa pelas tiras de couro. Observava uma mosca subir centímetro a centímetro a parede de um verde doentio. Contava o número de barulhos que conseguia ouvir: o zumbido de um carro lá fora, o chilro dos estorninhos, o vento sacudindo uma janela, os murmúrios da mulher no canto, o guincho de rodas no corredor, o farfalhar de roupas de cama, os suspiros e grunhidos das outras mulheres. Aceitava colheradas de um mingau gosmento e tépido de uma enfermeira, as engolia, mesmo seu estômago se rebelando, parecendo cheio a cada bocado.

No meio da manhã, duas mulheres começaram uma discussão.

— É meu.

— Nunca.

— É meu. Dê isso para a gente.

— Tire, é meu.

Esme levantou a cabeça para vê-las, puxando alguma coisa. Então a mais alta, com cabelos grisalhos presos atrás num coque desajeitado, estendeu o braço e acertou o rosto da outra. Ela imediatamente deu um ganido, largou o que quer que fosse o motivo da briga, então empinou, como um animal nas patas traseiras, e se lançou sobre a outra mulher. Elas caíram no chão, uma estranha criatura de oito membros, lutando e gritando, derrubando uma mesa, um cesto de roupas. Enfermeiras apareceram do nada, gritando, chamando umas às outras, apitando.

— Parem com isso! — a enfermeira-chefe daquela ala gritou. — Parem agora mesmo.

As enfermeiras as arrastaram até separá-las. A mulher de cabelo grisalho ficou sem energia, sentou-se docilmente na cama. A outra ainda lutava, gritando, berrando, tentando agarrar o rosto da enfermeira-chefe. Sua camisola subiu e Esme viu suas nádegas, pálidas e redondas como cogumelos, as dobras de sua barriga. A enfermeira-chefe agarrou seu punho, torceu-o até a mulher gritar.

— Vou colocar você numa camisa-de-força — a enfermeira ameaçou. — Vou mesmo. Você sabe que vou.

Esme viu a mulher pensar a respeito e, por um momento, pareceu que ia se acalmar. Mas então ela corcoveou como um cavalo, dando chutes, acertando a enfermeira-chefe no joelho, gritando uma sucessão de obscenidades. A enfermeira-chefe deu uma bufada rápida e então, obedecendo a algum sinal, as enfermeiras carregaram a mulher dali, saindo pela ala, passando por uma porta, e Esme ficou escutando à medida que o barulho ficava cada vez mais fraco.

— Ala Quatro — ela ouviu alguém sussurrar. — Ela vai ser levada para a Ala Quatro. — E Esme virou a cabeça para ver quem estava falando, mas todo mundo estava sentado em suas camas, as costas muito eretas, as cabeças baixas.

Quando desafivelaram os cintos, Esme ficou totalmente imóvel. Sentou-se na cama, as mãos enfiadas embaixo do corpo. Pensou em animais que podem ficar imóveis por horas, agachados, esperando. Pensou naquele jogo de festas onde você tem que fingir ser um leão morto.

Uma servente veio e largou panos e tubos de substância para polir em cada cama. Esme escorregou para fora da sua e se pôs de pé, insegura, enquanto as outras mulheres se ajoelharam como se fossem rezar, depois começaram a esfregar a substância para polir no chão, avançando de costas na direção da porta. Suas pernas estavam duras e imobilizadas depois dos cintos. Ela estava esticando o braço para pegar o pano e a substância para polir em sua cama quando viu uma das enfermeiras apontar para ela. "Olhe para a Madame", ela disse entre risinhos.

— Euphemia! — gritou a enfermeira Steward. — De joelhos.

Esme deu um pulo com o grito. Por um momento perguntou-se por que estavam todos olhando para ela. Então se deu conta de que a enfermeira se referia a ela.

— Na verdade — ela começou —, me chamam...

— De joelhos e comece a trabalhar! — a enfermeira Stewart gritou. — Você não é melhor que ninguém, sabe.

Esme se ajoelhou, tremendo, enrolou o pano no punho e começou a esfregar o chão.

Mais tarde, as outras mulheres vieram falar com ela. Havia Maudie, que tinha se casado com Donald e depois com Archibald enquanto ainda estava casada com Hector, mesmo que aquele a quem ela realmente amasse fosse Frankie, que foi morto em Flandres. Em seus bons momentos, ela deleitava a todas com histórias de suas cerimônias de casamento; nos maus, Maudie saltava para cima e para baixo na ala com uma anágua presa debaixo do queixo até a enfermeira Stewart arrancá-la e dizer a Maudie para se sentar e ser uma boa menina ou alguma outra coisa. Nas camas seguintes estavam Elizabeth, que tinha visto seu filho esmagado por uma carroça, e Dorothy, que ocasionalmente era levada a tirar todas as roupas. Na extremidade estava uma velha que as enfermeiras chamavam de Agnes mas que sempre as corrigia dizendo "Sra. Dalgleish, por favor". Ela não podia ter filhos, Maudie disse a Esme, e às vezes ela e Elizabeth discutiam.

Depois de um almoço de sopa indeterminada e cinzenta, um Dr. Naysmith apareceu. Caminhou por entre suas camas, a enfermeira Stewart dois passos atrás dele, acenando para elas, ocasionalmente dizendo: "Como você está se sentindo hoje?" As mulheres, principalmente, ficavam muito excitadas, ou dando início a monólogos truncados ou irrompendo em lágrimas. Duas foram levadas para tomar banhos frios.

Ele parou junto à cama de Esme, lançou um olhar para a placa com o nome dela na parede ao seu lado. Esme se sentou, passou a língua sobre os lábios. Ela ia lhe dizer — ia lhe dizer que tinha havido um engano, que ela não devia estar ali. Mas a enfermeira Stewart ficou na ponta dos pés e sussurrou alguma coisa no ouvido dele.

— Muito bem — ele disse, e continuou andando.

...e quando ele me pediu, e aqui estou eu dizendo que ele me pediu quando o que ele disse na ocasião foi, eu acharia uma idéia excelente se nos casássemos. Ele disse isso na Lothian Road enquanto estávamos parados de pé na calçada. Tínhamos ido ao cinema e eu esperara e esperara que ele pegasse minha mão. Deixara-a balançando sobre o braço da cadeira, tirara as luvas, mas ele não parecia notar. Acho que eu deveria ter tomado isso como...

...uma ampulheta com areia vermelha, que ficava em cima...

...e às vezes eu levo a menininha ao cinema. Ela é muito grave. Senta-se com as mãos entrelaçadas no colo, a testa ligeiramente franzida, atenta enquanto os anões entram na mina, um a um, os pequeninos cajados às costas. Alguém fez isso colocando desenhos juntos muito rápido, ela me disse da última vez, e eu disse, sim, e ela disse, quem, e eu disse, um homem inteligente, querida, e ela disse, como você sabe que foi um homem? Isso me fez rir porque, é claro, eu não sabia mas de algum modo você...

...observando a areia vermelha caindo grão após grão e ela disse, isso quer dizer que a abertura tem o tamanho exato de um grão? Eu não fazia idéia. Nunca tinha pensado nisso daquele jeito. Minha mãe disse...

...o garoto com eles, nunca vou saber. O monstrinho, eu o chamo, mas só entre mim e a criada. A mulher me disse, seria ótimo se a senhora pudesse ser avó dele também. Bem. Não há como nesta terra de Deus eu considerá-lo meu parente. Uma criança taciturna e mal-humorada com olhos desconfiados. Ele não é do meu sangue. A menininha gosta muito dele, porém, e ele tem uma vida difícil, pelo que consta. Uma mãe que arrumou as coisas e foi embora, e como uma mulher pode fazer uma coisa dessas foge à minha compreensão. É contra a natureza. A menina segura a mão dele, mesmo ele sendo um ano ou talvez dois mais velho do que ela, e ele nunca sai do seu lado. Sempre quero tirá-la dele, de suas mãos pegajosas de menino, mas é claro que você tem que ser adulto nesses...

...uma coisa terrível, querer...

...na Lothian Road, eu fechei com um estalo minha bolsa. Queria fechar os olhos por um momento. As luzes das carruagens e dos bondes eram muito cansativas, sobretudo depois do filme a que tínhamos acabado de assistir. Ele ficou parado esperando e eu por fim olhei para ele e vi que a gola de sua camisa estava apertada demais, que havia um ponto solto no cachecol que ele usava e me perguntei quem o havia tricotado para ele, quem o amava tanto assim. Sua mãe, eu supus, mas quis perguntar. Eu queria saber quem o amava. Eu disse sim, é claro. Disse baixinho, como se deve fazer, sorri timidamente quando disse, como se tudo fosse perfeito, como se ele se tivesse posto de joelhos com rosas numa das mãos e um diamante na outra. Não podia mais suportar noites naquele quarto sem...

...tinha ido embora, todo mundo dizia. A Paris, uma garota me disse. Para a América do Sul, outra disse. Ouviu-se um rumor de que a Sra. Dalziel o havia mandado para a casa do tio dele na Inglaterra. E mesmo que eu o visse raramente de todo modo, a idéia de que talvez não o encontrasse por acaso, de que as ruas da cidade não o abrigavam era suficiente para...

...e encontrei um punhado de cartas, repousando no fundo de uma chapeleira. Isso foi talvez meses depois. Estava casada a essa altura e estava procurando um chapéu para usar num batizado. Minha mãe e meu pai tinham dito certa noite, logo antes do meu casamento, que o nome dela não voltaria a ser mencionado e que me agradeciam se eu pudesse agir dessa maneira. E eu fiz, agi dessa maneira, ou seja, embora pensasse nela bem mais do que eles imaginavam. Então peguei as cartas e...

...nunca quis que fosse para sempre. Gostaria que isso ficasse inteiramente claro. Só queria que fosse por algum tempo. Fui para a sala de visitas quando minha mãe mandou me chamar e o médico estava lá. Ela estava no andar de cima, ainda gritando e continuando com aquilo. E eles cochichavam entre si e ouvi a palavra "embora". Kitty a conhece melhor, minha mãe disse, e o médico do hospital olhou para mim e disse, há alguma coisa sobre sua irmã que lhe diga respeito? Alguma coisa que ela lhe tenha confidenciado e que você ache que deveria nos contar? E eu pensei, e pensei, e depois levantei a cabeça e coloquei uma expressão um pouco triste no rosto, um pouco insegura, e disse, bem, ela acha que viu a si mesma na praia uma vez, enquanto estava de pé no mar. E podia dizer pela expressão no rosto do médico que eu tinha agido bem, que tinha...

...o modo como ela se fechava com um estalo, aquela bolsa. Gostava daquilo. Sempre a carregava na metade do braço, nunca por mais...

Iris leva a salada para a mesa e a coloca de modo eqüidistante entre Esme e Alex. Os pegadores ela põe virados para Esme. Permite-se um sorrisinho íntimo diante da idéia de que seria quase impossível encontrar dois companheiros de jantar mais diferentes.

— Onde você mora? — Esme está dizendo.

— Em Stockbridge — diz Alex. — Antes disso morava em Nova York.

— Nos Estados Unidos da América? — Esme pergunta, inclinando-se sobre o prato.

Alex sorri.

— Absolutamente correto.

— Como você chegou lá?

— De avião.

— De avião — ela repete, e parece examinar a palavra. Então: — Eu vi aviões.

Alex se inclina para a frente e toca sua taça na dela.

— Sabe, você não se parece em nada com a sua irmã.

Esme, que está examinando a salada na saladeira, virando-a para um lado e para o outro, pára.

— Você conhece minha irmã?

Alex balança a mão no ar.

— Não chegaria a ponto de dizer que a conheço. Encontrei-a. Várias vezes. Ela não gostava de mim.

— Isso não é verdade — protesta Iris. — Ela só nunca...

Ele se inclina de forma conspiratória na direção de Esme.

— Ela não gostava. Quando meu pai e Sadie, a mãe de Iris, estavam juntos, Sadie achava que era uma boa idéia eu ir junto com Iris visitar a avó dela. Sabe Deus por quê. A avó dela obviamente se perguntava o que eu estava fazendo ali. Achava que eu era o estranho no ninho. Não gostava que eu fraternizasse com sua preciosa neta. Note que não havia tanto amor assim entre ela e Sadie, também, se quer saber.

Esme olha longamente para Alex.

— Bem, eu gosto de você — diz ela, finalmente. — Acho que você é engraçado.

— Quando foi que você a viu pela última vez, afinal?

— Quem?

— Sua irmã — Alex está ocupado esfregando o prato com um naco de pão, de modo que só Iris vê a expressão no rosto de Esme.

— Faz sessenta e um anos — diz ela — cinco meses e seis dias.

A mão de Alex com o pão se detém a meio caminho da boca.

— Quer dizer...

— Ela nunca foi visitá-la? — diz Iris.

Esme sacode a cabeça, olhando fixamente para o prato.

— Eu a vi uma vez, depois que fui internada, mas...

— Mas o quê? — Alex incita, e Iris quer mandá-lo calar a boca mas também quer ouvir a resposta.

— Não nos falamos... — Esme diz, e sua voz é plana, ela parece uma atriz revendo sua fala — ...naquela ocasião. Eu estava num outro quarto. Atrás de uma porta. Ela não entrou.

Alex olha para Iris e Iris devolve em silêncio seu olhar. Ele estende a mão em busca de sua taça de vinho, depois parece mudar de idéia. Descansa a mão sobre a mesa, então coça a cabeça.

— Está vendo? — ele murmura. — Eu sempre disse que ela não valia nada.

— Alex — diz Iris —, por favor.

Ela se levanta, tirando os pratos da mesa.

Esme senta-se diante de uma mesa no salão comum, os pés enroscados nas pernas da cadeira. Não deve, não deve chorar. Nunca chore em público aqui. Vão ameaçar você com tratamento ou dar injeções que vão fazê-la dormir e acordar confusa, desconexa.

Ela aperta as mãos para segurar as lágrimas e abaixa os olhos para a folha de papel à sua frente. *Querida Kitty*, ela escreveu. Atrás dela, Agnes e Elizabeth estão trocando farpas.

— Bem, pelo menos eu tive um filho. Muitas mulheres nunca...

— Pelo menos eu não matei meu filho com a minha negligência. Imagine deixar o sangue do seu sangue debaixo de uma carroça.

Para calar as vozes delas, Esme pega o lápis. *Por favor venha*, ela escreve. *Permitem-se visitas nas quartas-feiras. Por favor*, ela escreve novamente, *por favor por favor*. Apóia a testa na mão. Por que ela nunca vem? Esme não acredita que as enfermeiras postem suas cartas. Por que outro motivo ela não viria? Que outra explicação poderia existir? Você não está bem, suas enfermeiras lhe dizem. Você não está bem, o médico diz. E Esme acha que está começando a acreditar nisso. Subitamente há um tremor nela. Pode chorar com qualquer coisa, com Maudie beliscando seu braço, com Dorothy roubando seu biscoito da tarde. Há momentos em que ela olha pela janela para a queda até o chão e pensa no alívio da queda, no frescor do ar. E há uma sensibilidade em seu corpo, ele dói, sua cabeça está fraca, confusa. Ela adquiriu um sentido perturbadoramente agudo do olfato. O odor da tinta de uma revista que alguém está lendo no outro lado do quarto pode oprimi-la. Ela sabe o que vai estar em seus pratos no almoço simplesmente cheirando o ar. Pode caminhar pelo meio da ala e dizer quem tomou banho esta semana e quem não tomou.

Põe-se de pé, tenta clarear a cabeça, tenta colocar algum espaço entre si e o restante delas, e caminha até a janela. Lá fora é um dia parado. Estranhamente parado. Nem uma única folha se mexe numa árvore e as flores nos canteiros estão todas aprumadas, imóveis. E ela vê que no gramado os pacientes da Ala Quatro estão se exercitando. Esme encosta a testa na vidraça, observando-os. Usam camisolas, camisolas pálidas, e flutuam como nuvens. É difícil dizer se são homens ou mulheres, pois as camisolas são largas e seus cabelos foram cortados bem curto.

Alguns deles ficam parados, olhando para a frente. Um soluça nas mãos em concha. Outro não pára de dar um grito agudo e rouco, que vai se extinguindo até virar um murmúrio.

Ela se vira e olha para o salão ao redor. Pelo menos elas usam suas próprias roupas, pelo menos escovam os cabelos toda manhã. Ela não está doente. Sabe que não está doente. Quer correr, quer irromper pelas portas até o corredor, sair a toda velocidade e nunca mais voltar. Quer gritar, deixem-me sair, como ousam me deixar aqui. Quer quebrar alguma coisa, a janela, aquele quadro emoldurado do gado na neve, qualquer coisa. E embora queira tudo isso, e mais, Esme se obriga a se sentar novamente à mesa. Obriga-se a atravessar o salão, dobrar as pernas e se sentar numa cadeira. Como uma pessoa normal. O esforço para fazer isso deixa um tremor em seus braços e pernas. Ela respira fundo, pressiona as mãos sobre o tampo da mesa para o caso de alguém estar olhando. Tem que sair daqui, tem que fazer com que eles a deixem sair. Finge estar lendo aquilo que escreveu.

E mais tarde, durante sua longamente aguardada consulta com o médico, diz a ele que está se sentindo melhor. Essas são as palavras que decidiu que precisa usar. Deve informá-los de que também ela pensa que estava doente; deve reconhecer que eles estavam certos, afinal. Havia alguma coisa errada com ela mas agora foi consertado. Diz isso a si mesma o tempo todo, de modo que quase começa a acreditar, quase sufoca aqueles gritos que dizem, não há nada de errado comigo, nunca houve nada de errado comigo.

— Melhor em que sentido? — o Dr. Naysmith pergunta, a caneta aprumada, polida sob a luz do sol que cai sobre sua mesa. Esme não pediria nada além de alcançar esse calor, deitar a cabeça sobre os papéis dele, sentir o sol queimando seu rosto.

— Simplesmente melhor — diz ela, a mente trabalhando. — Eu... não tenho chorado, esses dias. Estou dormindo bem. Tenho aguardado as coisas com animação — o que mais, o que mais? — Meu apetite está bom. Estou... estou entusiasmada para voltar aos meus estudos.

Vê a testa do Dr. Naysmith franzir.

— Ou... ou... — ela se esmera — ...ou talvez eu apenas gostaria de... de ajudar minha mãe um pouco. Em casa.

— Você em algum momento pensa em homens?

Esme engole em seco.

— Não.

— E ainda experimenta aqueles momentos de histeria confusa? — diz ele.

— O que quer dizer?

O Dr. Naysmith espia qualquer coisa em suas notas.

— Você insistia no fato de que roupas que lhe pertenciam não eram suas, um casaco da escola em particular — ele lê, num tomo monótono —, alegava ver a si mesma sentada numa manta com sua família quando estava, na verdade, a alguma distância deles.

Esme olha para os lábios do médico. Eles param de se mover e se fecham sobre seus dentes. Ela abaixa os olhos para a ficha diante dele. Parece haver muito pouco ar dentro da sala: ela precisa inspirar até o fundo dos pulmões e ainda assim não consegue o suficiente. Os ossos de sua cabeça parecem apertados, comprimidos, e o tremor se apossou novamente de seus braços e pernas. É como se o médico tivesse puxado sua pele para trás e olhado dentro dela. Como ele poderia saber se a única pessoa a quem ela contou foi...

— Como o senhor sabe disso? — ela ouve sua voz vacilar, subir no final da frase e diz a si mesma, atenção, tome cuidado, tome muito cuidado. — Como sabe dessas coisas?

— Essa não é a questão. A questão, não é mesmo, é se você ainda experiencia essas alucinações.

Ela enterra as unhas na pele das coxas; pisca os olhos para clarear a mente.

— Não, doutor — diz ela.

O Dr. Naysmith escreve furiosamente em suas anotações e deve haver algo no que ela diz, porque, no final da consulta, ele se recosta em sua cadeira, as pontas dos dedos juntas formando uma gaiola.

— Muito bem, mocinha — entoa ele. — Você gostaria de ir logo para casa?

Esme precisa suprimir um soluço.

— Muito — ela consegue dizer essa palavra com uma voz pensativa, para não soar ansiosa demais. — Gostaria muito disso.

Desce às pressas o corredor na direção da janela, que está iluminada pela suave luz da primavera. Antes de chegar à porta da ala, porém, reduz o passo a um caminhar regular e usual. Usual, usual, é a palavra que ela repete como um encantamento várias vezes conforme entra na ala, conforme caminha até sua cama e se senta nela, como uma boa moça.

...uma coisa terrível, querer...

...preguei as lantejoulas naquela bolsa de festa para ela. Ela não conseguia fazê-lo. Na verdade, ela não tentou com muito afinco. Depois de apenas duas, ela espetou o dedo e jogou tudo para o lado com raiva, dizendo, como alguém consegue agüentar o tédio que é isto? Eu peguei porque tinha que ser feito e sentei-me junto à lareira enquanto ela andava a esmo da janela até a mesa e ao piano e à janela outra vez, ainda arengando sobre tédio e aborrecimento e sobre como poderia suportar isso. Eu disse, você está deixando pingar sangue no tapete, então ela pôs o dedo na boca e sugou-o. Levei a noite inteira pregando as lantejoulas e eu disse que ela podia dizer à nossa mãe que ela mesma tinha feito mas nossa mãe deu uma olhada e...

...deixei cair as flores enquanto caminhava para o altar. Não sei por quê. Não estava nervosa; sentia-me com a mente peculiarmente desanuviada e sentia frio em meu vestido fino, o vestido da minha mãe. Mas todos sufocaram gritos quando fiz isso e a garota que era minha dama de honra deu a volta rapidamente e pegou-as e eu ouvi alguém murmurar que aquilo dava azar e quis dizer, eu não acredito nisso, não sou supersticiosa, estou me casando, estou me casando e ...

...uma coisa terrível, querer...

...lembro-me muito claramente da primeira vez que a vi. A aia, esqueço-me o nome dela, entrou e colocou a mão no meu pescoço e disse, você tem uma irmãzinha. Caminhamos de mãos dadas pelo pátio até o quarto e minha mãe estava deitada de lado e meu pai disse, ssh, ela está dormindo, e me levantou para que eu pudesse ver na caminha. O bebê estava acordado e envolvido em alguma peleja com sua coberta, e sua pele tinha um aspecto pálido, aquoso, como se pertencesse a algum outro elemento. Tinha olhos escuros como grãos de café e estava observando alguma coisa logo atrás das nossas cabeças. O que você acha, meu pai disse, e eu disse, ela é a coisa mais bonita que eu já vi, e ela era, ela era...

...uma camisola de seda cor-de-rosa e eu o imaginei dizendo, você é a coisa mais bonita que eu já vi. E quando ele saiu do banheiro e eu estava ali deitada na cama, pronta em minha camisola de seda cor de pétalas de rosa, não fiquei nervosa. Só queria que acabasse, para que nós pudéssemos começar, para que minha nova vida principiasse e eu pudesse deixar tudo aquilo atrás de mim. No trem, pratiquei escrever meu novo nome, Sra. Duncan Lockhart. Sra. K. E. Lockhart, Sra. D. A. Lockhart. Mostrei a ele, só para nos divertirmos um pouco. E ele disse que não gostava particularmente do meu nome. Kitty, ele disse, era nome de bicho de estimação, um gato talvez, será que eu não achava que Kathleen era uma opção mais sensível agora que eu era...

...uma coisa terrível, terrível...

...e então fiquei deitada ali e pareceu um tempo terrivelmente longo. Eu não conseguia ouvir nada, nenhuma água correndo, nenhum movimento ao redor. Tive um impulso de ir até o banheiro e pressionar meu ouvido contra a porta, só para ter certeza de que ele ainda estava lá, e um pensamento terrível atravessou minha mente: e se ele tivesse fugido pela janela e para a noite? Mas então a porta se abriu a luz amarela se espalhou pelo quarto, antes que ele a desligasse, e vi seu vulto de pijamas movendo-se pelo quarto, senti a cama arquear quando ele se sentou. Pigarreou. Você deve estar muito cansada, ele disse. De costas para mim. Eu disse, não, na verdade não. Tentei acrescentar, querido, mas não saiu. E então algo realmente terrível aconteceu. Descobri que estava pensando em Jamie, no modo como o sorriso levantava seu rosto, no modo como seu cabelo crescia numa crista em sua testa e virei minha cabeça para o outro lado e acho que ele viu, porque estava deitado a essa altura. Virei-a de volta e queria dizer, não estava virando as costas para você, mas não pude porque ele se aproximou e me beijou no rosto. Estava com a mão no meu braço e me beijou no rosto e hesitou ali por um momento e eu pensei, agora, vai acontecer agora, e estava prendendo a respiração e então ele disse, boa noite. E eu não conseguia entender o que...

...e fiquei de pé ali no quarto da minha mãe com as cartas na mão e vi meu nome na frente e vi a letra e vi que nunca tinham sido abertas, então coloquei o dedo sob a aba de uma delas e a cola cedeu facilmente e abri a folha de papel e tudo o que vi foi, por favor, por favor, venha logo, e quando vi isso eu...

...percebo que estou falando sozinha. Coisa terrível, estou dizendo, querer um filho e não poder ter. Uma enfermeira está de pé junto à mesa, espiando alguma coisa na parede, e me dirige um olhar engraçado. Ela é jovem. O que ela sabe? O que você sabe, eu digo, e...

Iris está parada junto à porta de sua sala de estar. Alex está afundado num canto do sofá, o braço esticado na direção do controle remoto. A televisão ganha vida e um homem está olhando para eles de cenho franzido, num estúdio, apontando para os círculos concêntricos de uma tempestade que se aproxima de outra parte do país.

Ela vai se sentar ao lado dele, enroscando as pernas por baixo do corpo, descansando a têmpora no ombro dele, e eles olham juntos para o mapa do tempo.

Alex coça o braço, se mexe no assento.

— Então eu disse a Fran que provavelmente ia ficar.

— Ficar?

— Para dormir.

— Oh — Iris está surpresa, mas luta para fingir que não está.
— Tudo bem. Se você quiser.

— Não — ele meneia a cabeça. — Se você quiser.

— O quê?

— Vou ficar para dormir se você quiser que eu fique.

Ela se endireita.

— Alex, o que você está querendo dizer? Sabe que é mais do que bem-vindo para ficar mas...

Ele interrompe com a voz calma e racional que nunca deixa de irritá-la.

— Você não consegue perceber quando alguém está tentando lhe fazer um favor? Pensei em ficar no caso de você estar preocupada. Você sabe. Em ficar sozinha com Esme.

— Não seja ridículo — escarnece ela. — Ela é perfeitamente...

Alex pega seu rosto entre as duas mãos e puxa-o para perto de si. Ela fica tão surpresa que por um momento não consegue se mover. Então começa a se contorcer irritada entre as mãos dele. Ele não solta.

— Iris, me escute — diz ele, agora à queima-roupa —, estou me oferecendo para ficar e ajudar você. Não sei se você sabe disso mas deve dizer "sim" e "obrigada" nessas situações. Gostaria que eu ficasse para dormir? — ele força sua cabeça a um movimento afirmativo. — Ótimo. Está certo, então. Diga "Obrigada, Alex", por favor.

— Obrigada, Alex.

— De nada — ele ainda segura o rosto dela entre as palmas das mãos. Eles fitam um ao outro por um momento. Alex pigarreia. — Quero dizer no sofá — ele fala, rapidamente.

— O quê?

— Eu dormiria no sofá.

Iris se afasta. Alisa o cabelo.

— É claro — diz ela.

Mas volta a atenção de novo para a tela da tevê. Estão sendo mostradas ali imagens de um edifício semidesmoronado, um rio transbordando, um carro esmagado, árvores caindo.

— Você se lembra — diz Alex de repente — quando foi a última vez que dormimos debaixo do mesmo teto?

Ela sacode a cabeça, ainda olhando para as imagens da tempestade.

— Há onze anos. Na noite anterior ao meu casamento.

Iris não se move. Foca os olhos na beira puída da manga dele, na mancha aparentemente de tinta que há ali, no modo como a trama do tecido está começando a se desfazer.

— Só que você estava no sofá naquela noite, não eu.

Iris se lembra do zumbido baixo de uma lâmpada com defeito no corredor do lado de fora do apartamento minúsculo dele no Lower East Side de Manhattan, longas horas acordada e com jet lag, uma barra de ferro que parecia passar pela extensão do sofá logo abaixo do estofo. Ela se lembra do ribombo e do gemido da cidade subindo até a janela aberta. E se lembra de Alex aparecendo ao seu lado no meio da noite. Não, ela dissera, não. De jeito nenhum. Por quê, ele dissera, qual o problema? Ela não o havia visto fazia mais de nove meses — o período mais longo de tempo que tinham ficado afastados. Iris estivera em Moscou, como parte de seu curso de graduação, lutando para ensinar a russos taciturnos as sutilezas do pretérito do inglês.

Você vai se casar, Alex, ela havia gritado, amanhã. Lembra-se? E ele dissera, não me importo, não quero me casar com ela. Então não se case, Iris respondera. Tenho que me casar, ele disse, está tudo arrumado. Pode ser desarrumado, ela disse, se você quiser. Mas ele gritara então: por que você foi para a Rússia, por que você foi, como pôde ir embora daquele jeito? Eu tinha que ir, ela gritou de volta, eu tinha que ir, você não precisava vir para Nova York, não precisa ficar aqui, não precisa se casar com Fran. Preciso, ele disse, preciso.

Iris desenrosca o corpo, estica as pernas, coloca os pés no chão. Não diz nada.

— Então, o que você vai fazer com esse tal de Lucas, então? — pergunta Alex, brincando com o controle remoto.

Iris permite que haja uma pequena pausa antes de dizer:

— Luke.

— Luke, Lucas — ele abana a mão —, tanto faz. O que você vai fazer?

— Sobre o quê?

Alex suspira.

— Não seja obtusa. Tente, pelo menos. Uma vez que seja. Veja como é.

— Nada — diz ela, olhando fixamente para a televisão. Não quer falar sobre isso mais do que quer falar sobre a noite anterior ao casamento de Alex, mas sente-se aliviada com o fato de que eles pelo menos parecem estar de volta ao presente. — Não sei o que você quer dizer. Não vou fazer nada.

— O quê, você vai simplesmente continuar a ser a amante desse cara? Meu Deus, Iris — Alex atira o controle no braço do sofá —, você nunca sente que está se vendendo muito barato?

Ela se apruma subitamente, ofendida.

— Não estou me vendendo de jeito nenhum. E não sou amante dele. Que palavra horrível. Se você acha...

— Iris, eu não estou tentando fazer nada. Só me pergunto se... — ele não completa a frase.

— O quê? Você se pergunta o quê?

— Não sei — Alex dá de ombros. — Isto é, é ele... não sei — ele brinca com um fio puxado numa almofada. — É ele que você quer?

Iris suspira. Atira-se para trás até ficar deitada sobre as almofadas. Aperta os olhos, pressionando os dedos sobre eles, e quando os abre a sala irrompe com cores violentas.

— Ele diz que vai deixá-la — ela se dirige ao abajur logo acima.

— Mesmo? — ele olha para ela, ela sabe, mas ela não encontra o seu olhar. — Hum — murmura ele, e pega o controle remoto outra vez. — Aposto que não vai. Mas o que você faria se largasse?

De sua posição reclinada, Iris vê Esme entrar na sala e avançar devagar na direção deles. Ela tem a capacidade de se fazer quase invisível. Iris não sabe como ela faz isso. Observa-a e vê que Esme não olha na direção deles, não reconhece a presença deles na sala, como se fossem invisíveis para ela.

— O quê? — diz Iris, observando Esme. — Oh, eu detestaria. Ficaria horrorizada. Você sabe disso.

Esme se distraiu de sua espécie de invisibilidade por alguma coisa. Pára no meio do seu trajeto, então se aproxima de uma escrivaninha que Iris mantém encostada à parede. É na escrivaninha que ela está interessada? Não. É no quadro acima dela, onde Iris espetou um patchwork de cartões-postais e fotografias. Ela vê Esme se inclinando para espiar. Iris olha de novo para a televisão, para as previsões de vento forte e chuva.

Então ela se vira. Esme disse alguma coisa numa voz peculiar, aguda.

— O que foi? — diz Iris.

Esme faz um gesto para alguma coisa no quadro.

— Sou eu — diz ela.

— Você?

— Mmm — aponta ela para o quadro. — Uma foto minha.

Iris escala o sofá para sair dali. Está mais do que ávida para sair daquele lugar e deixar a conversa com Alex. Cruza a sala e vai ficar ao lado de Esme.

— Tem certeza? — diz ela.

Está cética. Não é possível que tenha tido uma foto de Esme em sua parede durante todos esses anos sem se dar conta.

Esme está indicando uma fotografia sépia com margens onduladas que Iris encontrou entre os papéis de sua avó. Gostou dela e guardou, espetando-a ali com as outras fotos. Duas garotas e uma mulher de pé junto a um carrão branco. A mulher usa um vestido branco e tem um chapéu puxado por cima dos olhos. Há uma raposa sobre seus ombros, a cauda presa na boca. A garota mais velha está de pé com a cabeça tocando o braço da mulher. Tem uma fita no cabelo, meias até os tornozelos, os pés afastados, e a mão repousa na da garota mais nova, cujo olhar está fixado em alguma coisa logo atrás da lente. Seu perfil está ligeiramente desfocado — ela devia ter se mexido quando o obturador se abriu. Para Iris, isso lhe dá um aspecto fantasmagórico, como se ela talvez não tivesse estado ali em absoluto. Seu vestido combina com o da outra garota mas a fita de seu cabelo ficou frouxa e uma das pontas toca seu ombro. Em sua mão livre há um objeto pequeno e anguloso que poderia ser um chocalho de bebê ou uma espécie de catapulta.

— Foi na entrada de nossa casa na Índia — Esme está dizendo. — Estávamos indo para um piquenique. Kitty ficou com insolação.

— Não posso acreditar que seja você — diz Iris, fitando uma imagem que gravou de cor mas que subitamente não consegue reconhecer. — Não posso acreditar que você esteja ali. Bem ali. Você esteve na minha frente durante todos esses anos e eu nunca soube da sua existência. Tenho essa foto sobre a minha escrivaninha e nunca pensei em quem era a garota mais nova. Foi uma idiotice. Uma idiotice incrível da minha parte. Isto é, vocês estavam usando roupas combinando — Iris franze a testa. — Eu devia ter reparado nisso. Devia ter me perguntado sobre isso. É tão óbvio que vocês são irmãs.

— Você acha? — Esme diz, virando-se para ela.

— Bem, vocês não se parecem. Mas não posso acreditar que eu nunca tenha visto isso. Não posso acreditar que nunca tenha perguntado a ela quem era você. Só encontrei isto depois que ela já estava tão mal que tivemos que levá-la daqui.

Esme ainda olha para ela.

— Ela está muito doente? — pergunta.

Iris morde uma ponta saliente da unha e faz uma careta.

— É difícil quantificar. Fisicamente, dizem que ela está em boa forma. Mas mentalmente é um certo mistério. De algumas coisas ela se lembra com clareza e outras simplesmente se foram. De modo geral, ela atolou num ponto cerca de trinta anos atrás. Nunca me reconhece. Não faz a menor idéia de quem eu seja. Em sua cabeça, sua neta Iris é uma menininha num vestido bonito.

— Mas ela se lembra de coisas anteriores a isso? Anteriores a trinta anos atrás?

— Sim e não. Ela tem dias bons e dias ruins. Depende de quando você a apanha e do que diz — Iris se pergunta se deve ou não trazer o assunto à tona, mas antes mesmo de ter concluído alguma coisa surpreende-se dizendo —, perguntei a ela sobre você, sabe. Fui vê-la especialmente para isso. No começo ela não disse nada, e então disse... disse uma coisa muito estranha.

Esme olha para ela durante tanto tempo que Iris se pergunta se ela a ouviu.

— Kitty — Iris esclarece. — Fui ver Kitty para falar de você.

— Sim — Esme inclina a cabeça. — Compreendo.

— Você gostaria de saber o que ela disse? Ou não? Não preciso contar, isto é, você é quem sabe se...

— Eu gostaria de saber.

— Ela disse: "Esme não queria largar o bebê."

Esme se vira de costas, instantaneamente, como se em torno de um eixo. Sua mão passa pelo ar acima da escrivaninha de Iris, pelos papéis, envelopes, canetas, correspondência que ainda não foi respondida. Detém-se perto do quadro.

— Esta é sua mãe? — pergunta Esme, apontando para uma fotografia instantânea de Iris, o cachorro e a mãe dela numa praia.

Iris leva um momento para responder. Ainda está pensando no bebê, de quem seria o bebê, ainda está se movendo rapidamente por uma trilha detetivesca e precisa de alguns segundos para pisar no freio.

— Sim — diz ela, tentando focar os olhos na foto.

Então você está tentando fugir do assunto, ela quer dizer. Toca a foto ao lado daquela, lançando um rápido olhar para Esme:

— Este é o meu primo, o bebê do meu primo. Estes são Alex e minha mãe de novo, no alto do Empire State Building. Estes são amigos meus. Estávamos de férias na Tailândia. Esta é a minha afilhada. Está vestida de anjo para uma peça da Natividade. Estes somos eu e Alex quando éramos crianças... foi tirada no jardim, aqui. Esta foi no casamento da minha amiga, há alguns meses.

Esme olha para cada uma cuidadosamente, atentamente, como se fosse fazer uma prova sobre elas mais tarde.

— Quanta gente você tem na sua vida — murmura ela. — E o seu pai? — diz ela, se aprumando, fitando Iris com aquele seu olhar de verruma.

— Meu pai?

— Você tem uma fotografia dele?

— Sim — Iris aponta. — Aquele ali é ele.

Esme se inclina para olhar. Tira o alfinete e segura a fotografia perto do rosto.

— Foi tirada logo antes da morte dele — diz Iris.

...e então eu me escondi da minha mãe e de Duncan e peguei um táxi. Disse a eles que estava indo para a cidade mas na verdade fui na direção oposta. No caminho fiquei pensando em como seria e fantasiei um quarto bonito e ela de camisola, sentada numa cadeira com uma manta sobre os joelhos, olhando para um jardim, talvez. E fantasiei o rosto dela se iluminando quando me visse e como eu poderia ajudar um pouco, com pequenas coisas, ajeitando a manta para ela, talvez lendo uma ou duas linhas de um livro, se ela estivesse com vontade. Fantasiei-a tomando a minha mão e apertando-a com gratidão. Fiquei surpresa quando o motorista me disse que tínhamos chegado. Era tão perto! Não ficava a mais de dez minutos de onde morávamos. E durante todo aquele tempo eu a imaginei muito longe, fora da cidade. Não poderiam ser mais do que dois ou três quilômetros, no máximo. Enquanto eu caminhava pela entrada olhei ao redor em busca de pacientes mas não havia nenhum. Uma enfermeira me recebeu à porta e me levou não aonde ela estava, mas a um escritório onde um médico brincava com uma caneta-tinteiro e ele disse, é um prazer conhecê-la, senhorita... e eu disse senhora. Sra. Lockhart. E ele se desculpou e anuiu e queria saber. Queria saber. Ele disse, tenho tentado entrar em contato com seus pais. Ele disse...

...e na sexta noite do meu casamento, quando ele veio para a cama, estendi o braço em sua direção no escuro. Peguei sua mão na minha e segurei-a com força. Duncan, eu disse, e fiquei surpresa com o tom autoritário da minha voz, está tudo bem? Eu havia ensaiado isso durante aquele dia, durante vários dias, tinha decidido o que dizer. Sou eu? eu disse. É alguma coisa que estou fazendo ou deixando de fazer? Diga-me o que fazer. Você tem que me dizer. Ele tirou os dedos dos meus. Deu uns tapinhas na minha mão. Minha querida, ele disse, você deve estar cansada. Na décima nona noite, ele subitamente rolou sobre mim no escuro. Eu estava pegando no sono. Levei um susto e não conseguia respirar mas fiquei imóvel e senti que ele agarrava meu ombro com uma das mãos, como um homem testando uma bola de tênis, e senti seus pés tocando os meus e senti sua outra mão puxando a barra da minha camisola e então ele fez uma espécie de gesto frenético, um puxão, em algum lugar lá embaixo e levou a mão que estava no meu ombro ao meu seio e tudo o que eu conseguia pensar foi, meu Deus, e então ele parou. Parou completamente. Saiu desajeitadamente de cima de mim, voltando para o seu lado da cama. Oh, ele disse, e sua voz estava tomada pelo horror, oh, eu pensei... e eu disse, o que, o que você pensou? Mas ele não...

...médico chamou-me, Sra. Lockhart, e disse, que providências sua família tomou para quando ela voltar para casa? Para ela e o bebê?

A enfermeira Stewart aparece junto à cama de Esme cedo certa manhã.

— Levante-se e arrume suas coisas.

Esme arranca os lençóis.

— Vou para casa — diz ela. — Vou para casa. Não vou?

A enfermeira Stewart aproxima o rosto.

— Não vou dizer que sim e não vou dizer que não. Agora venha. Seja rápida.

Esme enfia o vestido por cima da cabeça e coloca seus pertences de qualquer jeito nos bolsos.

— Vou para casa — diz ela para Maudie, enquanto atravessa a ala atrás da enfermeira Stewart.

— Que bom, mocinha — responde Maudie. — Volte para nos visitar.

A enfermeira Stewart desce dois lances de escada, um longo corredor, passa por uma fileira de janelas, e Esme vê fragmentos de céu, de árvores, de gente caminhando pela rua. Ela vai sair. O mundo a está esperando. É tudo o que ela pode fazer para se impedir de empurrar a enfermeira Stewart para o lado e disparar numa corrida. Pergunta-se quem veio buscá-la. Kitty? Ou apenas seus pais? Com certeza Kitty terá vindo, depois de todo esse tempo. Estará esperando no saguão com os azulejos pretos e brancos, sentada numa cadeira talvez, a bolsa apoiada no colo, como sempre está, as luvas bem apropriadamente calçadas, e quando Esme descer a escada ela vai virar a cabeça, vai virar a cabeça e sorrir.

Esme está prestes a descer o lance de escada que vai dar no térreo quando se dá conta de que a enfermeira Stewart segura uma porta aberta para ela. Esme passa por ali. Então a enfermeira Stewart fala com outra enfermeira, diz aqui está Euphemia para você, e a enfermeira diz, venha, por aqui, esta é a sua cama.

Esme olha para a cama. É de aço, com uma coberta tosca de algodão e tem um cobertor dobrado ao pé. Fica num quarto vazio com uma janela, tão alta que só o que ela consegue ver são as nuvens cinzentas. Ela se vira.

— Mas vou para casa — diz ela.

— Não vai não — a enfermeira replica, e estende o braço para pegar seu monte de roupas.

Esme puxa-o. Pode sentir que está prestes a chorar. Está prestes a chorar e não acha que vai conseguir se impedir desta vez. Bate o pé.

— Vou sim! O Dr. Naysmith disse...

— Você vai ficar aqui até o bebê chegar.

Esme vê que a enfermeira Stewart está apoiada na parede, observando-a, um sorriso peculiar no rosto.

— Que bebê? — pergunta Esme.

Seu rosto está tão próximo da extremidade da cama que ela pode ver marcas no metal. Arranhões ou lascas no esmalte. Está enroscada, contorcida, a cabeça apertada contra o colchão, as costas arqueadas, e ela enrosca os dedos nas marcas e os vê ficarem brancos. A dor vem do âmago do seu ser e parece engolfá-la, bramindo sobre sua cabeça. Uma dor daquelas é inimaginável. Não pára. Mantém-se num domínio constante, que nunca diminui, e ela não acha que vai sobreviver. Sua hora chegou. Sua hora já vem. Não é possível sentir tanta dor e não morrer.

Ela aperta com mais força os dedos em torno das marcas e ouve alguém gritando sem parar, e só então lhe ocorre que são marcas de dentes. Alguém nesta ala, nesta exata cama, foi levado a roer o pilar da cama. Ela se ouve gritar, dentes, dentes.

— O que ela está dizendo? — uma das enfermeiras pergunta, mas ela não consegue ouvir a resposta. Há duas enfermeiras com ela, uma mais velha e outra mais jovem. A mais jovem é gentil. Segura-a na cama, como a mais velha, mas não tão firmemente e, perto do começo de tudo isso, passou com cuidado um pano no rosto dela quando a enfermeira mais velha não estava olhando.

Elas a empurram nos ombros, nas canelas, dizendo, fique quieta agora. Mas ela não consegue. A dor faz com que se contorça, se levante da cama, se vergue. As enfermeiras jogam-na de volta sobre o colchão, repetidas vezes. Força, gritam para ela, força. Agora pare. Força agora. Pare de fazer força. Vamos, menina

Esme perdeu a sensibilidade nas pernas e nos braços. Pode ouvir um grito agudo e um arquejo, como o de um animal doente, e a enfermeira dizendo, isso, isso, continue, e ela acha que ouviu esses sons antes, de algum modo, há muito tempo, será possível que tenha ouvido sua mãe no trabalho de parto — com Hugo, com um daqueles outros bebês? Parece ver a si mesma andando na ponta dos pés até uma porta, a porta de seus pais na casa na Índia, e ouvindo o mesmo arquejo repetido e o mesmo uivo agudo e os gritos de encorajamento. E o cheiro. Este cheiro quente, molhado, salgado é algo que já encontrou antes. Vê a si mesma diante da porta, empurrando-a para abri-la e, através da fresta, vendo de relance o que por um momento parece uma pintura. O quarto pouco iluminado e a brancura do lençol com o escarlate alarmante e a cabeça da mulher escura de suor, curvada em súplica, as criadas reunidas ao redor, o vapor de uma bacia. É possível que tenha visto isso? Curva sua própria cabeça, dá três arquejos curtos, e mesmo este aparecimento de um ser pequenino, lustroso, parecido com uma foca, tem a irrealidade de alguma coisa que já aconteceu.

Esme se vira de lado e traz os joelhos até o peito. Foi trazida até a praia, após o naufrágio. Surpreende-se examinando as próprias mãos, que estão enroscadas perto do rosto. Parecem as mesmas. E lhe ocorre que é algo curioso, que elas estejam tão inalteradas, que simplesmente tenham o mesmo aspecto de sempre. A enfermeira está cortando alguma coisa retorcida e parecida com uma corda e Esme observa enquanto o corpinho azulado fica tingido de vermelho e a enfermeira dá um tapa em seu traseiro e o vira de cabeça para baixo.

Esme se levanta apoiada num cotovelo. Isso lhe custa um esforço imenso. Os olhos do bebê estão apertados, os punhos erguidos na altura das bochechas e sua expressão é incerta, ansiosa. Olhe, a enfermeira diz, um menino, um menino saudável. Esme faz que sim. A enfermeira enfaixa-o com uma manta verde. E Esme diz:

— Posso segurar?

A enfermeira, a mais jovem, dá uma olhada na direção da porta e depois de novo para Esme.

— Rápido, então.

Ela se aproxima e o coloca nos braços de Esme e seu peso é estranhamente familiar. Seus olhos se abrem e ele olha para ela e seu olhar é grave, calmo, como se ele a estivesse esperando. Ela toca sua face, toca sua testa, toca sua mão, que se abre e se fecha novamente com força em torno do dedo dela.

A enfermeira mais velha está de volta ao quarto e diz alguma coisa sobre papéis, mas Esme não escuta. A enfermeira se abaixa para pegar o bebê; coloca as mãos em torno dele.

— Será que não podíamos dar a ela cinco minutos? — a voz da enfermeira mais nova é baixa, suplicante.

— Não, não podemos — diz asperamente a mais velha, e começa a erguer o bebê dos braços de Esme.

E Esme se dá conta do que está acontecendo. Puxa o bebê de volta da enfermeira. Não, ela diz, não. Escorrega para fora da cama com ele e seus joelhos cedem sob seu corpo mas ela se arrasta, pelo chão, o bebê agarrado junto ao peito. Vamos, Euphemia, ela ouve a enfermeira dizer atrás dela, não seja má, dê o bebê. Esme diz que não vai, não vai, afastem-se de mim. A enfermeira segura seu braço. Agora, ouça, ela começa, mas Esme se vira e desfere um soco bem no seu olho. Sua, a enfermeira murmura, cambaleando para trás, e Esme encontra forças, põe-se de pé. Por um segundo não consegue se equilibrar, estranhamente leve como está depois de todos esses meses. Mas se obriga a começar a correr e consegue passar pela cama, passar pela enfermeira jovem que, ela vê, está vindo atrás dela também, na direção da porta.

Ela está ali, ela está ali, está do lado de fora, ela atravessou, foi para o corredor, e está correndo na direção da escada e o bebê está quente e úmido junto ao seu ombro e ela pensa que agora talvez esteja livre, que vai pegar o bebê e ir para casa, que eles não vão mandá-la embora, e que poderia continuar correndo assim para sempre mas ouve passos atrás dela e alguém a agarra pela cintura.

Euphemia, elas dizem, pare, pare com isso agora. A enfermeira está ali de novo, a velha piranha, e está púrpura de raiva. Investe contra o ombro onde Esme segura o bebê mas Esme dá um solavanco e se esquiva. Há um alarme soando ao redor delas. A enfermeira mais nova está com as mãos no bebê, o bebê de Esme, e o está puxando e ele começa a chorar. É um sonzinho eh-heh, eh-heh, eh-heh, perto do ouvido de Esme. É o seu bebê, e ela o está segurando, eles não vão pegá-lo mas a outra enfermeira a apanhou agora, dobrou o braço para cima e o torce sobre as costas de Esme e há dor de novo e Esme acha que consegue suportar e eles não vão levar seu bebê, mas a enfermeira está com o braço em torno do pescoço de Esme e aperta e é difícil respirar e ela está lutando e ela sente ela sente ela sente que começa a soltar o bebê. Não, ela tenta dizer, não, não, por favor. A enfermeira o está apanhando, o está apanhando, ele se foi. Ele se foi.

Esme vê os anéis de cabelo no topo de sua cabeça enquanto a enfermeira se afasta correndo com ele, a mão cerrada de estrela-do-mar, ouve o ruído do eh-heh eh-heh. Pessoas, homens, homens grandes, estão correndo em sua direção com correias e seringas e camisas. Ela é empurrada para o chão, o rosto para baixo, uma marionete sem as cordas, e vê que tudo o que tem dele é a manta, a manta verde, que se desdobrou em suas mãos, vazia, e ela luta, grita, levanta a cabeça e vê os pés da enfermeira que está com seu bebê, vê os sapatos e as pernas enquanto a enfermeira se afasta mas não consegue vê-lo. Tenta levantar mais a cabeça porque quer vê-lo, uma última vez, mas alguém está empurrando sua cabeça sobre os azulejos e então ela tem que se limitar a ouvir, sob os berros e os gritos e o alarme, os passos recuando pelo corredor e, por fim, desaparecendo.

...certamente que eu não sabia. Não acho que alguém soubesse. Acho que todas apenas esperávamos que o homem soubesse e levasse as coisas adiante. Certamente nunca perguntei nada à minha mãe e ela nunca me disse nada. Lembro-me de me preocupar com isso de antemão mas então minhas preocupações eram diferentes. Nunca me ocorreu que ele não saberia o que...

...e havia momentos em que eu olhava para ela e me perguntava o que havia com ela. Seu cabelo era crespo, seu rosto tinha sardas porque ela nunca usava chapéu ao sol, suas mãos eram maltratadas, suas roupas eram amarrotadas, vestidas de modo descuidado. E é claro que eu me sentia culpada porque era minha irmã e como eu podia estar tendo esses pensamentos ruins? Mas, mesmo assim, eu fico pensando. Por que ela? Por que ela e não eu? Eu era mais bonita, com freqüência reparavam em mim, eu era mais velha, mais próxima à idade dele, na verdade. Tinha habilidades que ela nunca teria. Ainda acho, de tempos em tempos, que se ele não tivesse ido embora talvez fosse possível para mim...

...eu ouvi. Ouvi tudo. Estava numa sala mais abaixo no corredor, esperando. Uma enfermeira entrou, depois mais uma, e bateram a porta, bang, depois de entrar. Pareciam alvoroçadas e estavam ambas ofegantes. Aquelazinha, uma delas disse, e então, me vendo, parou. E todas ouvíamos os gritos. Havia uma abertura no alto da porta, então estava muito nítido, o barulho. E eu disse...

...e o especialista me disse para tirar as roupas da parte de baixo do corpo, e isso quase me deixou nauseada mas obedeci. Tive que olhar para o teto enquanto ele esticava e puxava e estava a ponto de gritar quando ele se endireitou. E parecia nervoso. Minha querida, ele disse, você está, ah, você ainda está intacta. Está entendendo? Eu disse que sim, mas a verdade era que não estava. Você ainda não, ele disse, enquanto fazia barulho lavando as mãos, de costas para mim, teve relações com seu marido? Eu disse que sim. Disse que tinha tido. Disse que achava que tinha tido. Não tinha? O médico abaixou os olhos para as suas notas e disse minha querida, não. E naquela noite eu me sentei na beirada da cama e tentei não chorar, tentei com afinco, e repeti para Duncan as frases que o médico havia usado, eu...

...tempo para um biscoito, aquela mulher acha. Gostaria que ela fosse embora. Gostaria que fossem todos embora. Como alguém pode se sentir solitário com gente o tempo todo ao seu redor está além da minha compreensão. Como eu posso existir se...

...tentei seguir as pistas, as garotas faziam isso naqueles dias, mas tudo era tão incerto. Você sabia que acontecia na cama, à noite, e que se esperava que fosse doloroso, mas, fora isso, era velado. Cheguei a pensar em perguntar à minha avó mas...

...não, não quero um biscoito com creme. Não há nada que eu queira menos. Será que essas pessoas nunca vão...

...e os gritos pararam tão de repente. E depois se fez tamanho silêncio. Eu disse, o que aconteceu? E a enfermeira que estava mais perto de mim disse, nada. Eles a sedaram. Não se preocupe, ela disse, ela vai dormir bem e quando acordar vai ter esquecido tudo o que se passou. E então eu vi o bebê. Ainda não tinha reparado nele até então. A enfermeira viu que eu olhava e o trouxe até mim e colocou-o nos meus braços. E eu abaixei os olhos e alguma coisa se apossou de mim. Eu estava prestes, ali, a mudar de idéia, a dizer não, afinal não quero ficar com ele. Ele tinha o cheiro dela.

Tinha o cheiro dela.

Nunca superei isso.

Mas então eu...

...pensei que pudessem ser palavras que ele entenderia. Disse-lhe: penetração, eu disse, e uma liberação de fluido. Eu as aprendera como aprendera os verbos franceses, muito tempo antes. Achei que poderia ajudar. Achei que poderia resolver o problema. Tinha vestido minha camisola cor-de-rosa. Mas ele se inclinou e pegou seu travesseiro e atravessou o quarto. Acho que até ele chegar à porta eu não acreditei de fato que ele estava indo embora. Achei, ele só está andando pelo quarto, talvez esteja indo pegar alguma coisa. Mas não. Ele foi até a porta, abriu-a, saiu, fechou-a atrás de si. E alguma coisa em mim se fechou também. E foi só no dia seguinte quando me escondi dele e dos meus pais e fui até o hospital onde fui interceptada pelo médico que disse que...

...o cheiro daquele biscoito dá náuseas. Vou pegá-lo e colocá-lo debaixo daquela almofada, assim não vou ter que sentir o cheiro...

...então eu olhei atentamente para o bebê porque achei que não fosse conseguir fazer aquilo, achei que teria que devolvê-lo, e então vi com quem ele se parecia. Vi. Não acho que, até aquele momento, tivesse me dado conta inteiramente do que tinha acontecido, do que ela havia feito. Havia feito aquilo com ele. E em mim ergueu-se a raiva. Como ela sabia e não eu? Ela era mais nova do que eu, não era tão bonita quanto eu, certamente não era tão refinada quanto eu, não era nem mesmo casada e ainda assim tinha conseguido...

...fui para lá porque, na verdade, não sabia aonde mais ir. Minha mãe não me teria ajudado e eu não podia contar a ela, simplesmente não tínhamos esse tipo de conversa, a visita ao médico especialista não tinha ajudado, na verdade tinha piorado. E eu queria tanto um bebê. Era como uma dor em minha cabeça, uma pedra em meu sapato. É terrível querer alguma coisa que você não pode ter. É algo que domina você. Eu não conseguia pensar direito por causa disso. Não havia mais ninguém, dei-me conta, a quem eu pudesse contar. E eu sentia falta dela. Sentia falta. Havia meses que ela fora embora, então eu peguei um táxi. Estava excitada, no caminho, tão excitada. Não conseguia entender por que não havia feito isso antes. Ficava pensando no rosto dela quando eu entrasse. Mas o médico me interceptou antes que eu chegasse a ela e quando ele disse o que disse sobre ela, sobre um bebê, eu...

...nunca voltou ao nosso quarto. Dormia mais abaixo no corredor, e quando minha mãe morreu e eu herdei a casa, nós nos mudamos para lá e ele ficou com o quarto que tinha sido da minha avó, enquanto eu fiquei com o que dividia com...

E ela segura a fotografia. Segura-a nas mãos. Olha para ela e sabe. Pensa naqueles números de novo: o dois e o oito, que juntos fazem 82 e também 28. E pensa no que aconteceu com ela uma vez no vigésimo oitavo dia de certo mês no final do verão. Ou, melhor dizendo, não pensa nisso. Nunca precisa pensar. Passa em sua mente, sempre e para sempre. É algo que ela possui, o tempo todo, algo que escuta. Algo que ela é.

Sabe quem é este homem. Sabe quem ele era. Vê tudo, agora. Olha ao redor para o quarto que costumava guardar as roupas de verão durante todo o inverno em cômodas de cedro — vestidos dobrados sem muito cuidado, de algodão e musselina, que elas quase nunca, no clima de Edimburgo, usavam. Em dias claros de agosto, talvez os tirassem dali, colocassem para arejar, abotoassem. Não se lembra com que freqüência isso acontecia. Mas em vez da cômoda alta com muitas gavetas rasas que sua mãe achava tão úteis para suas blusas estampadas e seus xales leves há uma televisão. Lança uma palidez bruxuleante e azulada no cômodo.

Ela olha mais uma vez para a fotografia do homem. Ele segura uma criança nos ombros. Estão do lado de fora. Galhos de árvores descem para a moldura. Ele está inclinando o rosto parcialmente para cima, a fim de dizer alguma coisa à criança. Os dedos dela agarram seu cabelo; os dele estão enroscados nos tornozelos dela, segurando-a com força, como se ele temesse que ela pudesse sair flutuando pelas nuvens se ele soltasse.

Esme examina o rosto do homem e vê, em suas partes lisas e nos ângulos, na inclinação da cabeça, tudo o que sempre quis saber. Vê isso, compreende isso: ele era meu. Parece abrir os braços para esse conhecimento e o recebe. Veste-o, como um sobretudo. Ele era meu.

Vira-se para a moça de pé ao seu lado e esta garota é tão parecida com a mãe de Esme, tão parecida, que poderia ser ela — mas em suas roupas estranhas, em camadas, e com seu cabelo rente e cortado numa inclinação assimétrica sobre sua testa, tão diferente de como sua mãe teria sido, isso quase dá vontade de rir ao olhar. E ela vê que a moça é sua, também. Que pensamento. Que coisa. Ela quer tomar a mão da moça, tocar aquela pele que é a sua pele. Quer segurar-se a ela, com força, para o caso de ela sair flutuando pelas nuvens, como um balão. Mas não é o que ela faz. Em vez disso dá dois passos até uma cadeira e se senta, a fotografia no joelho.

Há um momento, sob a sedação, antes que a inconsciência completa arrebate você, em que o espaço ao seu redor deixa uma impressão naquele delírio flutuante e imagístico que se apossa de você. Durante um curto período, você habita dois mundos, flutua entre eles. Esme se pergunta por um momento se o médico sabe disso.

Então, seja como for, eles a levantaram do chão do corredor, e ela estava inerte, uma boneca de trapos grande demais. Milhares de formigas já estavam fervilhando no teto acima dela, e pelo canto do olho podia ver um cachorro cinzento correndo ao longo da parede, o focinho no chão.

Dois homens a carregavam, dividindo o peso, tinha razoável certeza disso. Um braço e uma perna cada um, sua cabeça caída para trás, todo o sangue esfriando ali, o que restava do seu cabelo quase tocando o chão. Ela sabia para onde estava indo. Tinha estado em Cauldstone por tempo suficiente. O cachorro cinzento parecia estar indo com ela, mas no momento seguinte tinha escapulido pelo corredor e saltado de uma janela. Seria possível que estivesse aberta, aquela janela? Seria possível? Provavelmente não. Mas ela parecia, sim, sentir uma brisa roçando sua pele, uma brisa quente, vinda de algum lugar, e ela viu uma pessoa saindo por uma porta. Mas isso também não podia ser real porque essa pessoa era sua irmã e apareceu de cabeça para baixo, andando no teto. E estava usando o blusão de Esme. Ou um blusão que tinha sido de Esme. Um de lã vermelha fina que sua irmã sempre admirara. Estava de costas para Esme e se afastava. Esme observava com ânsia. Sua irmã. Imagine só. Aqui. Pensou em tentar falar, em tentar chamá-la pelo nome, mas os lábios não obedeceram, a língua não funcionava e, de todo modo, ela não podia ser real. Ela não tinha vindo. Ia sair voando pela janela num minuto, como o cachorro cinzento, como todas as formigas, que estavam criando asas e se juntando em seu rosto com pequeninos pés em forma de gancho.

...parecia servir. Isso é tudo. Parecia bom demais para ser verdade. Eu queria um bebê, tanto, mas tanto. Era como se um anjo tivesse descido do céu e dito, isto poderia ser seu. Então fui falar com meu pai porque nada podia ser feito sem ele, é claro. Pedi para falar com ele em seu escritório e ele se sentou atrás da mesa, fitando seu mata-borrão enquanto eu falava. Quando terminei ele não respondeu. Esperei, de pé ali em minhas roupas elegantes porque por algum motivo achei que devia me vestir adequadamente a fim de fazer esse pedido, como se isso fosse ajudar meu caso. Não vi nenhum outro modo, nenhum outro fim possível para o meu tormento, sabe. Acho que disse isso a ele e minha voz tremeu. E ele levantou os olhos com dureza porque não havia nada que detestasse mais do que mulheres chorando. Tinha dito isso vezes suficientes. E suspirou. Como julgar mais adequado, minha querida, ele disse, e fez um gesto para que eu saísse do escritório. Foi surpreendente para mim, naquele momento, enquanto saía para o vestíbulo e via que aquilo podia acontecer, que podia ser. Mas devo dizer claramente que nunca quis...

...tão impressionantemente fácil. Eu disse às pessoas, vou viajar por alguns meses, para o sul. Sim, vou por causa do ar. Os médicos dizem que o calor é melhor em meu estado. Sim, um bebê. Sim, é maravilhoso. Não, Duncan não vem comigo. O escritório, você sabe. Tudo tão impressionantemente fácil. O único problema com a mentira é que você precisa se lembrar do que disse a quem. E isso foi fácil porque eu disse a mesma coisa a todo mundo. Foi perfeito. Gloriosa, indizivelmente perfeito. Ninguém ia ficar sabendo. Eu disse a Duncan: vou ter um bebê, vou embora. Nem mesmo olhei para ele a fim de ver sua reação. Às vezes acho que minha mãe deduziu tudo. Mas não posso ter certeza. Talvez meu pai tenha dito alguma coisa embora ele sustentasse que era melhor ela nunca ficar sabendo. Se ela se deu conta, ela nunca...

...Jamie voltou para Edimburgo de tempos em tempos com sua esposa francesa e depois com uma inglesa miúda e depois, isso vários anos passados, uma garota boboca com metade da sua idade. Segurou o bebê uma vez. Chegou sem ser anunciado e eu estava na sala de estar com Robert num tapete, no chão. Ele ainda só engatinhava, lembro-me. E ele entrou, sozinho, o que era raro, e Duncan tinha saído e ali estava o bebê no tapete, entre nós dois, e ele disse, aha, o filho e herdeiro, e eu não conseguia falar. Ele se curvou e levantou o bebê e o segurou acima da cabeça e eu não conseguia falar e ele disse, um rapazinho bonito, muito bonito, e o bebê olhou para ele. Olhou para ele intensamente, como os bebês fazem, então seu lábio inferior ficou reto e quadrado e ele abriu a boca e gritou. Ele gritou e gritou. Contorceu-se e se debateu e eu tive que pegá-lo de volta. Tive que levá-lo para cima, para longe, para longe, e fiquei satisfeita. Segurei-o junto de mim, enquanto subia a escada, e sussurrei em seu ouvido: sussurrei a verdade. Foi a primeira vez que eu disse aquilo. A única vez. Eu disse...

...momentos em que não era tão fácil. Quem era mesmo que não conseguiu guardar um segredo e teve que sussurrá-lo ao rio? Não me lembro. Havia dias em que era muito difícil. Se houvesse pelo menos uma pessoa com quem eu pudesse falar, pudesse desabafar, teria sido melhor. Eu voltei, uma vez, senti que era correto. E eles me levaram a esse lugar horrível que parecia um calabouço e me instruíram a espiar através daquele buraquinho numa porta com trancas de ferro. E nessa *câmera obscura* vi uma criatura. Um ser. Todo embrulhado como uma múmia mas com um rosto que estava descoberto e rachado e sangrando. Estava rastejando, rastejando, o ombro pressionado contra a parede acolchoada, murmurando consigo mesmo. E eu disse, não, esta não é ela, e eles disseram, sim, é. Olhei de novo e vi que talvez fosse e eu...

...e então eu disse ao médico, sim, adoção, será perfeito. Eu o levo eu mesma. E ele disse, admirável, Sra. Lockhart. E ele disse, vamos ficar com Euphemia conosco por algum tempo depois, para ver como ela se comporta, e depois disso talvez... E eu disse sim. Mas nunca quis que ela...

Iris desliza para a consciência e fica deitada por um momento, atordoada, fitando o teto. Alguma coisa a despertou. Um barulho, um ruído não familiar na casa? Ainda é cedo, antes da aurora, a luz cinzenta e aguada atrás da persiana, a maior parte do quarto na sombra.

Ela se vira de lado, tentando encontrar uma parte confortável e ainda não comprimida do travesseiro, puxando a colcha em torno do pescoço. Pensa em Esme, no quarto ao lado, em sua cama de solteiro, e em Alex no sofá. Está refletindo sobre o fato de que seu apartamento está se enchendo com o dia quando subitamente recorda o que foi que a despertou.

Não foi tanto um sonho quanto uma revisitação. Iris estivera caminhando pelos andares inferiores, pela casa como ela era na época de sua avó. Do outro lado da porta pesada de carvalho da sala de estar, através do vestíbulo, passando pela porta da frente com seus padrões de vidro colorido, onde a luz do dia era puxada e esticada em triângulos vermelhos, quadrados azuis, no alto da escada, a barra de sua roupa fazendo ruge-ruge contra suas pernas nuas, até o andar de cima. Estava passando diante da alcova quando...

Iris se vira abruptamente, irritada, para o outro lado, batendo com o punho fechado no travesseiro e dando-lhe puxões. Devia ler um livro. Para ajudá-la a pegar no sono de novo. Devia ir ao banheiro. Ou à cozinha beber alguma coisa. Mas não quer ir lá fora. Não quer ficar perambulando no meio da noite, no caso de...

Alguma outra coisa lhe ocorre, fazendo-a quase se sentar. No sonho, ela usava o mesmo vestido, um vestido de tecido muito fino, que usava quando... Iris se joga sobre a cama de costas, coça o cabelo ferozmente, chuta a colcha, está com calor, está com tanto calor, por que está com tanto calor, por que esta porra de cama é tão desconfortável? Ela aperta os olhos e se surpreende ao perceber que está à beira das lágrimas. Não quer pensar nisso, não quer de jeito nenhum.

O mesmo vestido de quando sua avó os apanhou. Iris cobre o rosto com as mãos. Enterrou isso de modo tão efetivo, parou tão eficientemente de pensar no assunto por tanto tempo que é como se nunca tivesse acontecido. Conseguiu reescrever sua própria história, quase. O momento em que Kitty os apanhou.

Iris dá uma olhada rápida para a parede que separa seu quarto da sala de estar. Quer cuspir nela, atirar alguma coisa ali, gritar, como você ousa? Não tem dúvidas de que o fato de ele estar aqui traz alguma influência maligna sobre os pensamentos que tem enquanto dorme.

O momento em que Kitty os apanhou. Iris tinha estado fora; era o fim do seu primeiro ano na universidade. Sadie e Alex a buscaram na estação e Sadie lhe disse que iam parar na casa da avó para um chá. Iris e Alex não se viam pelo que parecia serem milênios. E, no cômodo obscuro e carregado de brocados que sua avó chamava de sala de estar, tiveram que sentar um ao lado do outro diante de uma bandeja de pequeninos sanduíches, bolinhos e manteiga, chá em xícaras de porcelana. Sua avó conversou sobre seus vizinhos, sobre as mudanças no sistema de mão única de Edimburgo, perguntou sobre o curso de Iris, e observou que ela estava bastante descabelada.

Iris tentou escutar. Tentou comer mais do que um bocado do bolinho mas estava enroscada como uma mola. Alex, ao seu lado no sofá, aparentemente escutava com atenção tudo o que Kitty dizia, mas o tempo todo sua mão roçava na coxa dela, os nós dos seus dedos roçavam o tecido fino de seu vestido, a manga da camisa dele tocava seu braço nu, o pé dele batia no dela. Iris teve que sair da sala. Teve que subir a escada para se acalmar, para respirar fundo na solidão do banheiro. Mas quando saiu, desligando a luz em seguida, logo que chegou no alto da escada alguém estendeu o braço em sua direção, agarrou uma ponta do seu vestido e puxou-a para a alcova com o relógio de pé alto. Ela e Alex se engalfinharam, de maneira brusca, rápida, seus braços deslizando e se entrelaçando em torno do corpo um do outro, tentando encontrar um abraço que satisfizesse, que fosse apertado o suficiente. Ele respirava pesado no ouvido dela e ela mordeu o músculo macio de seu ombro e um deles disse, não podemos, temos que voltar. Foi ela, Iris acha. Alex deu um gemido baixo e desesperado, e empurrou-a contra a parede, suas mãos puxando o vestido dela e ouviu-se o som de costura rasgando, e quando Iris ouviu isso ouviu outra coisa. Passos subindo a escada, chegando cada vez mais perto. Ela empurrou Alex para longe no exato instante em que sua avó chegou ao andar de cima. Ela os viu, olhou para ambos, levou uma das mãos à boca, então fechou os olhos. Por um momento, nenhum deles se mexeu. Então Kitty abriu os olhos e suas mãos começaram a se revirar à sua frente. Alex pigarreou, como se fosse falar, mas não disse nada. E Kitty olhou para Iris. Olhou para ela com um olhar duro e longo. Era um olhar tão desconcertante, tão penetrante que Iris teve que morder o lábio para não gritar, para não dizer, por favor, vovó, por favor não conte.

Kitty contou. Ela descera a escada de volta, tomando cuidado especial com cada passo. Iris e Alex ouviram seus saltos fazendo tap-tap pelo vestíbulo, depois a porta da sala de estar se abrir e se fechar, e ficaram na meia-luz do alto da escada no andar de cima, esperando pelo próximo som, o arquejo, o grito agudo, esperando Sadie subir as escadas com passadas duras. Esperaram por um bom tempo, de pé, afastados, sem olhar um para o outro. Mas nada aconteceu. Nos longos dias que se seguiram, esperaram por um telefonema, por uma visita, esperaram que Sadie dissesse, preciso conversar com vocês dois. Mas, mais uma vez, nada. Sem dizer a ninguém, Iris mudou seu curso para incluir russo, uma decisão que significava uma partida iminente a Moscou por um ano. Enquanto estava lá, recebeu a notícia de que Alex tinha ido para Nova York e ficara noivo de uma moça chamada Fran. De um jeito ou de outro, Iris nunca mais voltou a tocar em Alex.

Iris fita a louca pavimentação de rachaduras no teto acima dela, os dentes cerrados. Apanha a colcha com um gesto brusco, puxa-a para cima, depois joga-a longe de novo. Olha fixamente para a parede divisória. Seu merda, ela tem vontade de berrar, saia da minha casa. Agora não vai mais conseguir voltar a dormir.

Mas deve ter conseguido. Porque depois do que parecem ser segundos alguma coisa que deve ser um outro sonho — uma seqüência aterrorizante, em *stop motion*, sobre perder um cachorro numa estação apinhada — se dissolve abruptamente ao seu redor. Iris rola para cima do travesseiro, gemendo, tentando encontrar o caminho de volta. Então, para além do horizonte da colcha, vê a bainha de um cardigã, três botões.

Esme está de pé ao lado da cama, os braços cruzados, olhando para ela. O quarto está tomado por uma luz vívida e amarela. Iris levanta a cabeça, tira o cabelo de cima dos olhos. Por um momento, não consegue falar. Olha para a penteadeira e fica aliviada ao ver que a superfície está vazia. Ela mudou as facas de lugar na noite passada.

— Esme — ela crocita —, você está...

Mas Esme a interrompe:

— Podemos visitar Kitty hoje?

— Hum — Iris faz força para se sentar. Que horas são, aliás? Será que ela está usando alguma coisa? Olha para baixo. A metade de cima do corpo, pelo menos, está vestida — com algo verde. Neste preciso momento, Iris não tem uma idéia exata do que seja. — Claro — diz ela. Tateia debaixo do travesseiro à procura do relógio. — Se... se é isso que você quer.

Esme faz que sim, se vira e sai do quarto. Iris cai de volta sobre os travesseiros e puxa a colcha até o pescoço. Fecha os olhos e o sol brilhante da manhã reluz vermelho por trás de suas pálpebras. É cedo demais para estar acordada numa manhã de domingo.

Quando se levanta, ela encontra Alex na cozinha com Esme. Os dois estão debruçados sobre um mapa dos Estados Unidos e Alex está falando de uma viagem que ele e Iris fizeram pela estrada quinze anos atrás.

— Tudo bem com você? — diz ele, sem levantar os olhos, quando Iris passa por ele para chegar à pia.

Ela faz um pequeno ruído afirmativo enquanto acende o gás debaixo da chaleira. Apóia-se na lateral do fogão. Alex aponta a localização de parque nacional famoso por seus *cacti*.

— Você levantou cedo — ela observa.

— Não conseguia dormir. Seu sofá é horrivelmente desconfortável, sabe — Alex se espreguiça, a camiseta subindo por seu corpo, mostrando o umbigo, a linha de pêlos desaparecendo na cintura baixa de seus jeans. Iris desvia os olhos, olha para Esme, perguntando-se se seria um pouco demais para ela. Mas Esme ainda está curvada sobre o mapa. — Estranhamente, a sensação é como a de jet lag — continua Alex. — Mas é óbvio que não pode ser. Não sei o que é. Algum tipo de mal-estar. Mal-estar da vida, talvez. Mal-estar do sofá.

Iris franze a testa. Está cedo demais para conversas como esta.

Ainda têm uma ou duas horas para passar antes que comece o horário de visita no lar de Kitty, então Iris leva Alex e Esme para Blackford Hill. Iris vira a cabeça enquanto caminha, recebendo o cinza vítreo do mar ao longe, a cidade espalhada entre o morro e a costa, os arbustos esporádicos de tojo, Esme, andando com os dedos das mãos abertos, o vestido flutuando na brisa como uma cortina numa janela, Alex, a alguma distância, jogando gravetos para o cachorro, uma pipa vermelha se movendo às sacudidelas na brisa, o estacionamento, alguns carros, uma mulher empurrando um carrinho de criança, um homem saindo de seu carro e Iris está pensando que ele é atraente, que tem boa aparência, antes de se dar conta de que há algo de familiar nele, seu cabelo, o jeito de esfregar a nuca, o jeito de segurar a mão daquela mulher.

Iris pára no mesmo instante. Então se vira. Poderia correr. Ele não vai vê-la, eles não vão vê-la, talvez ela simplesmente consiga se esgueirar até seu carro e eles nem precisam se encontrar. Mas ele está se virando para passar o braço em torno da esposa e, ao fazer isso, seu olhar passa por Iris. Iris aguarda, imóvel, transformada num pilar de sal. No instante em que ele a vê, tira o braço que estava em volta dos ombros de sua esposa. Então fica hesitante, perguntando-se o que fazer, se apenas entra no carro, com a esposa, fecha as portas e vai embora.

Mas sua esposa a viu. É tarde demais. Iris observa enquanto a esposa diz alguma coisa a ele, alguma coisa inquisitiva. Eles deixam o carro, com as portas abertas, pronto, e vêm na direção dela. Ele não tem escolha, ela pode ver, mas é tomada por um impulso de sair correndo dali, de fugir. Se corresse agora, aquilo não teria que acontecer. Mas Esme está ao seu lado, Alex está logo ali. Como ela poderia deixá-los?

— Iris — diz Luke.

Iris faz uma imitação ruim de alguém reconhecendo outro alguém.

— Oh, olá.

Luke e sua esposa vêm parar diante deles. Ele pode ter tirado o braço que estava em torno dela, mas sua esposa continuou segurando sua mão. Mulher sensata, Iris pensa. Faz-se uma pausa. Ela olha para Luke em busca de uma direção. Como é que ele vai encenar isto? Para que lado vai saltar? Mas ele está focando os olhos em outra pessoa, e ela se dá conta de que Alex se materializou ao seu lado, o graveto do cachorro ainda nas mãos.

— Oi, Luke — diz ele, atirando o graveto bem alto, fazendo o cachorro sair correndo num ângulo. — Faz tempo que não vejo você. Como está?

Iris vê Luke como que se encolher.

— Alexander — diz Luke, tossindo.

— Alex — corrige Alex.

Luke consegue fazer que sim:

— É bom ver você.

Alex faz um movimento curioso com a cabeça, de lado, que de algum modo consegue encobrir a mensagem, eu me lembro de você, e, também, eu não gosto de você.

— Igualmente — diz ele.

Luke se ergue na ponta dos dedos, então começa a fazer que sim com a cabeça. Iris descobre que também está fazendo a mesma coisa. Eles ficam assim um diante do outro por um momento. Ele não consegue olhá-la nos olhos e seu rosto está acalorado, e Iris nunca o viu corar antes. Descobre que não consegue olhar para a esposa dele. Tenta, tenta puxar o olhar naquela direção, mas todas as vezes que se aproxima uma coisa esquisita acontece e seu olhar é desviado, como se a esposa exsudasse algum campo de força negativo forte demais para ela. O silêncio aumenta, nublando o ar entre todos eles, e Iris tenta pensar no que dizer, desculpas, razões para terem que ir embora quando, para seu horror, percebe que Alex está falando.

— Então — diz ele, num tom perigosamente casual —, esta deve ser sua esposa, Luke. Você não vai nos apresentar?

— Gina — diz ele, para o chão entre eles —, esta é... Iris. Ela... Nós, ah, nós...

Sua voz falha. Há uma pausa, uma lacuna, e Iris está curiosa sobre o que ele vai dizer em seguida. O que poderia ser? Nós trepamos sempre que temos oportunidade? Nós nos conhecemos num casamento enquanto você estava de cama, gripada? Ela não queria me dar o número do telefone, então descobri onde ela trabalhava e fui lá todos os dias até ela concordar em sair comigo? É por ela que eu planejava deixar você?

— Ela... ela tem uma loja — ele conclui, e ouve-se um ruído abafado, sufocado da parte de Alex e Iris sabe que ele está tentando não rir e ela faz uma anotação mental para fazer com que se arrependa, mais tarde, se arrependa mais do que jamais se arrependeu.

Mas Gina está sorrindo e estendendo a mão, e em seu rosto não há malícia, não há ciúme. Quando segura sua mão, Iris pensa: Eu poderia arruinar a sua vida.

— Prazer em conhecê-la — murmura ela, e não consegue olhar para esta pessoa, não consegue receber uma imagem da mulher que está traindo, da mulher que divide a casa dele, sua cama, sua vida. Gostaria de fazê-lo mas não consegue.

Mas Iris olha para ela, sim, obriga-se a olhar, e vê que Gina é uma mulher miúda com cabelo claro preso atrás com uma faixa, e que está segurando um binóculo, e Iris foca no binóculo e vê algo mais. Gina está grávida. Inconfundivelmente grávida — o corpo pronunciado através de um suéter preto de lã.

Iris olha por tempo suficiente para absorver aquilo. Vê a trama do tecido do suéter, vê o trinco prateado no estojo do binóculo, vê que a esposa de Luke foi à manicure recentemente e que suas unhas estão pintadas à francesinha.

Iris tem a sensação de murchar, de seu pulso martelar-lhe as têmporas, e realmente gostaria de ir embora, gostaria de estar em qualquer outro lugar, mas Gina está dizendo alguma coisa a Luke e há uma rápida conversa entre eles sobre como está frio e se eles vão caminhar até o topo do morro e, no meio disso, Esme subitamente se vira para olhar para Iris. Ela franze os olhos. Então pega o punho de Iris.

— Temos que ir embora — anuncia ela. — Até logo — ela puxa Iris e a conduz pelo caminho, lançando um olhar para Luke conforme vão.

Quando o carro pára do lado de fora do lar, Iris observa que suas mãos não pararam de tremer, que a batida de seu coração ainda está incerta, ainda rápida. Abre e fecha o porta-luvas enquanto Alex sai, e ajuda Esme a fazer o mesmo. Abaixa o espelho e dá uma rápida olhada em si mesma, conclui que parece perturbada, tira o cabelo de cima do rosto, então abre a porta e sai.

Enquanto caminham pelo estacionamento e entram pelas portas de vidro, ela evita encontrar o olhar de Alex. Ele trota ao lado delas, as mãos nos bolsos. Iris passa o braço pelo de Esme e caminha com ela até a mesa da recepção, onde assina sua entrada.

— Quer vir também — ela se dirige à região do ombro de Alex —, ou esperar aqui? Não me importo, você é quem sabe se...

— Eu vou — diz ele.

Na porta do quarto de Kitty, Iris diz "Aqui estamos", e Esme pára. Levanta os olhos para a sua esquerda, para o ponto onde a parede se encontra com o teto. É o movimento de alguém que acaba de ver um passarinho no céu ou sente uma rajada súbita de vento. Abaixa os olhos outra vez. Dobra as mãos uma sobre a outra, então as deixa cair do lado do corpo.

— Aqui? — diz ela.

O quarto está iluminado, o sol entrando pelas janelas francesas. Kitty está sentada numa cadeira, de costas para a vista. Está usando um *twinset* marrom-acinzentado, uma saia de tweed, um par de sapatos masculinos engraxados, olhando para o mundo como se estivesse prestes a se pôr de pé e sair numa boa caminhada pelo campo. Iris vê que a cabeleireira a visitou recentemente — seu cabelo está penteado para trás, em ondas de um azul prateado.

— Vovó — Iris avança para dentro do quarto —, sou eu, Iris.

Kitty vira a cabeça para olhar para ela.

— Só às tardes — responde ela —, muito raramente durante o dia.

Iris fica momentaneamente imobilizada por isso mas se recupera.

— Sou sua neta, Iris, e...

— Sim, sim — diz Kitty, bruscamente —, mas o que você quer?

Iris senta-se num banco ao lado dela. Sente-se subitamente nervosa.

— Trouxe algumas pessoas para vê-la. Bem, uma pessoa, na verdade. A outra pessoa, aquele homem ali, é Alex. Não sei se você se lembra dele, mas... — ela respira fundo. — Esta é Esme.

Iris se vira e olha para Esme. Ela está de pé junto à porta, totalmente imóvel, a cabeça num dos lados.

— O que você fez com seu cabelo? — Kitty dá um gritinho agudo, fazendo Iris pular. Ela se vira e vê que Kitty está falando com ela.

— Nada — diz ela, pega de surpresa. — Eu cortei... Vovó, esta é Esme. Sua irmã, Esme. Lembra-se da sua irmã? Ela veio visitá-la.

Kitty não levanta os olhos. Ela fita obstinadamente a pulseira de seu relógio, rolando-a entre os dedos, e passa pela mente de Iris que ela às vezes entende mais do que demonstra. Alguma coisa no quarto se dobra e se estica, e Kitty enrola e pulseira do relógio, uma corrente de aros de ouro, entre os dedos. Em algum lugar alguém está tocando piano e uma voz franzina flutua sobre a melodia.

— Olá, Kit — diz Esme.

A cabeça de Kitty se move abruptamente para um lado e para o outro e palavras começam a sair de sua boca, sem pausa ou reflexão, como se já as tivesse prontas:

...sentada ali com as pernas daquele jeito, por cima do braço da poltrona? Fosse o que fosse aquilo que você estava lendo. E o que eu devia fazer? Minhas chances arruinadas. Você está igualzinha, igualzinha. Não fui eu, sabe. Não fui. Não fui eu quem pegou. Por que eu quereria? A mera idéia. De todo modo, foi o melhor a fazer. Você tem que admitir isso. Meu pai também achou, e o médico. Não sei por que você veio, não sei por que você está aqui, olhando para mim desse jeito. Era meu, era meu o tempo todo. Pergunte a quem você quiser — ela solta a pulseira do relógio.

— Eu não peguei — diz ela, bem nitidamente. — Não peguei.

— Pegou o quê? — diz Iris, solícita, inclinando-se para a frente.

Do outro lado do quarto, Esme desata as mãos. Coloca-as nos quadris.

— Mas eu sei que você pegou sim — diz ela.

Kitty baixa os olhos. Fica puxando o tecido da saia, como se alguma coisa estivesse grudada ali. Iris olha de uma para a outra, e depois para Alex, que está de pé ao lado de Esme. Ele dá de ombros e faz uma careta.

Esme avança mais para o interior do quarto. Toca a cama, a coberta de *patchwork*, olha pela janela, para a extensão do jardim, para os telhados da cidade lá fora. Então se aproxima da cadeira de sua irmã. Olha para Kitty por um momento, então estende o braço e toca seu cabelo, como se fosse ajeitá-lo. Coloca a mão nas ondas de um azul prateado da têmpora de Kitty e a mantém ali. É um gesto estranho que dura apenas um momento. Então a retira e diz para o ar ao seu redor:

— Gostaria de ficar sozinha com a minha irmã, por favor.

Alex e Iris caminham pelo corredor. Andam rápido. Em algum ponto, um deles procura a mão do outro, Iris não saberia dizer qual dos dois. Seja como for, ficam de mãos dadas, os dedos entrelaçados, enquanto passam por cada curva e saem para o jardim. Vão até onde está o carro e então param.

— Meu Deus — diz Alex, e expira como se estivesse prendendo o fôlego. — O que foi tudo aquilo? Você sabe?

Iris inclina a cabeça para olhar para ele. O sol bate por trás e ele é apenas uma silhueta preta, borrada e manchada contra a luz. Ela tira a mão da dele e se apóia no carro, apertando as mãos sobre o metal quente.

— Não sei — diz ela —, mas acho...

— Acha o quê? — Alex vem se apoiar ao lado dela.

Ela se afasta do carro. Seus braços doem como se ela não os movesse há muito tempo. Tenta colocar as idéias em ordem. Kitty e Esme. Esme e Kitty. Chances arruinadas. Não queria largar o bebê. Meu o tempo todo mas eu sei que você pegou.

— Acho que não sei.

— Hã?

Ela não responde. Destranca o carro e entra, atrás do volante, e depois de um momento Alex se junta a ela. Sentam-se juntos dentro do carro, olhando para um homem com um cortador de grama lá fora, aparando o gramado em faixas regulares, para um residente mais velho do lar que segue por um caminho. Ela pensa em Esme e Kitty mas também tem consciência de algo que a pressiona e que ela precisa dizer a Alex.

— Eu não sabia — diz ela, ausente. — Eu não sabia sobre a esposa. Sobre ela estar grávida. Eu nunca teria...

Alex olha para ela, a cabeça apoiada atrás, no assento. Fita-a por um longo tempo.

— Ah, amor — diz ele —, eu sei.

Eles ficam sentados juntos no carro. Alex estende a mão para pegar a dela, sua mão esquerda, e ela o deixa fazê-lo. Fica ali, sobre os jeans dele. Ele estica cada um de seus dedos, um por um, depois deixa que se enrosquem novamente.

— Você em algum momento se pergunta — diz ele, a voz baixa — o que é que nós estamos fazendo?

Iris olha para ele. Ainda está revendo as palavras em sua cabeça. Não peguei. Mas eu sei que você pegou.

— O quê? — diz ela.

— Eu disse — ele fala novamente num tom suave, tanto que Iris precisa se esticar para a frente a fim de ouvi-lo —, você em algum momento se pergunta o que nós estamos fazendo? Eu e você?

Iris se enrijece. Reajusta a posição; toca o volante. O residente mais velho chegou à sombra de uma árvore e olha para alguma coisa lá em cima, nos galhos. Um pássaro, talvez? Iris dá um leve puxão na mão mas Alex a segura com força.

— Só houve você, sempre — diz ele. — Você sabe disso.

Iris arranca a mão da sua, abre a maçaneta da porta e empurra-a com tal força que ela oscila de volta nas dobradiças, com um rangido. Ela salta para fora do carro e fica parada de costas para ele, as mãos sobre os ouvidos.

Atrás de si, ouve a outra porta do carro se abrir, os pés dele sobre o cascalho. Ela se vira. Alex está apoiado no teto do carro, e com uma das mãos tira um cigarro do maço.

— Do que você tem tanto medo, Iris? — ele sorri para ela enquanto aperta o isqueiro com o dedo.


Esme segura a almofada entre as duas mãos. O tecido — um damasco texturizado numa cor de vinho intensa — está cheio com espuma ao máximo. Tem um debrum dourado nas beiradas. Ela a vira de costas, depois vira de novo. Dá dois passos no quarto de sua irmã e coloca-a de volta no sofá. Faz isso com cuidado, certificando-se de que fique exatamente como estava quando a encontrou.

Duas mulheres num quarto. Uma sentada, a outra de pé.

Esme espera por um momento, olhando lá para fora pela janela. As árvores balançam a cabeça para ela. O sol aparece de trás de uma nuvem e sombras se esgueiram por baixo de tudo: a árvore, o relógio de sol, as pedras ao redor da fonte, as garotas, Iris, que está parada junto ao carro com o garoto. Eles estão discutindo outra vez e a garota está irritada, gesticulando e se virando para lá e para cá. Sua sombra se vira junto com ela.

Esme se afasta da janela, mantendo a garota e o garoto em seu campo de visão. Mantém o rosto desviado da outra. Se tomar bastante cuidado não vai ter que pensar nisso imediatamente. Se ficar com a cabeça exatamente assim, pode quase imaginar que está sozinha no quarto, que nada aconteceu em absoluto. É um alívio que o barulho tenha parado, que tudo esteja quieto. Esme fica satisfeita com isso. Uma sentada, a outra de pé. Suas mãos parecem vazias agora que ela largou a almofada, então ela as aperta uma contra a outra. Senta-se. Continua apertando uma contra a outra, com toda a força que consegue reunir. Baixa os olhos para elas. Os nós dos dedos ficam brancos, as unhas rosadas, os tendões salientes sob a pele. Ela mantém o rosto desviado.

Atrás dela, junto à cama, uma corda vermelha pende do teto. Esme viu quando entrou no quarto. Sabe o que é. Sabe que se puxá-la uma campainha vai soar em algum lugar. Num instante, ela vai se levantar. Vai cruzar o quarto. Vai cruzar o tapete, mantendo o rosto desviado para não ter que ver nada porque não quer ver aquilo de novo, não quer tê-lo gravado na memória mais do que já está, mais do que ficará, e vai puxar a corda vermelha. Vai puxá-la com força. Mas por ora vai se sentar aqui. Vai tirar uns poucos minutos para isso. Quer observar até que o sol desapareça de novo, até que o relógio de sol perca sua marca, até que o jardim afunde na maciez, na sombra.

— Não estou com medo de nada! — grita Iris. — Certamente não estou com medo de você, se é o que quer dizer.

Ele dá uma comprida tragada no cigarro e parece considerar isso.

— Nunca sugeri que estivesse — ele dá de ombros. — Só que por acaso eu acho que cabe a mim interferir na sua vida. Principalmente quando a sua vida diz respeito à minha, também.

Iris olha ao redor arrebatadamente. Considera sair correndo, considera saltar dentro do carro e ir embora, contempla as pedras sob seus pés e pensa em atirar um punhado em Alex.

— Pare — ela em vez disso balbucia —, pare. Foi... foi tudo há tanto tempo e éramos só duas crianças e...

— Não, não éramos.

— Sim, éramos.

— Não éramos. Mas não vou ficar discutindo isso com você. Não somos crianças agora, somos? — ele dá um sorriso largo para ela e solta uma nuvem de fumaça. — A questão é que você sabe que é verdade. Só houve você, sempre, e você sabe que só houve eu.

Iris olha fixamente para ele. Não vê como pode responder. Sente a mente vazia, plana, sem opções. Subitamente, em algum lugar atrás dela há uma agitação de pés sobre o cascalho e Iris se vira, alarmada. Dois enfermeiros de uniforme branco estão correndo na direção do lar. Um leva um pager. Iris percorre com os olhos a frente da casa de Kitty. Há um movimento rápido atrás de uma das janelas, que desaparece quando ela olha.

— A questão é — diz Alex, atrás dela, — eu apenas acho...

— Shh — ela pede, ainda olhando para a casa. — Esme...

— O quê?

— Esme — ela repete, apontando para o lar.

— O que tem ela?

— Eu tenho que...

— Você tem que o quê?

— Tenho que — ela começa novamente, e de repente algo que estava preso nos confins de sua mente pareceu emergir como um barco se soltando das amarras e flutuando livremente. Meu o tempo todo. Não queria largar. E você tem uma foto do seu pai. Iris leva a mão à boca.

— Oh — diz ela. — Oh, Deus.

Começa a se dirigir, devagar primeiro, depois bem mais rápido, na direção da casa. Alex segue-a de perto, chamando seu nome. Mas ela não pára. Quando chega à porta do lar, abre-a com um puxão violento e dispara pelo corredor, fazendo as curvas tão rápido que raspa o ombro na parede. Tem que chegar lá primeiro, tem que alcançar Esme primeiro, antes de qualquer outra pessoa, tem que lhe dizer, tem que dizer, por favor. Por favor me diga que não fez isso.

Mas quando chega ao quarto de Kitty o corredor está cheio de gente, residentes de chinelo e camisola e gente de uniforme transbordando pela porta, e rostos se voltam para olhar para ela, pálidos como marcas de mãos.

— Deixem-me passar — Iris empurra aqueles rostos, aquelas pessoas —, por favor.

No quarto estão mais pessoas, mais braços e pernas e corpos e vozes. Tantas vozes, vociferando e chamando. Alguém está dizendo a todo mundo para se afastar, para por favor retornar aos seus quartos imediatamente. Outra pessoa está gritando num telefone e Iris não consegue entender as palavras. Há um movimento frenético de duas pessoas inclinadas sobre alguém ou alguma coisa numa cadeira. Ela vê de lampejo um par de sapatos, um par de pernas. Sapatos masculinos de boa qualidade e malha espessa de lã. Desvia o rosto, fechando os olhos, e quando os abre de novo vê Esme. Ela está sentada junto à janela, as mãos entrelaçadas sobre os joelhos. Olha diretamente para Iris.

Iris se senta ao seu lado. Pega uma de suas mãos. Precisa arrancá-la do aperto da outra e está muito fria ao tato. Não consegue pensar no que vai dizer. Alex está ali com ela agora, ela sente a pressão breve de sua mão em seu ombro e pode ouvir a voz dele dizendo a alguém que não, que não podem falar um instante e que por favor se afastem. Iris sente o impulso de estender a mão e tocá-lo, só por um momento. Sentir aquela densidade familiar dele, certificar-se de que é realmente ele, de que ele está realmente ali. Mas não pode soltar Esme.

— O sol não queria se esconder — diz Esme.

— O quê? — Iris tem que se inclinar para a frente a fim de ouvi-la.

— O sol. Não queria se esconder de novo. Então eu puxei assim mesmo.

— Certo — Iris aperta a mão de Esme entre as suas. — Esme — ela sussurra —, ouça...

Mas as pessoas de uniforme estão sobre eles, murmurando, exclamando, envelopando-os numa grande nuvem branca. Iris não consegue ver outra coisa além de algodão branco engomado. Comprime seus ombros, seu cabelo, cobre sua boca. Eles estão pegando Esme, estão levantando-a do sofá, estão tentando tirar sua mão das de Iris. Mas Iris não solta. Segura a mão com mais força. Irá junto, irá segui-la, através do branco, através da multidão, pelo quarto, até o corredor e para além dele.

Este livro foi composto na tipologia Electra LH
Regular, em corpo 11/15, e impresso em papel
off-white 80g/m² no Sistema Cameron da Divisão
Gráfica da Distribuidora Record.

Seja um Leitor Preferencial Record
e receba informações sobre nossos lançamentos.
Escreva para
**RP Record**
**Caixa Postal 23.052**
**Rio de Janeiro, RJ – CEP 20922-970**
dando seu nome e endereço
e tenha acesso a nossas ofertas especiais.

Válido somente no Brasil.

Ou visite a nossa *home page*:
http://www.record.com.br